T0319217

Pour Qui File La Comète

Khalil Alio

Langaa Research & Publishing CIG
Mankon, Bamenda

Publisher:
Langaa RPCIG
Langaa Research & Publishing Common Initiative Group
P.O. Box 902 Mankon
Bamenda
North West Region
Cameroon
Langaagrp@gmail.com
www.langaa-rpcig.net

Distributed in and outside N. America by African Books Collective
orders@africanbookscollective.com
www.africanbookscollective.com

ISBN-10: 9956-764-91-4

ISBN-13: 978-9956-764-91-4

© Khalil Alio 2017

DISCLAIMER
All views expressed in this publication are those of the author and do not necessarily reflect the views of Langaa RPCIG.

À la mémoire des enfants tchadiens nés dans la guerre, ayant grandi dans la guerre et morts dans la guerre

Toute ressemblance n'est que pure coïncidence

Le village Ambirren ressemble à ces villages perdus en pleine brousse du Sahel et sur lesquels on débouche subitement. Cette apparition soudaine provoque en nous un sentiment d'étonnement. Nous sommes étonnés de trouver dans de tels lieux des âmes qui vivent, même si nous savions pertinemment que nous trouverions un habitat humain quelque part dans cette brousse. On a ce sentiment surtout quand on vient tout droit d'une agglomération. Cette brusque découverte constitue, pour ainsi dire, un rappel à l'ordre, un retour à soi, car l'homme oublie souvent qu'avant qu'il ne se sédentarise et n'invente la ville, il vivait dans la brousse. Son vrai terroir est ici. Il y vient parfois pour se réfugier et se ressourcer. Quand l'homme veut entrer dans la clandestinité, il revient également ici. Il y revient pour mijoter, se préparer, pour de nouveau, reconquérir la ville.

Comme on peut s'en apercevoir, la ville n'a jamais servi de refuge définitif à l'homme. Elle le fascine, l'attire certes, mais pour l'abandonner à lui-même et le rejeter ensuite. Pour preuve, ce travailleur saisonnier venu en ville pour se faire un peu d'argent et repartir dans son village à l'approche de la saison des pluies, qui se trouve cinquante ans plus tard dans la même ville, caressant toujours l'idée de regagner son village, sans pour autant arriver à se décider. Il garde toujours le rêve de rentrer au pays natal, mais il ne peut se libérer de la ville devenue comme sa maîtresse. Elle est ingrate, artificielle, la ville. Tous les rêves y sont permis, impulsés par l'opportunité, l'opulence perceptible, mais difficilement accessible, bref par la richesse insolente tombée on ne sait d'où. Ajouter à cela l'anonymat qui caractérise la vie citadine et qui est une sorte de liberté individuelle, personnelle qui, mal gérée, se transforme en un véritable cauchemar. La ville étouffe l'homme, l'oppresse jusqu'au dernier souffle. Décidément, la ville prend sa revanche sur l'humain et devient inhumaine. L'homme croit l'avoir domestiquée, mais il en est plutôt prisonnier. Il a créé, en la ville, un monstre, une machine infernale qui l'engloutit tous les jours. Voilà ce qui est advenu aujourd'hui de ce qui n'était au départ qu'un village paisible et hospitalier, c'est-à-dire naturel et humain.

Le milieu naturel, quel qu'il soit, est hospitalier, comme cette brousse sahélienne qu'on aborde dès qu'on sort de la ville. L'homme y trouve son compte. Mais, du fait de son action néfaste sur la nature, il finit par aliéner son propre milieu naturel, de sorte qu'en dernier ressort, il ne s'y reconnaît plus, ce milieu naturel finit par échapper à son contrôle. L'homme croit justifier ce comportement par la course folle au développement économique. Or, c'est une manière de programmer la fin prématurée de l'humanité, car dans tous les domaines, les produits qui sont fabriqués le sont contre l'homme. Prenons par exemple le nucléaire qui hante notre esprit aujourd'hui et qui constitue une grave menace, car si par malchance cette bombe tombait entre les mains d'un fou, c'est la planète terre qui serait balayée d'un trait. Les armes sophistiquées de combat ne sont certainement pas fabriquées contre autre chose que contre l'homme. Même la médecine censée améliorer la vie de l'homme comporte des risques immenses qui se retournent contre lui. Le développement ou le progrès, comme on a tendance à confondre les deux, dénature l'homme. Le bonheur de vivre n'est-il pas plus important que le développement, synonyme de destruction à tous points de vue.

Contrairement à ce que l'on pense, l'homme ne pourra jamais maîtriser la nature. Pour preuve, les manifestations naturelles impromptues telles que les tremblements de terre, les inondations et les sécheresses ou même les feux de brousse, que l'homme provoque parfois lui-même, viennent lui rappeler qu'en fait, quand la nature est perturbée, elle réagit avec violence, de sorte qu'elle échappe à son contrôle. Les catastrophes naturelles préfigurent-elles la fin de l'humanité ? L'humanité avec sa civilisation destructrice disparaîtra mais le monde demeurera.

Car en dernier ressort, c'est l'homme qui en pâtit. C'est donc la nature qui plutôt le domine, parce qu'il en fait partie intégrante, il émane d'elle, et il le sait bien, puisque comme tous les êtres vivants, il subit de plein fouet les changements climatiques qui se manifestent en lui, sous une forme ou une autre. C'est pourquoi tout demeure pour l'humain un mystère. Un mystère qui le rend anxieux, le choque et le fascine en même temps. À l'instar de cette brousse sahélienne, tous les phénomènes naturels sont beaux et, comme la beauté est une énigme, tout devient aussi relatif. Cela s'explique par le fait que la nature incarne tout : la beauté, la sérénité, la majesté et enfin le mystère. Tout paysage, qu'il soit désert, mer, forêt ou montagne, constitue pour celui qui l'habite un terroir au sens large du terme, et demeure pour lui un refuge tant sur le plan physique que psychologique. Peu importe l'austérité du milieu, l'humain qui l'habite s'y plaît, s'y adapte et finalement s'y identifie. À chacun donc son paysage.

L'être humain, les milieux naturels, tout comme les planètes et autres astres font partie intégrante de l'univers. L'homme n'y est qu'une infime graine parmi les autres graines. Tous ces éléments sont intimement liés au cosmos, consacrant ainsi l'unité du monde. Comme le milieu naturel immédiat influence l'humain, les astres, si lointains soient-ils, exercent aussi une certaine influence sur la vie de l'homme, de sorte que parfois ils se mêlent à son destin, et partant à celui de tout un peuple. C'est l'homme donc qui donne un sens à l'univers. Ceci montre que l'homme et l'univers sont mutuellement dépendants. Mais, de par son action incontrôlée, l'homme le dénature et se l'aliène. C'est pourquoi, quand l'équilibre entre l'homme et la nature est rompu, il en résulte une certaine perturbation, un déséquilibre dans le cosmos, et partant un déséquilibre dans la vie de l'homme. C'est ainsi qu'il arrive parfois que le destin de tout un peuple bascule à jamais.

L'histoire qui va suivre est une parfaite illustration du déséquilibre entre l'homme et la nature. Elle se déroule dans la brousse sahélienne qui porte en elle des germes des complications climatiques, qui sont le produit de la conjugaison du désert et de la savane, c'est-à-dire qu'elle subit en même temps les effets conjugués des deux climats, à savoir la chaleur et la poussière soufflées par le désert, et la pluie, les orages et les tornades crachés par la voûte céleste. Ainsi, les transformations terrestres sont commandées par le firmament. Dans cette partie du cosmos, le ciel est toujours bleu, sauf pendant la saison des pluies où par moments il est couvert de nuages. De même, les clairs de lune sont quasi permanents, excepté pendant la saison des pluies où les nuages s'amoncelant assombrissent le firmament. Pendant les beaux temps et les clairs de lune, le soleil, la lune, les étoiles et quelquefois les comètes sont constamment visibles dans le ciel sahélien. Les étoiles permettent aux villageois de s'orienter la nuit et le soleil leur permet de s'orienter le jour. Chaque astre a un rôle à jouer, chaque astre a une certaine utilité en plus du rôle qui lui est dévolu, à savoir changer les saisons où que l'on se trouve sur le globe terrestre.

On le devine tout de suite, les personnes habitant dans ces contrées, dans cette partie du Sahel, sous un climat aussi aléatoire, doivent faire avec la rigueur de la vie et avec la rareté de l'eau, source de vie. À l'approche de la saison des pluies, les provisions vivrières qui l'accompagnent s'amenuisent. L'espoir lui-même semble s'estomper, puisque les années se suivent et se ressemblent presque, avec quelques rares exceptions, où des années d'abondance alternent avec des années de carence, voire de misère, d'où le nom trompeur de Ambirren, le village à deux puits. Cet état miséreux est exacerbé par l'introduction de la consommation du thé et du sucre, parce que depuis lors, les villageois ont perdu la maîtrise de la gestion de leurs produits agricoles à cause de ces deux denrées. Ils sont devenus entièrement dépendants de ces deux denrées alimentaires venues d'ailleurs. Il faut les acheter. Cela nécessite de l'argent liquide qui ne pouvait provenir que de la vente des produits vivriers qui s'épuiseront avant les prochaines récoltes.

La consommation du thé a modifié les pratiques alimentaires de ces populations de sorte que de nos jours une hospitalité n'est appréciée à sa juste valeur que quand elle est agrémentée par un verre de thé, contrairement au passé où l'hospitalité se manifestait par une calebasse de boisson locale non alcoolisée ou alcoolisée, laquelle étanche, non seulement la soif, mais également assouvit la faim. Le thé a entraîné toute une culture avec ses rites, mais également toute une cohorte de malédictions. En effet, en plus des conséquences économiques et sociales désastreuses engendrées par cette denrée, il faut ajouter ses effets néfastes sur la santé des populations. Des maladies auparavant inconnues telles que les calculs rénaux, la petite hernie, l'appendicite, l'hémorroïde et le diabète et son corollaire la tension artérielle ont fait leur apparition avec sa consommation, sans oublier la dépendance qui lui est liée. Ce changement d'habitude alimentaire est une conséquence directe du changement de pratique religieuse. Ces populations adoraient paisiblement leurs religions ancestrales jusqu'à ce qu'elles fussent contraintes de les abandonner au profit d'autres religions. Depuis, elles ne vivent que de complication en complication, du fait que tout changement, de quelque nature qu'il soit, est générateur de problèmes. C'est tout ce cortège d'infortunes qui caractérise ce village. Ce n'est donc pas à un signe d'abondance, comme le nom du village semble le suggérer, mais à un signe de carence. En fait, le nom du village signifie le village à deux puits asséchés.

Ambirren est un village typique du Sahel. Il se fait annoncer de loin par la présence d'arbres géants et verdoyants dans lesquels il est enfoui. Ces arbres signalent, soit une présence humaine, comme c'est le cas du village, soit l'existence d'une nappe phréatique peu profonde, en l'occurrence un *wadi* ou un marigot autour duquel se dresse le village. Le paysage immédiat du village contraste nettement avec le reste du paysage de la région, formé d'arbres et d'arbustes épars, parfois de terrains plats vagues et nus sur lesquels ne pousse aucune herbe et qui s'étendent à perte de vue. Ceci met en relief les villages dans ce paysage. De sorte que les villages apparaissent de très loin. On aperçoit toujours des gens déambuler aux abords du village. Ces allées et venues sont justifiées par les diverses cérémonies qui s'y déroulent et animent la vie villageoise. Au village, on a toujours l'air d'être affairé, de vaquer à quelques occupations.

Ambirren n'est pas très éloigné de la ville. Il se trouve à une journée de marche de la ville d'Erda qui est aussi située à une trentaine de kilomètres d'un pays étranger nommé *Dar Saba,* le pays situé à l'est. C'est un gros village divisé en plusieurs quartiers. Il y a un marché hebdomadaire qui s'y tient régulièrement. Le samedi a été choisi pour la tenue du marché. Le jour du marché, une foule immense se rassemble, venant des villages environnants. Avant que le marché ne s'anime et que les transactions commerciales ne commencent véritablement, on voit les gens déboucher de tous les axes importants du village, qui sur un âne, qui sur un cheval ou un chameau. Ceux qui ne peuvent pas s'offrir une monture se contentent de faire le trajet à pied. En général, les gens viennent par groupes et classes sociales : les hommes, les femmes et les jeunes gens. Le jour du marché passe parfois pour un jour de fête. Vers l'après-midi, quand la bière locale commence à couler à flots, des groupes de danse se créent spontanément changeant subitement l'ambiance.

Il existe aussi une présence embryonnaire de l'administration incarnée par la chefferie cantonale. Une école française avec un cycle primaire incomplet complète ce décor. C'est le seul bâtiment en dur qui soit érigé dans le village. On a spécialement fait venir des maçons de la ville d'Erda pour la construction du bâtiment qui ne contient que cinq salles de classe. C'est pourquoi les élèves qui veulent poursuivre leur scolarité doivent aller à Erda. Mais les parents sont dissuadés par la distance et le manque de tuteur chez qui leurs progénitures pourraient résider. Ils sont effarouchés à l'idée de se séparer de leurs enfants si jeunes. Il n'y a pas d'internat à l'école d'Erda. Ceci explique le fait qu'il y a beaucoup d'abandons.

C'est dans ce décor que vivent les habitants d'Ambirren, lesquels mènent une vie paisible, vaquent tranquillement à leurs occupations, selon le rythme des saisons. Ils vont aux champs, amènent le troupeau au pâturage, partent à la recherche des légumes, du gibier ou des fagots. Pendant les jours de repos, les hommes se rassemblent à l'ombre du grand figuier du village en train de tresser quelques objets utiles dans la vie paysanne sinon ils sont en train de régler quelques différends. Ces litiges qui font partie de la vie et qui caractérisent toute société. Mais le soir au clair de lune, les jeunes organisent des danses traditionnelles, soit pour se divertir, soit pour exprimer leur joie pour une chasse fructueuse ou une meilleure moisson. C'est au sein de cette société que vit également un certain marabout du nom d'Ibet Dahalob.

****

La nuit tirait à sa fin. La prière de l'aube s'approchait. *Faki* Ibet Dahalob dormait profondément, lorsqu'il fut brusquement secoué par une sorte de rêve hallucinatoire. Il se réveilla. Cela se passait ainsi depuis quelques jours et surtout chaque fois que s'approchait l'heure de la prière de l'aube, c'est-à-dire avant que le muezzin n'appelât les fidèles à la prière du matin. Attendant de se remettre de son cauchemar, il resta là, assis pendant quelques instants sur son lit, pensant vaguement on ne sait à quoi, quand le muezzin se mit à appeler les fidèles à la prière, le tirant de sa torpeur. Il se décida enfin de se lever.

Il se leva dans l'obscurité, chercha sa djellaba, parvint à la trouver et l'enfila. Il chaussa ses sandales qui se trouvaient juste au pied du lit. Un lit artisanal appelé *Kakar*, fabriqué avec des matériaux locaux, grinçant bruyamment chaque fois que l'on bouge. Puis, il tâtonna, cherchant la cruche qui n'était pas loin de là. Il la trouva, la saisit fortement, de peur qu'elle ne glisse de sa main, se renverse et se brise. Il la prit pour aller « derrière la maison » comme on a coutume de le dire dans ce pays, pour signifier qu'il va aller aux toilettes, en vue de se purifier pour la prière.

En sortant de la case, *Faki* Ibet a failli se cogner la tête contre la charpente de la case. Il a eu le réflexe de se courber malgré la hauteur de la porte d'entrée. Il était encore sous l'emprise du sommeil et du rêve qui continue à le tracasser. Cette case est la plus grande et domine tout le village. Elle lui a été construite par les habitants du village en guise d'hospitalité et de solidarité villageoises et surtout en guise de remerciements pour les services qu'il leur rend, par l'éducation religieuse qu'il prodigue à leurs enfants. Cette case sert aussi de repère et d'orientation pour les visiteurs et les voyageurs. Elle se dresse au beau milieu du village près du grand figuier ombragé, lieu des retrouvailles et de cérémonies de toute sorte. Quant à la maison du chef de village, elle est située à l'entrée du village, dans un endroit plus spacieux sous les grands arbres couverts d'ombrages pouvant abriter les cérémonies.

Dès que le marabout mit la tête hors de la case, ses yeux furent éblouis. Ses *Mahadjirin*, c'est-à-dire ses élèves, avaient pris soin d'allumer le feu en vue de se préparer à la récitation du Coran. C'est ce feu qui produisait une lumière écarlate embrassant toute la concession. C'est cette lumière qui a agi sur le marabout. Certains élèves avaient d'ailleurs déjà commencé à balbutier quelques versets qu'ils n'arrivaient pas à prononcer clairement, se trouvant encore sous l'effet du sommeil. Mais, l'apparition du *Faki*, leur maître, agit comme un stimulant et subitement tous les élèves se mirent ensemble à réciter à haute voix, chacun appuyant nettement sur les syllabes, voulant ainsi signifier au marabout qu'ils connaissaient bien leurs leçons et que ce n'était pas nécessaire que le marabout fasse usage de son fouet. Celui-ci est fait d'une longue lamelle de cuir de taureau tressée, attachée à un petit manche en bois. Le marabout ne s'en sert que pour les cancres et les bavards. Inutile de dire que le fouet est redouté et haï par ce groupe d'élèves, quand un élève commet une erreur ou une faute grave, le marabout le corrige sévèrement sans aucune indulgence. Cela a certainement pour but de donner un exemple aux uns et aux autres et de maintenir la discipline dans les rangs. Les *Mahadjirin* sont de tous sexes et de tous âges. Il y a plusieurs niveaux : les débutants, les intermédiaires et les plus avancés. Ainsi, la récitation en chœur créait un vacarme de voix discordantes, mais clairement audibles. Le marabout arrivait tout de même à suivre de près la récitation de chacun de ses élèves et intervenait de temps à autre pour corriger les erreurs.

Muni de sa cruche, *Faki* Ibet vint s'asseoir auprès de ses élèves et commença à faire ses ablutions avant de se lever et faire sa prière. En élevant ses deux mains pour entamer sa prière, il s'aperçut qu'à l'horizon, à côté de l'étoile Polaire, se trouvait une sorte d'étoile filante qui semblait n'avoir pas fini sa course, et dont une partie s'est détachée, comme suspendue. Sa forme allongée rappelle celle d'un sabre. Il s'acquitta de sa prière d'abord, ensuite intrigué, laissa libre cours à sa pensée, se remémorant l'histoire que son grand-père lui avait racontée, il y a quelques années. C'était une histoire qui se rapportait à un phénomène semblable qui date de quelques générations et dont l'apparition serait liée à un événement sinistre. Tout en dirigeant la récitation du Coran, et en intervenant de temps à autre pour corriger la syntaxe ou l'intonation que les enfants écorchaient sans cesse, il continua à penser à cette chose étrange qui apparaît vers l'est et toujours à cette heure précise de l'aube.

Puis, soudain sa pensée fut illuminée par cet événement qui lui revint à l'esprit. Il s'agissait en effet d'un événement triste qui se produisit aussitôt quelques jours après l'apparition d'une étoile mystérieuse semblable à celle-ci. Une sécheresse implacable s'abattit sur le pays, suivie d'une famine atroce qui ravagea tout le pays, décimant personnes et bétail et causant le départ de plusieurs centaines de personnes pour un ailleurs plus clément. Il tressaillit à l'idée qu'une pareille chose pourrait se reproduire dans son village ou même dans tout le pays. À ce moment, un bêlement de chèvre le tira de sa réflexion et il se rendit compte que le soleil s'était déjà levé et qu'il fallait libérer les enfants que d'autres tâches attendaient à la maison. Il les congédia.

Aux petits enfants incombent aussi de petites tâches dans une société paysanne comme celle-ci où tout le monde s'occupe de quelque chose, du plus petit au plus grand. Aux petits enfants revient par exemple la conduite du troupeau vers le lieu de rassemblement où le bétail sera remis au berger de service. La coutume consiste ici à confier à tour de rôle tout le troupeau du village à une personne ou à une famille qui se charge de le conduire au pâturage de manière périodique. Autre tâche, les enfants ont également la responsabilité de conduire les moutons, les chèvres et les veaux, pas très loin du village. De plus, ils doivent attacher les veaux aux poteaux, quand les vaches laitières reviennent du pâturage. Les enfants pourraient aussi accompagner le pâtre qui pourrait être un proche parent, en l'occurrence un père, un grand frère ou un oncle. Enfin, ils pourraient aider leurs parents dans les travaux champêtres. Toutes ces activités revêtent un caractère didactique.

Avant d'aller chez le chef du village, comme sa responsabilité de marabout le lui commande, il vint d'abord voir sa femme qui a également vu cette « étoile » de lui dire de faire une sorte de libation comme le faisait les ancêtres dans le passé.

Ensuite *Faki* Ibet se rendit aussitôt chez le chef du village pour lui faire part de ce qu'il a vu dans son rêve à l'aube. Arrivé sur les lieux, il trouva le chef du village entouré de ses notables. Le sujet de leur conversation tournait autour de cette mystérieuse étoile. Certains notables, qui sont d'un âge avancé et qui se rappelaient avoir entendu parler d'un événement semblable pendant leur jeunesse, exprimaient déjà une certaine frayeur envers cette étoile réapparaissant après un certain cycle et dont l'apparition provoque toujours un désastre d'une grande envergure comme cela s'était produit auparavant. Le marabout arrivait à point nommé, car on devait l'envoyer chercher. Son opinion compte beaucoup dans une telle situation, il tient lieu de conseiller du chef de village en matière de religion islamique. Ils se consultèrent. Il était maintenant question de décider de ce qu'il fallait entreprendre, pour du moins, écarter ce fléau qui s'annonçait imminent.

Il fut, en définitive, décidé d'un commun accord que des sacrifices fussent organisés pour calmer le courroux de cette manifestation naturelle ou divine. En tout cas, tout dépend de la manière dont chacun perçoit la chose. Les villages voisins devaient également s'associer à ces sacrifices. Des émissaires à la tête desquels se trouvait Azzalo, le beau-frère du marabout, furent aussitôt dépêchés dans les villages environnants pour leur demander de venir s'associer aux sacrifices. Ces sacrifices devaient consister en la lecture du Coran pendant un jour entier, jour pendant lequel tous les habitants des villages concernés n'étaient pas autorisés à se rendre aux champs ou en brousse pour quelque raison que ce soit. Un bœuf sera immolé pour agrémenter ces sacrifices. En plus de la lecture du Coran, le chef de terre qui est une autre personnalité que le chef du village, mais parent de ce dernier, devait également faire des sacrifices à la mémoire des ancêtres. Il se pourrait que ce soit une manifestation de leur courroux, nul ne le sait. Il fallait penser à tout ce qui pouvait éviter aux habitants les malheurs dont les dégâts seraient incommensurables. Mais auparavant, on demanda à *Faki* Ibet de passer la nuit du bonheur appelée *leltal kheera* pour avoir une vision de ce que l'apparition de cette étoile pourrait bien annoncer.

Dès que la mère d'Adouma aperçu la comète, elle s'empressa aussitôt à préparer une sorte de libation pour l'offrir aux ancêtres ou tout ce qui pouvait atténuer les effets d'un malheur se cachant derrière l'apparition de la comète. Cette libation est une concoction de farine de mil mélangée à de l'eau froide dans une calebasse. Le liquide obtenu, de couleur blanche, est ensuite répandu sur la palissade servant de mur, de la concession, devant la porte d'entrée et dehors sur la route. Les autres femmes du village qui craignaient cette apparition, en firent autant. C'est la contribution des femmes dans la recherche d'un palliatif pour chasser un malheur venu d'où on ne sait et dont on ignore la raison.

L'organisation de la lecture du Coran fut évidemment confiée à *Faki* Ibet qui se chargera à son tour d'inviter les autres marabouts des villages environnants concernés par le sacrifice. Les mêmes émissaires, qui devaient informer les villages avoisinants, avaient aussi la mission d'informer ces marabouts. D'autres personnes sachant lire le Coran, en l'occurrence des *Mahadjirin* d'un niveau plus avancé par exemple, pourraient se joindre aux marabouts pour la lecture du Coran.

Après le conseil, *Faki* Ibet sortit de la concession du chef de village pour se rendre chez lui. Mais comme de coutume, il passait de concession en concession pour saluer les gens et rendre visite aux malades, implorer la grâce divine, en leur faveur, pour un prompt rétablissement. C'était pour lui un devoir. Sur le chemin, il croisa plusieurs personnes à l'air angoissé qui l'accostèrent et lui posèrent des questions sur cette chose étrange et pour lui demander la conduite à tenir. Tout le monde était au courant de la vision apocalyptique du marabout. Il leur répondait chaque fois qu'un événement d'une telle gravité appelle nécessairement des mesures appropriées qui devaient émaner d'abord du chef de village et qu'au cas échéant, il fallait penser à organiser des sacrifices. Il leur fit savoir que justement le chef de village venait de tenir un conseil des sages à ce propos et que le conseil a décidé que des sacrifices soient organisés en association avec tous les villages voisins. De là, *Faki* Ibet rentra à la maison, il venait juste de se rendre compte qu'il devait donner la ration de mil à sa femme et que le fourrage de son cheval est aussi terminé. Il devait partir en brousse à dos d'âne chercher du foin.

****

Avant d'être marabout, *Faki* Ibet est d'abord un paysan. Le statut de *Faki* ou de marabout n'est pas une fonction à proprement parler. C'est un titre honorifique, du moins une activité annexe qui lui permet de soutirer, de temps à autre de ses prestations, quelques céréales, du sésame ou des arachides. Ces denrées lui sont données de plein gré et comme simple gratification et surtout pour que la demande soit exaucée. Le marabout ne réclame pas une contrepartie. Les services, qu'il rend, constituent pour lui un devoir spirituel et un motif de satisfaction personnelle. Il vit des produits de son champ comme tout le monde.

Le marabout a tout du paysan simple et pauvre ; il a les mains calleuses, le dos droit, les cheveux courts, le visage marqué et légèrement soupçonneux. On est presque indécis sur son âge marqué par tant d'années de vie paysanne. Il porte le plus souvent une djellaba blanche qui lui a été offerte par un villageois en provenance de *Dar Saba*. Il ne la troque avec un grand boubou fabriqué localement que le vendredi, le jour de prière où il officie. La djellaba lui descend juste au niveau du tibia. Ce qui rend sa taille imprécise. Il paraît parfois de grande taille, parfois de taille moyenne. Sa corpulence est également moyenne, mais on pourrait presque dire qu'il est maigre et svelte. Il porte une barbe moins garnie qu'il entretient de temps à autre. Il dépasse légèrement la quarantaine. Ses chaussures sont des sandales en cuir fabriquées localement aussi.

Le marabout a l'air timide, mais quand on lui pose des questions sur son domaine, à savoir la religion islamique, il s'étale longuement jusqu'à l'épuisement du sujet qu'il explique avec dextérité et une clarté remarquable. En dehors des sujets sur la religion, il semble connaître beaucoup de choses, telles que la faune, la flore, la tradition et l'histoire du village et de la lignée. Justement sa famille descend d'une lignée de grands cultivateurs connue dans tout le village. Les récoltes leur rapportent le plus souvent énormément de céréales. C'est ce qui leur a permis de s'acheter beaucoup de bétail qui s'est multiplié et est devenu un grand troupeau de bétail remplissant leur enclos. C'est pourquoi le lait sous plusieurs formes, frais ou caillé, ne manque jamais dans la maison. Cela fait la fierté du marabout Ibet. Il avait commencé l'école coranique dans ce village, mais a dû voyager dans des contrées lointaines pour parfaire son éducation islamique. C'est certainement lors de ces voyages qu'il a appris un tas de choses et connu beaucoup de gens.

En dehors de l'enseignement coranique qu'il dispense aux enfants du village et ceux qui lui sont envoyés par les villages environnants, *Faki* Ibet fait aussi l'objet de maintes sollicitations de la part des villageois. Il assure l'imamat pour les cinq prières quotidiennes. Il est consulté pour nombre de problèmes sociaux : règlements des litiges conjugaux, mariages, circoncisions, décès, etc. Bien entendu, certaines de ces cérémonies, comme le règlement des litiges conjugaux et les mariages, se tiennent le plus souvent chez le chef du village. Le marabout l'assiste, en cas de besoin. Le matin, s'il n'est pas allé à dos d'âne à la recherche du fourrage pour son cheval et son âne, il est assis dans sa hutte en train de lire un de ses livres sacrés ou de griffonner quelques versets du Coran sur une de ses tablettes en bois. Ces versets seront d'abord écrits, puis cette écriture sera dissoute en eau particulière avant d'être bue par les nécessiteux. Parfois, ces versets sont simplement écrits sur du papier blanc et portés sous forme de grigris, de talismans et d'autres amulettes, censés protéger contre les esprits malveillants et maléfiques, guérir une maladie quelconque ou porter bonheur, tout ceci bien entendu, avec la bénédiction de Dieu. Le marabout accorde également des consultations à des personnalités qui viennent de loin le voir pour des problèmes particuliers nécessitant son intervention. Tout cela lui procure du respect et de la considération, bref de l'autorité auprès des villageois.

Le marabout n'a qu'une seule femme contrairement aux autres hommes du village qui en possèdent plus d'une. Son épouse est une femme de petite taille, une silhouette frêle, mais pleine d'énergie. Mais comme dit le dicton ici, la personne de petite taille est, soit sage et ingénieuse, soit belliqueuse. Cette femme est assurément sage et ingénieuse, à entendre ses voisins et les autres connaissances ; elle est d'un bon caractère et possède un sens d'humour presque inné. Elle est joviale, travailleuse, affable, aimable et par-dessus tout généreuse.

C'est une ménagère comme toutes les autres femmes du village. Elle fait pratiquement, toute seule, tout le ménage. Quand elle se réveille le matin de bonne heure, elle balaye soigneusement l'intérieur et la devanture de la maison. Ensuite, elle va chercher de l'eau au puits et revient préparer le petit-déjeuner de la famille. Ce petit-déjeuner se résume souvent à deux ou trois choses : un verre de thé, un peu de lait et un peu de bouillie de millet ou de sorgho. Après avoir servi le petit-déjeuner à son mari et à ses enfants, elle va en brousse pour chercher du bois de chauffage et cueillir des légumes sauvages devant servir à préparer la sauce du repas du midi et du soir. Une fois de retour de brousse, elle va d'abord moudre la farine sur la meule installée à même le sol. Puis elle va se mettre à préparer le manger. Quand l'huile arrive à manquer, c'est encore elle qui se mettra à l'extraire selon un procédé long et pénible, mais auquel elle se plaît. Elle a un trésor d'énergie. Elle est d'une hospitalité particulière et surtout d'un courage louable. On ne l'a jamais entendue se plaindre. Elle accomplit son travail avec gaieté de cœur.

Cela ne tient pas au fait que son mari est marabout, elle est tout simplement faite ainsi, c'est-à-dire que cela tient à la culture qui l'a façonnée. Elle est juste le contraire de son mari. Elle parle beaucoup et a une certaine aisance à aborder les gens. De toutes les manières, toutes les femmes du village la connaissent et beaucoup ont lié amitié avec elle ; ce qui laisse à penser qu'elle doit certainement détenir des confidences de beaucoup d'entre elles. Des confidences qu'elle aurait certainement eues auprès de son mari ou même parfois directement des femmes venues consulter son mari. Mais, on n'a jamais entendu qu'elle aurait lâché quelques indiscrétions. Dès qu'on évoque son nom, les gens ne tarissent pas d'éloges à son égard. Comme tous les habitants du village, elle descend d'une famille agropastorale. Sa famille élève un important troupeau de bétail. Elle possède son propre bétail, produit des animaux qu'on lui avait donnés comme dot et qui lui revenaient de droit et qui se sont également multipliés. Elle s'appelle Ramada.

Elle a appris quelques sourates quand elle était petite, juste pour lui permettre de s'acquitter convenablement de ses prières. Elle n'a pas eu l'occasion de fréquenter l'école française, cette dernière vient d'être créée, deux années après l'indépendance du pays. Comme pour pallier le fait qu'elle n'ait pu fréquenter l'école des *Nassara*, elle avait voulu que tous ses enfants y aillent, y compris les filles. Apparemment, elle est en avance sur son temps. Bien que la religion islamique n'interdise pas aux filles de s'instruire, les coutumes ne le leur permettent pas. Les coutumes sont plus fortes que les gens qui les fondent. Les religions portent donc des aspects culturels ostentatoires des peuples chez qui elles sont révélées. Ce sont ces aspects culturels qui compliquent les religions.

Le marabout a cinq enfants, dont trois garçons. Il leur a donné une bonne éducation traditionnelle et religieuse. Mais l'un de ses enfants, l'avant-dernier fils, du nom d'Adouma, âgé d'une dizaine d'années, semble se démarquer nettement de ses frères et sœurs. Contrairement à ses autres frères, le sort a décidé qu'il fréquente en plus de l'éducation traditionnelle et religieuse, l'école française. Il semble avoir eu l'aval de son père, car le petit est allé de son propre gré se faire inscrire à l'école avec ses camarades. Quand on annonça au marabout que son fils est allé se faire inscrire à l'école des *Nassara*, terme désignant les Français ou les Européens d'une manière générale, il ne dit rien et ne fit rien non plus pour l'empêcher de continuer à fréquenter l'autre école. Il n'a pas donné son accord, du moins il l'a toléré. Après tout s'est-il dit, sa religion lui enjoint de respecter les gens du Livre. En outre, l'islam n'interdit pas qu'on se frotte à d'autres connaissances, pourvu qu'on ne s'y laisse pas aller, qu'on ne s'y pique pas. Le hadith ne rapporte-t-il pas que le prophète de l'islam avait dit que, s'il le fallait, il faut aller même en Chine chercher l'instruction.

L'enfant devait se réveiller à l'aube pour apprendre le Coran et au lever du jour, aller à l'école française située à environ une quinzaine de minutes de marche du village Ambirren. Il doit, en outre, assister à la séance d'apprentissage du Coran l'après-midi. Fils de marabout, il doit imiter son père en tout ce qu'il est et qu'il fait. Le père nourrit sûrement quelques desseins pour son fils : lui donner une bonne éducation religieuse afin qu'il devienne un érudit comme lui. Adouma vient d'ailleurs de rentrer du *mahdjar*, c'est-à-dire de l'émigration que l'on effectue loin de chez soi, dans d'autres contrées, en quête de connaissance islamique, en compagnie d'un marabout autre que son père et avec d'autres élèves pris dans d'autres villages.

Tout petit, son père l'avait confié à un de ses amis pour qu'il reçoive l'éducation islamique dans la tradition du *mahjar*. Le *mahjar* a une double signification : il prépare d'abord l'enfant à la vie, et ensuite il lui inculque l'enseignement coranique et religieux. C'est une sorte d'initiation. L'enfant est initié à l'endurance, à l'humilité. On peut provenir d'une famille aisée, mais lors du *mahjar*, on est astreint à vivre la plupart du temps de la charité, des dons offerts par des personnes généreuses. On doit aussi braver les intempéries, la chaleur, le froid, les pluies et la poussière, on parcourt de longues distances, allant d'un village à un autre et cela pendant plusieurs jours, plusieurs mois, voire des années à la quête du savoir. Pendant cette marche on peut rencontrer des fauves ou d'autres animaux féroces. Le *mahjar* est aussi porteur d'un symbole, puisqu'il rappelle la *hijra* du prophète Mohamed qui a dû quitter Médine pour se rendre à la Mecque. Le *mahjar* semble s'apparenter également aux pratiques des ermites ou des derviches d'autres religions qui vont à travers la brousse pour méditer.

Adouma a appris beaucoup de choses pendant ce périple. Il a pu surtout conclure la première phase d'assimilation par cœur du Coran, appelée *khitame*, c'est-à-dire clôture qui vient d'être célébrée par une cérémonie où le petit enfant a fait montre d'une intelligence louable, faisant la fierté de son père et de sa mère. Il est de tradition que tous ceux qui aspirent à devenir des marabouts ou des érudits en Islam assimilent intégralement le Coran et surtout qu'ils soient en mesure d'identifier oralement tout verset tiré au hasard et qu'ils le récitent sans broncher. Adouma vient de passer brillamment cette première phase. Décidément, pour son père, il promet. Mais son destin est-il ainsi tracé?

****

Vint le jour où le père devait passer la nuit du rêve suscité, communément appelée *leltal kheera* par les villageois sûrement une nouvelle appellation du terme *istikhara ou mustakhara* une sorte de rite divinatoire pratiqué la nuit. C'est ainsi qu'on l'appelle la nuit de la voyance, quand un religieux décide de l'observer. Il prit ce jour-là la décision de s'y préparer. L'objectif était de visionner ce que cette étoile annonce : augure-t-elle du bien ou du mal ? Il est du devoir du marabout de chercher à le savoir en ayant recours à ses connaissances mystiques et religieuses. Il s'acquitta avant tout de la prière de la nuit, ensuite, observa les rites nécessaires recommandés pour cette nuit spéciale. Il devait dormir dans sa hutte de travail pour ne pas être dérangé. Ce genre d'activité lui commande de se retirer seul dans sa hutte. Il en suivit les prescriptions. Il invoqua Dieu et se coucha. Peu après, le sommeil l'emporta. Juste avant que le muezzin n'annonçât la prière de l'aube aux fidèles, *Faki* Ibet fut fortement secoué par un rêve. Il voyait dans ce rêve, d'abord de la poussière qui se levait du côté est, et qui ensuite se transformait progressivement en un tourbillon violent qui s'éleva très haut et traversa tout le pays. Le tourbillon était si dense et sombre que le pays se trouva soudain envahi par une obscurité totale, comme dans de véritables ténèbres. Il lui semblait entendre des gens crier et d'autres appeler à l'aide. Cette vision atroce le réveilla brusquement. Il revint à lui-même, rassuré par la lampe-tempête qui éclairait la case et qui était à côté de lui. À cet instant, le muezzin se mit à lancer l'appel des fidèles à la prière du matin.

Faki Ibet se leva, alla derrière la maison pour faire ses besoins, fit ses ablutions et pria. Après avoir prié, sa femme lui apporta le petit-déjeuner qu'elle déposa dans la cour, car il allait prendre ce petit-déjeuner en compagnie de ses enfants et des visiteurs qui étaient parfois de passage et qui passaient leur nuit dans la case des hôtes qu'il avait fait construire et aménager pour cette circonstance. C'était un vendredi, un jour de congé. Il n'y avait donc pas de séance d'apprentissage du Coran ni d'autres instructions islamiques. Il prit le petit-déjeuner. Ensuite, il dépêcha un de ses fils chez le chef de village pour lui demander de réunir le conseil du village pour qu'il lui rende compte de sa vision.

Le marabout se rendit tout droit chez le chef de village. Ce dernier et les notables tiennent ses conseils en haute estime. Comme c'était un jour de congé, il trouva tous les notables présents. Il salua le chef de village en premier lieu, ensuite il salua un à un tous les notables depuis le doyen d'âge jusqu'au benjamin. Il demanda à chacun des nouvelles de sa famille. Mais on pouvait voir que tous avaient l'air préoccupé et lui répondaient d'une manière distraite et évasive, ils frétillaient tous d'impatience et voulaient vite l'entendre dévoiler le contenu de sa vision. Il s'assit en face du chef de village. En voyant sa mine grave, mais calme, tout le monde pouvait deviner ce qui allait être dit. Tout le monde était anxieux. En effet, c'était un message lourd à livrer. Au soulagement de tous, *Faki* Ibet commença enfin à parler. Il leur fit savoir qu'il avait déjà passé la nuit du rêve suscité et qu'il leur fera part de ce message quitte à eux d'analyser et d'interpréter sa signification. Après avoir introduit le sujet, il se mit à leur raconter fidèlement, étape après étape, ce qu'il avait pu visionner dans son rêve. Tous suivaient attentivement son récit. Quand il eut fini de parler, les notables se regardèrent les uns les autres. Personne n'osait dire mot. C'est le chef du village qui brisa le silence. Il demanda au chef de terre et à l'un des sages, notamment le plus âgé, de leur interpréter le sens de ce rêve. Le chef de terre céda la parole au notable par respect du droit d'aînesse. Celui-ci acquiesça, sachant qu'on allait sûrement le désigner. Il prit la parole pour dire justement ce qu'il redoutait. Ce que le marabout a eu comme vision n'augure rien de bon présage. L'apparition de cette étoile traîne un fléau néfaste et dévastateur; soit une épidémie, une calamité naturelle quelconque, soit une guerre de grande envergure. Il ajouta aussitôt, pour minimiser l'effet produit par son interprétation, que l'idée d'organiser des sacrifices était la chose la plus appropriée et qu'il ne fallait pas perdre du temps. Il faut sans tarder organiser ces sacrifices. Tout le monde l'approuva. En fait, tous partageaient intuitivement son interprétation, car un tel cauchemar ne pouvait signifier que désastre. Il était donc superflu que l'on fît plus de commentaires. La séance fut levée. On se dispersa.

Les sacrifices furent organisés rapidement. Tous les villages environnants étaient conviés. Les gens arrivaient par petits groupes et de tous les coins. Ambirren grouillait de monde ce jour-là. L'atmosphère qui y régnait ressemblait à une véritable atmosphère de fête, même s'il s'agissait d'offrir des sacrifices destinés à éloigner un malheur qui s'annonce avec imminence. Comme convenu, une chambre a été aménagée pour que les marabouts et autres lecteurs du Coran puissent y prendre place. Le chef du village offrit pour la circonstance un taureau, du thé et du sucre. C'était l'oncle maternel d'Adouma qui était chargé de l'organisation et de la mise en place des marabouts et des autres invités. Les gens étaient regroupés par classe sociale ou par classe d'âge. Les chefs de village et leurs notables étaient installés ensemble. Les marabouts et les lecteurs du Coran forment un groupe à part. Les autres invités ont été placés ensemble dans une autre hutte. Les jeunes, qui font partie du comité d'organisation et qui doivent de temps à autre prêter main-forte à Azzalo, se retrouvent ensemble. Azzalo leur distribue les tâches, entre autres, la préparation du thé aux invités. Le thé peut se prendre même pendant la lecture du Coran.

Tous les marabouts se rassemblèrent donc dans la hutte qui leur était réservée et dans laquelle furent étalées des nattes de rônier. Certains d'entre eux avaient pris soin d'apporter leurs propres exemplaires du Coran, d'autres étaient venus les mains vides, espérant en trouver sur place. Il est de coutume que celui qui organise une séance de lecture du Coran mette à la disposition des lecteurs un Coran à feuillets détachables ayant de gros caractères, de sorte que les lecteurs puissent se les partager et que la lecture soit aisée. Ces feuillets sont distribués aux lecteurs par *sourates* afin que la lecture puisse être mieux suivie. Ceux des invités ne sachant pas lire le Coran et qui s'étaient installés à part devaient tout simplement faire acte de présence. Parmi eux, il y en avait qui avaient eu le réflexe d'amener leurs chapelets afin d'invoquer la profession de foi ou tout autre verset adapté à une telle circonstance, apportant ainsi leur contribution aux sacrifices.

Les jeunes étaient chargés de dépecer le taureau immolé par Faki Ibet. Ils le dépecèrent soigneusement, le coupèrent en morceaux, puis remirent la viande aux femmes. Afin d'alléger la tâche aux femmes, les jeunes avaient donc la charge de s'occuper de la préparation du thé, destiné à agrémenter la cérémonie des sacrifices. La préparation du thé lors des cérémonies a ses règles que seuls les jeunes hommes ou femmes maîtrisent.

Pour une cérémonie qui impliquait la lecture du Coran, on n'avait pas besoin de mobiliser toutes les femmes des villages environnants. Seules quelques-unes d'entre elles avaient été sollicitées en raison de leur expertise en art culinaire pour qu'elles viennent prêter main-forte aux femmes du village où ont lieu les sacrifices. Aux femmes revient donc la charge de préparer la nourriture des sacrifices. Pour ce faire, les femmes se retrouvent ensemble à l'écart des hommes, pour se mettre à l'œuvre. Elles apprêtèrent de grandes marmites et des canaris pour la préparation de la nourriture du sacrifice. Pour ce qui est du bois de chauffage, elles utilisaient ceux qui étaient savamment rangés tout autour des cases et qui leur servaient en même temps de clôture.

Les femmes adorent de telles occasions où elles peuvent se retrouver entre elles, loin des regards des hommes et discuter des problèmes qui les regardent, en l'occurrence la cuisine autour de laquelle beaucoup d'autres sujets pourraient être abordés. Leur conversation est par moments ponctuée d'éclats de rire, signe que l'atmosphère est bon enfant. Mais, il suffit qu'une coépouse de l'une d'entre elles soit présente pour que l'atmosphère soit à jamais gâtée. Les sujets de conversation devraient être soigneusement sélectionnés afin d'éviter toute polémique, qui le plus souvent aboutit à une bagarre rangée se soldant par des tresses arrachées. Heureusement, cette occasion-ci est très solennelle, généralement les femmes se gardent de toute attitude belliqueuse, s'efforçant de se contrôler.

Juste avant la prière de midi, la lecture du Coran fut achevée. On annonça que la nourriture était aussi prête. Elle fut servie à tout le monde. C'était un repas modeste, composé de pâte de mil servie avec la sauce de viande. Cette pâte dure est servie dans des écuelles en bois ou dans des calebasses dont elle prend la forme arrondie. L'on mangea, puis l'on pria. En conclusion, on implora Dieu d'accepter ces sacrifices et d'écarter toute malfaisance en vue. Avant que les villageois ne se dispersent, le chef de village annonça à leur attention que le chef de terre allait aussi organiser, dès le lendemain, les sacrifices à la mémoire des ancêtres. Il leur enjoignit de rester à la maison, de ne pas aller en brousse ou aux champs pour quelque raison que ce soit.

L'organisation des sacrifices à la mémoire des ancêtres n'exige pas qu'on rassemble tous les villageois. Le chef de terre assisté d'une vieille femme sachant parler aux ancêtres ira dans la brousse retrouver l'arbre de la fondation de l'ethnie. À cette occasion, on égorgera trois poulets, à savoir un coq, une poule et un poussin âgé de sept jours. En plus, le chef de terre apportera des calebasses, chacune contenant un produit de la culture du pays : millet, sorgho, sésame, arachide, haricot, pois de terre, et coton. Tous ces produits seront abandonnés sous l'arbre de l'ethnie. Ainsi furent accomplis les sacrifices censés éloigner tout fléau qui pourrait survenir.

****

Ce jour-là, après la séance d'apprentissage du Coran du matin et après avoir consommé un peu de lait que sa mère a trait et chauffé elle-même, Adouma dit à sa mère qu'il va aller aujourd'hui commencer l'école des *Nassara*. On lui avait demandé de venir le matin lorsque le soleil se serait levé. Il prit congé de sa mère et partit.

Sur son chemin, il rencontra d'autres gamins qui se rendaient à l'école. C'étaient des gamins dont il n'avait pas encore fait la connaissance. Ceux-ci portaient des effets dans leurs mains. Lui marchait les bras ballants.

Arrivé dans l'enceinte de l'école, il se dirigea directement vers l'endroit où il s'était fait inscrire. Il retrouva le maître qui l'avait inscrit. Celui-ci le regardait d'un air dubitatif ; il ne croyait pas qu'un fils de marabout puisse venir de son propre gré à l'école d'un air aussi fier et déterminé. On lui remit des fournitures parmi lesquelles un crayon, une ardoise, un livre de lecture « Mamadou et Bineta », un livre de calcul « J. Auriol », une gomme, un buvard, une plume et de l'encre de couleur violette. Ces affaires dégageaient une odeur étrangère, une odeur qui n'est pas d'ici, en tout cas une odeur qui ne lui est pas familière. On lui donna également un bout de papier qu'on lui demanda de remettre à son maître. On lui montra sa classe. Adouma paraissait quelque peu désemparé.

Adouma vint trouver le maître. C'est un homme de taille moyenne et trapu. Il a le visage lacéré de scarifications. C'est la première fois qu'Adouma voit une personne ayant des balafres aussi saillantes. Il éprouve une certaine crainte, à l'égard des gens balafrés, à cause des histoires que les gens racontent à leur sujet. D'un geste incertain, il tendit le papier au maître. Celui-ci s'en saisit, en prit connaissance et sans dire un mot, lui indiqua de la main sa place. Celui-ci vint s'asseoir. Il devait partager la table-banc avec deux autres élèves de son âge. Après s'être assis, il parcourut des yeux la salle de classe et constata qu'il y avait aussi des élèves un peu plus âgés que lui. Il vit le tableau noir, les images sur le mur et les autres objets qui ornaient la classe et qui lui étaient tout à fait étrangers. Seuls le tableau et l'ardoise pouvaient lui rappeler sa tablette de *mahadjir*, d'élève de l'école coranique. Les autres élèves le regardaient d'un air inquisiteur et moqueur.

L'endroit lui était aussi tout à fait étranger et présentait un caractère austère et mystérieux. C'est la première fois qu'il entre dans un édifice construit en brique et qu'il s'assied sur une table-banc. Après tout, c'est plus confortable d'écrire là que sur une natte, se dit-il. Cela lui donne aussi le sentiment d'être sur une élévation, d'être à la même hauteur que les autres.

La toute première leçon à laquelle il prenait part portait sur la prononciation. Le maître lisait un à un les sons, puis les mots et les élèves répétaient après lui en chœur. Ensuite, chaque élève devait lire individuellement et à haute voix. Adouma observait, car il ne comprenait rien à ce qui se disait. Mais le principe d'apprentissage est le même : répéter après le maître ou le marabout. Il se dit qu'il pouvait faire cela. Il fit un petit effort et se mit à répéter timidement et machinalement les sons avec les autres. Cela résonnait bizarrement et n'avait aucun sens pour lui. Mais il doit s'y mettre. C'est pour cela que je suis venu, se dit-il.

Après avoir passé un temps d'une longueur indéterminée, et dont il a l'impression d'avoir perdu la sensation, il sentait une forte pression qui s'abattait sur lui, ce n'est pas comme à l'école coranique où les séances d'apprentissage se tiennent à l'air libre et où l'on a au moins le sentiment d'être à l'aise. Tout est différent pour lui. À ce moment, il entendit quelque chose résonner au-dehors. C'était la cloche qui venait de sonner dans la cour pour indiquer l'heure de recréation. Le maître suspendit la leçon de calcul, aussitôt après qu'un élève eut achevé de réciter une table de multiplication, puis les enfants sortirent de la classe pour la récréation. Adouma sortit avec ses camarades. Ce qu'il devrait faire, se disait-il, c'était d'imiter les autres. Et c'était la seule manière d'apprendre, du moins pour l'instant.

La cour de récréation était bondée de gamins qui jouaient, couraient de tous les côtés et criaient. Il y avait de grands et de petits élèves. Il put reconnaître quelques enfants qu'il croisait parfois sur la route et cela lui donna un peu de confiance, car jusqu'ici, il se sentait seul. Mais cette confiance était tout de suite annihilée, il voyait des enfants qui se battaient, mais que personne ne voulait séparer. Au contraire, il y eut un attroupement qui se forma, constituant une véritable arène. Les élèves encourageaient et poussaient les pugilistes à se battre davantage. Cela ne lui plaisait pas et l'inquiétait, à l'école coranique on ne pouvait pas se permettre une telle attitude. Il sortit de la cour de l'école et constata que des vendeuses alignées sous les arbres de l'autre côté de la route face à l'école proposaient plusieurs aliments aux élèves. Il se rendit aussi compte que ses camarades avaient apporté des provisions qui leur avaient été sans doute données par leurs mères depuis la maison. Certains de ses camarades avaient des bouteilles remplies d'eau de couleur blanchâtre dans lesquelles ils avaient fourré des céréales de toute sorte. D'autres avaient des pièces de monnaie qui leur permettaient de s'acheter des cacahuètes ou d'autres amuse-gueules, pour estomper momentanément la faim en attendant midi, pour rentrer à la maison.

La cloche sonna une seconde fois. Il vit soudain que les élèves se dépêchaient vers leurs classes respectives. La cloche était donc un autre type de langage permettant de communiquer avec les élèves. Il suivit ses camarades en classe. La leçon sur la multiplication devait continuer. Elle sera ensuite suivie par l'écriture et la lecture. Comme c'était son tout premier jour, Adouma regardait ses camarades lire et notait la réaction du maître quand un élève lisait bien ou mal ; approuvant quand un élève lisait correctement et désapprouvant quand un élève commettait une faute. Adouma trouvait cette réaction tout à fait normale, car c'est ce que fait son père quand il enseigne le Coran. Lui ne pouvait pas encore lire le français. Il enviait ses camarades. D'ailleurs c'est cette curiosité mêlée d'envie qui l'avait poussé à venir à l'école. Il se disait qu'il arriverait lui aussi sûrement un jour à lire comme ses camarades. Le maître finit son cours. Adouma commençait à avoir des sentiments plus positifs à l'égard du maître. La fin du cours s'approcha quand un homme en djellaba fit son entrée. C'était le maître du cours d'arabe qui avait l'apparence d'un marabout. Ce cours lui parut familier. Il reconnut plusieurs sons et même des mots. Il devenait de plus en plus confiant. Il était d'ailleurs étonné que l'arabe puisse s'apprendre à l'école des *Nassara*. La cloche sonna pour annoncer la fin des cours.

Il ramassa ses affaires et rentra à la maison. La première chose qu'il fit, fut d'aller tout droit retrouver sa mère, lui montrer ses fournitures et lui raconter l'expérience de son premier jour à l'école. Il alla boire de l'eau dans la jarre qui se trouvait au pied du figuier. Cet arbre ombragé produit une certaine fraîcheur, raison pour laquelle la jarre avait été posée là pour que l'eau à boire devienne fraîche. La mère constata que son fils était fasciné par l'école des *Nassara*. Il raconta la même chose à son père qui ne laissa trahir aucune expression sur son visage. Son père parlait peu. Il semblait lire à l'instant la pensée de son père. Si son inscription à l'école devait avoir des conséquences fâcheuses, comme son père avait l'habitude de prévoir intuitivement les choses et parfois en ayant recours au rêve nocturne suscité, il l'aurait tout de suite empêché de fréquenter l'autre école. Mais il ne l'avait pas fait. Par contre sa mère qui était au début opposée à la fréquentation de cette école, se rallia d'emblée aux vœux de l'enfant et l'encouragea. Adouma demanda à sa mère de lui apprêter des provisions pour l'école comme il avait vu chez ses camarades. Elle lui demanda en quoi cela consistait. Il lui décrivit ce qu'il avait vu chez ses camarades. Il alla de même voir son père pour lui demander de lui donner des pièces d'argent pour s'acheter des aliments que les vendeuses proposent aux enfants à l'école.

Le lendemain, après avoir terminé la séance d'apprentissage du Coran du matin, Adouma mangea de la bouillie de mil au lait. C'était son mets favori du matin. Sa mère lui remit ses affaires qu'elle avait soigneusement rangées de côté, de peur que des termites ou des rats ne les rongent. Il reprit le chemin de l'école en vrai écolier cette fois-ci. En cours de route, il croisa les mêmes camarades d'hier et eut le courage de se joindre à eux et de leur parler. Le voyant muni des fournitures scolaires comme eux, ils l'intégrèrent dans leur groupe et ensemble ils se dirigèrent vers l'école.

Ainsi de jour en jour, Adouma s'habitua à l'école. Il était devenu un élève brillant. Les séances d'apprentissage du Coran auxquelles il prenait part le matin et l'après-midi n'avaient pas entamé sa détermination de suivre l'école française. Les mois, puis les années passèrent, Adouma devint un des meilleurs élèves et atteignit la classe de CMI. Il avait ainsi suivi les cours préparatoires pendant cinq ans sans aucune difficulté, sans redoublement. Il est maintenant en mesure de déchiffrer et d'écrire une lettre. Quand une lettre arrive au village, c'est à lui qu'on fait appel pour en déchiffrer le message. Désormais, le village ne va plus ailleurs chercher de l'aide pour tout ce qui concerne la rédaction ou la lecture des lettres ou d'autres documents écrits. C'est tout le village qui est fier d'avoir un de ses fils aussi lettré.

Mais cette réjouissance sera de courte durée, parce que le père d'Adouma, conforté par le succès de son fils, décida de l'envoyer chez son frère, c'est-à-dire chez l'oncle paternel d'Adouma, Azzen, un officier de la garde nationale dans la ville de Erda, où il pourra finir la dernière année du primaire. Le cycle primaire d'Ambirren n'étant pas complet, les parents qui désirent voir leurs enfants continuer le cycle devraient les envoyer au chef-lieu de canton ou en ville où il existe des cycles complets du primaire.

****

Le jour du départ d'Adouma pour la ville, sa mère lui apprêta quelques provisions qu'elle avait soigneusement préparées. Ces provisions comprenaient du sésame, des arachides et du mil destinés à la famille de son oncle paternel. Il prit congé de ses frères, de ses sœurs et de sa mère, puis alla trouver son père pour lui dire également ses adieux. Son père lui prodigua des conseils d'homme à homme cette fois-ci, lui demandant d'avoir un comportement convenable, maintenant qu'il va habiter hors de chez lui, même si c'est chez son oncle paternel. Il l'exhorta à être sérieux dans ses études et surtout à ne pas oublier ses prières quotidiennes, ce qui faciliterait toute œuvre qu'il entreprendrait. Il lui demanda de lui écrire de temps en temps pour lui donner de ses nouvelles. Il lui conseilla d'être vigilant et à l'écoute, au sujet de cette apparition mystérieuse. On ne sait d'ailleurs jamais ce qu'elle réserve. N'importe quoi peut arriver et à tout moment. Après avoir fini de lui parler, son père lui remit une petite amulette enveloppée dans une peau tannée, cousue sur les bords. Il lui demanda de ne jamais s'en séparer.

Il sortit de la hutte de son père et partit dire au revoir aux voisins. Ces derniers lui souhaitèrent un bon voyage et de bonnes études. Il revint une dernière fois revoir sa mère, ses frères et ses sœurs. La pensée de se séparer de son fils en partance pour un pays lointain et inconnu et pour une durée indéterminée fit monter des larmes aux yeux de sa mère et de sa petite sœur ; des larmes qu'elles tentaient vainement d'arrêter en les essuyant avec leurs châles. Sa petite sœur était sa confidente;

ils s'entendaient et se comprenaient très bien. Ne pouvant à son tour retenir ses larmes, Adouma sortit enfin de la maison d'un pas pressé, évitant le regard des autres, et vint rejoindre son oncle maternel Azzalo qui l'accompagnera jusqu'à la ville d'Erda qu'il venait juste de quitter pour venir chercher Adouma.

C'est la deuxième fois qu'Adouma s'éloigne de chez lui et qu'il effectue un voyage aussi loin de son village et qu'il se sépare des siens. Il est vrai qu'il est allé au pâturage, au champ et aux villages environnants en compagnie de son père ou avec ses camarades, mais la distance n'était pas aussi longue. Il est aussi allé en *mahjar*, mais pas dans une ville. De plus, c'est une direction opposée qu'ils vont emprunter. Ils vont partir à cheval. Adouma est monté sur son cheval préféré, l'étalon. Il aime élever les chevaux. C'est son père qui lui a transmis cette passion des chevaux. Malheureusement, il va devoir se séparer de son cheval, car ce dernier sera ramené à Ambirren dès qu'ils seront arrivés à Erda. Adouma s'inquiète que son cheval ne puisse recevoir les soins qu'il lui voue tant.

L'oncle maternel d'Adouma est un homme connu dans le village pour son franc-parler, pour sa manière de distraire et d'égayer les gens par des histoires, intéressantes et interminables qu'il arrive toujours à concocter. C'est un bon vivant et un être drôle. Dès qu'il fait son entrée dans une cour ou dans une maison, les gens sont ravis de le voir, grands et petits, car ils savent qu'il va tout de suite placer un mot qui les détendra. Il a un accès facile à toutes les concessions. Il a un autre côté vertueux, c'est qu'il est toujours prêt à venir en aide aux autres. Il est très actif et entreprenant lors des cérémonies de tous ordres ; il accueille bien ses invités, leur proposant et servant du thé ou d'autres boissons. Il est toujours assidu aux cimetières pour aider à creuser les tombes. Décidément, Adouma se dit que son oncle ressemble à sa mère sous tous les aspects. Sa mère et son oncle maternel ont hérité ce caractère de leur mère.

Adouma, lui, tend à ressembler à son père, également sous tous les aspects.

Adouma s'est demandé pourquoi son oncle n'est pas allé à l'école. Si intelligent qu'il est, il allait sûrement réussir. Mais, malgré son air débonnaire, jovial et affable, son oncle maternel est malheureux ; il n'a pas encore d'enfants et c'est ce qui le rend parfois triste. Le père d'Adouma lui a toujours conseillé de ne jamais désespérer et de continuer à prier Dieu et un de ces jours sa prière sera exaucée. Son oncle continue donc à attendre. Peut-être ses vœux seront-ils exaucés un jour !

Chemin faisant, ils rencontrèrent des gens qui allaient dans les deux sens, ceux qui rentraient au village et ceux qui partaient pour la ville. Tous ces gens semblaient connaître Azzalo et le hélaient d'un ton familier chaque fois. À la mi-journée, ils s'arrêtèrent dans un village se trouvant à mi-chemin entre Ambirren et Erda. Une connaissance de son oncle les accueillit en leur apportant de l'eau. On leur prépara également du thé et à manger. N'étant pas autorisé à prendre du thé, Adouma se contentera du lait et de la nourriture qu'on leur présenta. En leur honneur, le maître de la maison égorgea un poulet. C'est un geste d'hospitalité louable dans cette région. Ils s'acquittèrent de la prière du midi et se remirent en route, continuant leur chemin.

Pendant qu'ils continuaient à marcher, son oncle lui montrait les divers endroits de la brousse. Tous ces lieux ont des noms suggestifs dont le sens n'est compris que par les gens du coin. Chaque coin a une histoire, une histoire de guerre tribale, une histoire de chasse, de sorcellerie ou tout simplement des lieux de jeux qu'Azzalo se rappelle encore très bien. Azzalo est beaucoup plus jeune que le père d'Adouma. Mais dans ce pays, on devient homme dès le jeune âge c'est-à-dire juste quelques années suivant la circoncision ou l'initiation qui se pratique entre quatre et six ans. Il a dû d'ailleurs se marier très jeune.

Des arbres de différentes espèces jalonnaient le chemin qu'Adouma et son oncle longeaient. Certains de ces arbres étaient familiers à Adouma, d'autres par contre lui étaient inconnus. Voyant que son compagnon ignorait certains arbres utiles, Azzalo se mit à citerles noms de ces arbres et leurs différents usages. Il s'agissait des espèces d'*acacias*, des *balanites Aegyptica* ou savonniers, une espèce d'arbre à tout faire, des figuiers, des tamariniers, des fromagers, etc. Son oncle lui racontait des histoires se rapportant à chaque arbre, des histoires mystiques et mystérieuses. La brousse est le domaine des êtres autres que les humains. Ces arbres constituent leurs demeures et quiconque tenterait de les en déloger n'en sortirait pas indemne. La plupart de ces arbres produisent des fruits consommés aussi bien par les humains que par les animaux domestiques et les animaux sauvages. Adouma se gavait également de ces fruits lorsqu'il conduisait le troupeau au pâturage.

Les bruits émis par les trots des chevaux semblaient troubler la quiétude des petits animaux. Ceux-ci effarouchés, traversaient imprudemment et d'un air indécis la route. Parfois un écureuil, un rat, un lièvre ou même un chacal sortait du bois puis, subitement, rebroussait chemin. Les grands animaux évitent de s'aventurer près de la route fréquentée par les hommes surtout en plein jour ; au contraire, des petits animaux rôdent non loin des champs pour piquer une graine par-ci, un fruit par-là, pendant les périodes de récolte des divers produits agricoles, tels le millet, le sésame, l'arachide, le pois de terre et le sorgho. À ce décor, se mêlait inévitablement la gent ailée qui surgissait du bois et dont les cris stridents déchiraient le silence.

Tout le long du chemin, les deux voyageurs apercevaient des cultivateurs heureux qui s'affairaient à battre collectivement leurs céréales ou déterrer les plants d'arachides lourdement garnis de gousses blanchâtres et bien mûres. Ces travaux étaient agrémentés par des chansons et des danses qui étaient familières à Azzalo qui ne pouvait s'empêcher parfois de les imiter ; il répétait en chœur les chansons. L'oncle maternel d'Adouma connaissait presque tous les propriétaires de ces champs et n'hésitait donc pas à se servir, de temps à autre, de quelques grappes d'arachide. Quelquefois, des tiges sucrées de sorgho leur étaient tout généreusement gratifiées.

Le père d'Adouma, grand cultivateur reconnu, avait déjà moissonné ses produits agricoles et les avait même déjà stockés dans de gros greniers installés dans sa concession. C'est de cette moisson qu'on avait donné à Adouma quelques provisions qu'il apporta à son oncle paternel, devenu désormais son tuteur à Erda. L'oncle d'Adouma s'adonne aussi à la culture même si personnellement il ne prend pas la houe. Ce sont ses enfants, aidés d'autres personnes dont il loue les services qui s'occupent du champ. Il est plus avantageux de produire que d'acheter les produits agricoles.

Après avoir dépassé les moissonneurs, les deux voyageurs abordent une zone plus dense que celle qu'ils ont parcourue jusqu'ici. Il y a beaucoup plus d'arbres, plus grands et plus touffus. L'endroit dégage une fraîcheur provenant de la végétation dense et variée. En effet, ces arbres annoncent le *wadi*, sorte de cours d'eau saisonnier qui, pendant la saison des pluies, s'emplit d'eau, coule et déborde dans les champs parfois. Il peut être très dangereux. Il peut arriver que le *wadi* coupe la circulation des jours durant, en raison de l'absence de ponts ou de pirogues. Les habitants de cette zone ne ressentent pas la nécessité de se procurer des pirogues à cause du caractère temporaire du *wadi*. Quant aux paysans, ils sont très contents de la présence de l'eau partout dans la brousse en cette période. Les abords du *wadi* proche des villages permettent d'entretenir des cultures maraîchères et des vergers, même pendant la saison sèche, car à cet endroit, la nappe phréatique n'est pas profonde. Des puits peu profonds sont creusés après la décrue du *wadi* pour arroser ces jardins.

Ce *wadi* s'appelle le *wadi* de Gourba en mémoire de l'homme qui avait courageusement terrassé et tué un lion tout seul dans cet endroit. Le wadi est fréquenté par les grands animaux sauvages attirés par la présence de l'eau. C'est une zone dangereuse. Le silence dans ces parages est rendu encore plus terrifiant et langoureux par les chants aigus des cigales et des grillons. À ce décor se mêlent les pépiements des petits oiseaux et le murmure de l'eau qui ruisselle et scintille tel un serpent se glissant sous le feuillage. Adouma et Azzalo traversèrent le *wadi*, silencieux. Puis Azzalo se mit à raconter à Adouma l'histoire de Gourba, l'homme qui a affronté un lion tout seul et l'a tué en le foudroyant d'une flèche. Dans ces endroits, il arrivait que l'homme et les animaux se disputent l'eau. En concluant son histoire, Azzalo dit à son neveu que des défis de tous ordres se dressent à l'homme. Il revient à ce dernier de savoir les relever. Pour ce faire, il faut posséder certaines qualités : courage, force, intelligence et patience. Il est bon d'être courageux, mais il est mieux d'être intelligent. Azzalo insista qu'un homme doit allier au moins deux de ces qualités.

Vers la fin de l'après-midi, ils atteignirent enfin la ville d'Erda dont on parle tant au village. À l'entrée de la ville, Adouma ne pouvait s'empêcher d'admirer les maisons construites en briques cuites ou simplement en terre battue ou en banco. Les toits des maisons sont couverts de tôles et les maisons peintes en blanc. Erda est une petite ville. On peut la traverser de bout en bout, à pied en peu de temps. C'est une sous-préfecture. Elle possède une petite infrastructure administrative complète. Le terrain est sablonneux. On y marche difficilement. Il y a des voitures et des engins à deux roues, mais on peut compter du bout des doigts les personnalités et autres personnes possédant ces véhicules. Une très grande partie des habitants portent des habits confectionnés localement.

L'oncle paternel d'Adouma est un officier de la garde nationale. Il s'était engagé d'abord dans l'armée française où il avait passé 8 ans. En France, il avait aussi pris part à la Deuxième Guerre mondiale. Il racontait les moments passés en France avec fierté et nostalgie à ses parents et autres connaissances. Il citait des villes françaises qu'il avait visitées telles que Paris, Bordeaux, Lyon, Toulon et Marseille. Ces noms ne disaient absolument rien à ses auditeurs mais c'est plutôt l'histoire de la guerre qui les intéressait. De retour dans son pays natal, on lui proposa de travailler dans le même corps, le corps habillé, appelé ici « corps kaki », cette fois-ci dans la garde nationale et non pas dans l'armée nationale. Après avoir été muté dans plusieurs villes de son pays, il fut finalement affecté à Erda où il réside depuis plusieurs années. Comme tous les gardes nationaux, Azzalo est logé dans l'enceinte du camp des gardes. Ce camp est appelé *tata/geegar* par les habitants de la ville ; c'est une sorte de forteresse possédant deux grandes entrées, l'une en amont et l'autre en aval. Les gardes et les gendarmes vivaient avec leurs familles dans les camps. Son oncle avait aussi des enfants en âge de fréquenter l'école. Adouma fut accueilli à bras ouverts par sa nouvelle famille. Les enfants en particulier étaient très ravis de trouver un autre compagnon avec qui ils pourraient jouer et aller à l'école. Son oncle ordonna à ses enfants d'amener les effets de leur cousin dans leur chambre.

Ensuite, on s'enquit des nouvelles du village avec une certaine nostalgie. On demanda d'abord des nouvelles du père et de la mère d'Adouma ; ensuite, des autres parents du village. Son oncle lui demanda ce que les gens du village pensaient de l'étoile qui apparaissait souvent à l'aube. Adouma lui dit que les gens étaient en fait très préoccupés et qu'ils avaient l'intention de faire des sacrifices à cet effet. Son oncle semblait approuver cette idée.

Le jour de la rentrée scolaire, son oncle paternel le conduisit à l'école pour le présenter au directeur afin qu'il puisse reprendre les cours avec les autres élèves. Il était aussi accompagné de ses cousins. Son oncle, connu par le directeur de l'école, remit la lettre de transfert qui lui avait été donnée par le maître de l'école du village. Le directeur prit la lettre, déchira l'enveloppe et en retira le contenu. Il en prit connaissance. Ayant lu la lettre, il s'assit sur son bureau et écrivit une autre note qu'il donna directement à Adouma, lui indiquant une salle de classe. Son oncle remercia le directeur et s'en alla. Adouma rentrera, après, à la maison avec ses cousins.

Comme le directeur le lui avait indiqué, Adouma se présenta à son nouveau maître. Celui-ci était tout à fait le contraire de son maître de l'école du village. Il était grand et avait l'air très sportif. Il prit le papier qu'Adouma lui tendit, le lut et montra à Adouma sa place. Adouma alla s'asseoir. Il prit place sur une table-banc inoccupée se trouvant à la dernière rangée de la classe de CMII. Soit l'occupant était absent, soit il n'y en avait pas du tout. Il prit d'abord connaissance des lieux et constata que la classe comportait deux niveaux : le CMI d'un côté et le CMII de l'autre. Deux rangées formaient chaque classe. Le même maître enseignait tous les deux niveaux. Pendant qu'il enseignait dans un niveau, l'autre niveau était occupé avec des devoirs. L'instauration d'un tel système s'explique paradoxalement, soit par l'insuffisance d'élèves ou d'enseignants, soit par l'exiguïté des salles de classe.

Bien que le milieu lui parût nouveau, l'école en tant que telle ne lui était plus étrangère. Il était au contraire émerveillé d'être venu en ville pour poursuivre ses études. Chaque nouvelle rentrée scolaire lui rappelait son premier jour à l'école. La joie de retrouver ses camarades et celle de retrouver les lieux auxquels il était tant attaché et qui faisaient partie de sa vie et qui allaient aussi, d'une manière ou d'une autre, façonner sa vie, l'animaient. Cependant, l'idée d'avoir quitté les siens le préoccupait et lui pinçait de temps en temps le cœur. Mais son père lui avait dit qu'il est déjà devenu un homme et qu'il devait se comporter comme tel, accepter les défis et faire tout pour les relever. Il fallait qu'il adopte désormais un autre comportement, une autre manière de vivre. Même si son oncle paternel l'avait rassuré, il se rappelait encore les paroles de son oncle maternel qui lui disait que dès lors qu'on quitte son domicile, qu'on va ailleurs et qu'on y est, on ne doit plus se comporter comme si on était chez soi. Bien entendu jusqu'à ce que l'on fonde un autre chez soi là où on est nouvellement installé.

Il aimait bien cette classe. Il y avait un peu plus d'élèves qu'à Ambirren. C'était une classe mixte ayant aussi bien des filles que des garçons. Ils étaient de tous âges. Il y avait des enfants plus petits que lui, ceux qui avaient le même âge que lui et d'autres qui étaient ses aînés. Il jeta un regard autour de la classe, pour se familiariser davantage avec les lieux. Il y avait deux cartes géographiques dans la classe, l'une représentant son pays et l'autre l'Afrique. Pour le cours d'histoire et de géographie devina-t-il. En outre il y avait une grande règle et une grande équerre, toutes deux de couleur jaune, pour l'arithmétique et les dessins géométriques, pensa-t-il. Il constata que les enfants étaient propres, bien soignés de par les beaux habits qu'ils portaient, ce qui n'était pas le cas au village où les enfants marchaient presque torse nu. De plus, il y avait des enfants d'origines diverses qu'il n'arrivait pas à identifier. Il savait de par leurs physionomies et leurs façons de parler qu'ils n'étaient pas originaires de sa région.

Quand il était entré, le maître était en train d'enseigner les élèves du CMI. C'est ce qui lui avait donné l'occasion d'observer toute la salle. Les élèves du CMII étaient occupés à traiter un devoir d'arithmétique qui apparemment ne devait pas être simple, car tous les élèves s'appliquaient avec sérieux à le résoudre. Ils étaient profondément concentrés, de sorte que sa présence n'avait même pas été remarquée par certains élèves. Quelques instants plus tard, la cloche sonna, annonçant la récréation et délivrant les élèves de ce calvaire. Mais, c'était une délivrance éphémère, ils le savaient tous. En fait, pour certains d'entre eux, c'était un soulagement, quoique de courte durée. Ils espéraient, lors de la récréation, avoir de l'inspiration ou piquer quelques idées de la conversation qui allait certainement avoir lieu pendant la pause à ce sujet.

La cloche sonna, intimant l'ordre aux élèves de repartir dans leurs classes. Comme à l'accoutumée, Adouma et ses camarades regagnèrent leur classe. Cette fois-ci c'était au tour des élèves du CMII de faire cours et à celui de ceux du CMI de traiter les sujets devoirs que le maître avait apprêtés depuis la maison ou au cours de la récréation. Lorsque tous les élèves s'étaient rassis et que le silence était revenu, le maître demanda aux élèves de CMII de lui remettre leurs cahiers de devoir, il allait entamer une autre leçon. Les élèves s'attendaient pourtant à le corriger en classe. Pour ceux qui n'avaient pu achever leurs devoirs, cela constituait une véritable raison d'inquiétude, car ils ne pouvaient obtenir que la note qu'ils méritaient. Adouma qui venait d'arriver était en fait exempté de ce devoir, mais l'ordre lui avait été intimé de copier l'emploi du temps et les leçons qui avaient été déjà enseignées. Aux élèves du CMI le maître donna un devoir de rédaction dont le sujet était de raconter ce qu'ils avaient fait pendant les vacances.

Après avoir occupé les élèves de CMI le maître commença le cours de CMII portant sur l'appareil respiratoire. Le maître dessina d'abord soigneusement l'appareil respiratoire au tableau noir, avant d'expliquer les fonctions dévolues à chacune de ses parties. La classe était très attentive, car les élèves ne devaient pas écrire pendant cette phase d'explication. L'explication de la leçon dura quelque temps. Les élèves devaient ensuite copier le cours qui leur était dicté. Après cela, ils devaient relever le croquis de l'appareil respiratoire. Grâce aux fournitures qu'on lui avait achetées, Adouma recopia la leçon qui venait d'être donnée dans son nouveau cahier. Il demanda à son voisin de lui remettre l'emploi du temps afin qu'il le recopie à la maison. La cloche sonna une fois de plus. Aussitôt, le maître ordonna aux élèves de ranger leurs affaires dans l'ordre et la discipline, puis les libéra. Adouma sortit de la classe, chercha ses cousins dans la foule pressée de rentrer, les retrouva et ensemble, ils rentrèrent.

Adouma continua, par ailleurs, à Erda à suivre l'apprentissage du Coran avec un marabout, ami de son oncle. Il s'était également initié à d'autres cours islamiques sur les lois de la prière, le bon comportement d'un musulman et quelques cours sur la grammaire arabe. À l'école, il recevait aussi des cours d'arabe. Au grand étonnement d'Adouma, le maître de l'arabe était habillé d'un pantalon et d'une chemise et non pas d'une djellaba comme un maître d'arabe devrait en porter. Cette tenue le rendait élégant.

Ainsi, Adouma menait presque le même rythme de vie qu'à Ambirren. Il allait à l'école avec ses cousins et était assidu à l'école coranique. Il s'était même lié d'amitié avec des camarades de classe qui lui montrèrent la ville et surtout les lieux de villégiature où les enfants du quartier allaient s'amuser. Il s'habitua peu à peu à la ville d'Erda et finit par en connaître les coins et les recoins. Il lui arrivait d'aller se promener avec ses cousins et leurs camarades communs aux alentours de la ville, car il suffisait de parcourir quelques centaines de mètres, et l'on se trouvait déjà en pleine brousse.

Les enfants partaient au marigot qui n'était pas éloigné du camp des gardes. Ils y allaient recueillir de l'argile pour fabriquer des jouets, notamment des animaux, des bicyclettes et des automobiles. Pour la fabrication des automobiles, ils allaient chercher les restes des tiges de mil ou de sorgho qui s'y prêtent le mieux. C'était une sorte d'évasion qui leur permettait de s'adonner à des activités pratiques où ils devaient créer eux-mêmes leurs objets, plutôt que d'en recevoir.

Ce marigot était, au dire de la population d'Erda, hanté. Tard dans la nuit, on entend un véritable vacarme des gens qui s'affairent : des enfants criant par-ci, des hommes et des femmes riant par-là, le tout mêlé à des braiments d'ânes ; tel le brouhaha d'un marché. Cette ville était en effet pleine de mystères. On racontait que l'aéroport n'avait jamais pu être construit à cause d'une histoire semblable. Le Bulldozer qui devait arracher les arbres pour dégager la voie s'était brisé depuis le jour où un événement d'une rare occurrence avait eu lieu. On racontait que lorsque le chauffeur du Bulldozer allait arracher un arbre gigantesque, en l'occurrence un tamarinier, il entendit des cris stridents, assourdissants, provenant de l'intérieur du feuillage, des cris mêlés de paroles incompréhensibles, mais qui semblaient lui enjoindre de ne pas faire cela. Prestement, le chauffeur descendit de son engin et détala, il emprunta une direction inconnue. On ne le revit plus. C'est ainsi que l'aéroport n'avait pu être construit à cet endroit et le Bulldozer y était finalement abandonné, car on ne pouvait plus le démarrer depuis ce jour-là. Cette histoire tendait à nous montrer que quand on rompt l'équilibre entre l'homme et la nature, il se passe une certaine perturbation, un déséquilibre. Il faut tenir compte de la dimension culturelle du développement qui a peu de chances de réussir sans les autochtones.

En écoutant de telles histoires, Adouma prit peur et jura de ne pas se promener seul et surtout de ne pas fréquenter de tels lieux. Il se dit qu'on avait certainement affaire à des êtres invisibles qu'on ne devrait pas provoquer dans leurs propres demeures. Cet arbre sert sûrement de reposoir aux Djinns qu'on ne peut voir. La brousse appartient à d'autres êtres, tout comme le village ou la ville appartient aux êtres humains. Et aussitôt vint à son esprit la sourate qui dit que Dieu créa l'humain et le Djinn pour qu'ils le vénèrent. Ce doit être donc des Djinns qui habiteraient cet arbre géant.

À la grande joie d'Adouma, son oncle élevait un cheval et un âne. Le cheval était blanc, d'une blancheur éclatante, pas une seule tache noire ; l'âne était de couleur beige. L'âne servait à transporter le foin destiné à eux deux, au cheval et à lui-même. Pendant les jours ouvrables, l'oncle d'Adouma envoyait des prisonniers qui n'avaient aucun intérêt à s'évader, chercher l'herbe pour les deux animaux. Les jours de repos, Adouma et ses cousins s'adonnaient avec joie à cette activité en allant en brousse faucher le foin. C'était l'occasion pour eux de s'évader, d'aller en randonnée pour respirer une odeur différente, jouir du calme qui y régnait en écoutant le doux chant des oiseaux. Partir en brousse à la recherche de l'herbe rappelait à Adouma Ambirren et ses propres chevaux.

L'effectif des élèves des deux classes continuait à s'accroître, car les élèves venaient d'autres villages environnants ou de ceux dont les parents avaient été, soit mutés dans cette localité, soit avaient tout simplement décidé de venir s'installer en ville. La salle ne pouvant plus contenir les deux niveaux, on décida de déplacer la classe de CMII. Un grand hangar en paille fut bâti à côté de l'enceinte de l'école. Adouma s'était encore retrouvé sous un hangar, mais sur une table-banc tout de même.

Un jour, les élèves eurent droit à la visite d'une délégation d'inspecteurs venue de la ville d'Abbassié. Un membre de la délégation leur donna une leçon de géographie où il avait été question de la position stratégique de leur pays qui se trouvait au cœur de l'Afrique. On leur apprit que c'est leur pays qui aurait dû s'appeler République centrafricaine, en raison de sa position géographique, c'est-à-dire placée au centre même de l'Afrique. Mais Adouma pensait que le nom donné à son pays lui seyait bien, car c'est un nom local qui rattache aussi à la terre. Par contre, le nom Centre Afrique est trop vague et rappelle un peu la géométrie. On dit aussi que la position centrale n'est pas toujours une bonne position. Adouma avait en effet appris que quand on vous présente une natte, il ne faut jamais s'asseoir au milieu, mais toujours aux bords.

Ce jour-là le maître colla un exercice d'arithmétique au tableau et décréta que seuls ceux qui auront trouvé la solution du problème pourront sortir pour la récréation. Il était 15 heures 30 min et c'était au mois d'avril, le mois le plus chaud de l'année. Le problème paraissait difficile, car tous les élèves étaient concentrés et réfléchissaient à sa solution. Adouma était serein et ne semblait pas s'inquiéter outre mesure de ce problème. On pourrait dire que c'était le jour où les mathématiques s'étaient révélées en lui, car la compréhension du problème traversa son esprit comme un éclair et l'illumina. Il résolut le aisément. Il était le seul à sortir ce jour-là pour la récréation. Il était très fier de lui.

****

Adouma recevait régulièrement les nouvelles des siens par les commerçants qui venaient à Erda acheter des marchandises à revendre à Ambirren et dans les villages du coin. Azzalo, l'oncle maternel d'Adouma s'était aussi adonnéà ce genre d'activité, suite aux conseils du père d'Adouma. Il lui avait conseillé de tenter sa chance, au lieu de croiser les bras et attendre à longueur de journée sous le grand tamarinier avec les vieilles personnes, l'arrivée de la prochaine saison des pluies. De temps en temps, les paysans allaient en brousse chasser et rapportaient des gibiers, mais c'était une activité qui s'avérait par moments plus dangereuse que le commerce, car on avait des chances de tomber dans la gueule d'un fauve.

L'étoile mystérieuse constituait toujours un souci, aussi bien pour les villageois que pour les habitants de la ville d'Erda. Chaque jour apportait son lot de questions. Tant qu'elle n'avait pas craché le contenu de son mystère, cette étoile continuait à faire parler d'elle. D'ailleurs ne commençait-elle pas à envoyer des signaux d'alarme, car des nouvelles alarmantes diffusées à la radio faisaient état des combats survenus entre les forces gouvernementales dans une localité qui se situait plus à l'ouest d'Erda, au-delà de la ville de Abbassié et qui s'appelait Andalmé. Il y avait probablement des morts. On parlait d'une personnalité qu'on appelait « député » et des membres des forces gouvernementales qui auraient perdu la vie. Aucune indication n'avait été donnée sur les raisons de ces combats, mais selon les rumeurs folles qui circulaient dans toute la ville, ce serait la collecte de la taxe civique qu'on appelait ici *Lompo* qui aurait déclenché ces combats. Au camp de gardes, les gardes nationaux se retrouvaient par petits groupes et l'on pouvait aisément deviner le sujet de leur conciliabule. Chez Adouma, son oncle avait informé sa femme de ce qui s'était passé dans la ville d'Andalmé. Il n'avait pas jugé opportun d'informer les enfants. Ils allaient s'informer auprès de leur mère. Des tas d'idées confuses grouillaient dans la tête d'Adouma. Il se demandait comment de simples paysans pouvaient s'en prendre à l'État qui était si puissant avec son armée, ses armes, ses véhicules et ses avions. Il tentait de chercher des réponses à ces questions en se disant que peut-être ces gens n'avaient pas le choix ou qu'ils auraient été provoqués.

Il essayait d'établir un lien avec l'apparition de cette étoile mystérieuse, se demandant si ce n'était pas un signe avant-coureur, mais pensait en même temps qu'il ne fallait pas si vite faire de telles insinuations, car un seul événement ne peut pas expliquer un phénomène. Il décida donc d'écrire à son père pour lui faire part de cette nouvelle. La réponse ne tarda pas à arriver. Son père lui répondit. Sa réponse était voilée. Son père craignait que cet événement lointain n'annonçât le pire. Pourquoi son père ne pouvait-il pas lui en parler ouvertement et l'avertir de ce qui se passerait dans les jours à venir ? se demandait Adouma. C'est à lui de tirer la conclusion. Mais il ne voulait pas que sa pensée fût occupée par des choses qui n'étaient pas de son ressort. Il reprit le chemin de l'école et continua à s'occuper de ses leçons.

Et puis ce jour-là, juste avant que le muezzin n'appelle les fidèles à la prière de l'aube, on entendit un coup de feu retentir au loin dans la ville d'Erda. Ce tir semblait venir de l'est de la ville, c'est-à-dire de la douane, puisqu'en venant de Dar Saba, on débouche d'abord sur le bureau de la douane et le détachement de la police de l'immigration avant d'entrer en ville. Entendre un coup de fusil à Erda était une chose qu'on n'avait jamais vécue auparavant, car il était rare d'y entendre des coups de fusil. La seule fois où on entendit un coup de fusil, c'était lors d'un entretien des armes devant le camp des gardes, pendant lequel un coup de fusil très retentissant partit par inadvertance ou par erreur de manipulation, arrachant tout le lobe de l'oreille droite d'un soldat. Les gens voyaient les gardes nationaux porter les fusils en bandoulière, pendant qu'ils accompagnaient les prisonniers, lors des corvées, mais ils ne les avaient jamais vus en faire usage.

Les coups de feu devenaient de plus en plus réguliers et de plus en plus proches. Les assaillants semblaient se diriger vers les camps de la gendarmerie et de la garde nationale. Ces deux camps étaient contigus. Finalement, les tirs devenaient clairement audibles et très proches et provenaient de tous les côtés. Les assaillants étaient déjà entrés dans les camps. Ils couraient de tous côtés à l'intérieur des deux camps et parlaient à haute voix, mêlant leurs cris aux cliquetis des armes. Certains gardes et gendarmes avaient dû certainement sortir pour défendre leurs garnisons, car on entendait ces gens parfois dire en arabe local « Djibrine est tombé, Haroun est tombé, replions !» Ce qui laissait supposer une riposte de la part des gendarmes et des gardes. Cette fusillade dura ainsi presque trois heures, jusqu'aux premières lueurs du matin. Puis soudain c'était le silence total.

Un silence de mort s'est abattu sur la ville. Les assaillants s'étaient retirés. Ils avaient disparu aussi soudainement qu'ils étaient arrivés. Mais ils avaient laissé des traces, car en plus des impacts des balles visibles sur les maisons et les douilles des cartouches utilisées traînant par-ci par-là, ils avaient aussi abandonné deux des leurs, tombés sur le champ de bataille. On découvrit deux corps de ces inconnus dans le camp de la gendarmerie. On déplora également un mort du côté des forces gouvernementales. Le douanier, qui était de faction devant le bureau de la douane, était la première victime.

Après le silence des armes, tous les habitants des deux camps s'étaient réveillés pour constater ce qui venait de se passer. D'ailleurs, dans toutes les maisons situées dans les deux camps, les familles étaient debout dès que les tirs étaient parvenus dans les camps. Et comme c'étaient leurs proches qui combattaient, ils ne pouvaient se dérober. C'était la consternation totale. On était à la fois anxieux et curieux de savoir exactement ce qui s'était passé. Des tas de questions défilaient dans la tête des locataires des deux camps : qui sont ces gens? D'où viennent-ils et que veulent-ils? Leur langage indiquait qu'ils venaient de Dar Saba, c'était tout. On ne savait rien de plus sur eux. Quant aux autorités civiles et militaires, elles disaient qu'elles avaient été attaquées par des rebelles. Le mot rebelle, prononcé pour la première fois, ne voulait absolument rien dire pour la population.

La nouvelle de l'attaque avait maintenant gagné toute la ville d'Erda et même les villages environnants comme une traînée de poudre, car les tirs allaient très loin. Le reste de la ville n'était séparé des deux camps que par quelques bâtiments administratifs et l'école primaire. Et en l'absence d'informations précises, les gens se livraient à des supputations de toute sorte, mais personne n'avait jusque-là fait un lien avec les événements d'Andalmé dont les causes étaient maintenant connues. Il s'agissait des paysans qui exprimaient leur ras-le-bol à la suite des recouvrements abusifs de la taxe civique.

Adouma et ses cousins avaient vécu cet événement comme les autres habitants du camp de gardes. Ils étaient debout dès les premiers tirs. Ils s'étaient particulièrement inquiétés parce que ce jour, l'oncle d'Adouma assurait le service de garde au poste de police. Il était de son devoir de prendre part à ce combat pour défendre le camp dont il avait la responsabilité. Ainsi, le matin, dès que les combats avaient cessé, son oncle s'était précipitamment présenté à la maison pour s'informer s'il n'était rien arrivé à sa famille lors de l'attaque, comme les assaillants tiraient de tous les côtés et les projectiles pouvaient atterrir et se loger n'importe où. Il leur annonça la nouvelle de la mort du douanier survenue lors de l'entrée des inconnus dans la ville. Il sembla que la victime n'était même pas armée. Ce douanier était apparenté à l'oncle d'Adouma. Ils venaient tous les deux du même village.

Adouma ne s'était pas encore fait une opinion quelconque sur cette attaque. Il se disait qu'il était trop tôt pour réfléchir sereinement. Tout était encore confus pour lui. Son oncle n'avait fait aucun commentaire à ce sujet non plus. Tout le camp était secoué. Il fallait avant tout chercher à savoir qui étaient ces inconnus qui osaient attaquer la ville d'Erda. De plus, son oncle devait organiser les sacrifices de son cousin décédé.

Ayant appris la nouvelle de l'attaque, le père d'Adouma dépêcha aussitôt Azzalo pour qu'il vienne s'enquérir des nouvelles de leurs parents en ville, notamment son fils Adouma, son frère et sa famille. Au village, on s'inquiétait beaucoup du sort des parents restés en ville.

Les attaques contre les gardes et les gendarmes d'Erda devenant de plus en plus fréquentes et menaçantes, le Gouvernement les a renforcés en dépêchant des renforts, venus des villes voisines ou directement de la capitale. Ils étaient venus à bord de plusieurs camions militaires de marques française et américaine appelés VLRA et GMC respectivement. La ville d'Erda pullulait tout d'un coup d'éléments en treillis. C'était l'alerte et tous les éléments portaient des treillis, qu'ils fussent militaires, gendarmes, policiers ou gardes. Il était difficile de dire qui était militaire et qui ne l'était pas. De toutes les manières, la différence vestimentaire n'avait aucune importance, puisqu'ils étaient tous logés à la même enseigne : tuer et être tués. Partout dans la ville, on ne voyait qu'eux. Les gamins, curieux, n'ayant jamais vu des militaires, s'attroupaient pour bien les observer. Les militaires ne restèrent que quelques jours dans la ville puis repartirent. Leur présence devait avoir un effet dissuasif, puisqu'ils n'avaient jamais eu à affronter des assaillants. Ils repartirent. Mais ils laissèrent des gardes et des militaires qui, visiblement, étaient définitivement affectés à Erda, pour donner un coup de main aux forces sur place. Les nouveaux venus constituaient une force mobile appelée « section montée », pour ne pas dire cavalerie, peut-être en raison de l'effectif réduit du contingent. La section montée était chargée de sécuriser la zone frontalière avec les villages voisins en les sillonnant à cheval. Elle devait également traquer les assaillants éventuels ou les suspects, les arrêter et les amener en prison à Erda qui se trouvait dans le camp de gardes. La section montée était adaptée à ce genre de mission, compte tenu de l'état des routes difficiles d'accès. Elle pouvait pénétrer au fond de la brousse, chose que les camions ne pouvaient pas faire, car n'étant pas adaptés à ces terrains. La section montée était guidée par des gardes ou des gendarmes qui connaissaient mieux la région pour s'y être rendus parfois à pied, car dans tout le camp des gardes il n'y avait aucun véhicule. Seul le commandant de la gendarmerie avait une vieille jeep qui lui permettait d'intervenir dans la ville d'Erda, mais pas au-delà.

En l'absence d'un système d'information fiable qui devait permettre de savoir qui était assaillant ou qui ne l'était pas, on s'en était pris à toute la population des villages environnants et surtout aux hommes, car on commença à les soupçonner, sans aucune preuve palpable, d'être de connivence avec les assaillants. Lors des descentes dans les villages qui prenaient réellement des formes de véritables expéditions militaires, on rassemblait tous les hommes sans discrimination et on les conduisait, telle une horde d'animaux, à la ville d'Erda.

Adouma se trouvait ce jour-là à la devanture de la maison de son oncle paternel quand il vit un groupe d'une centaine d'hommes presque en haillons qui s'avançait. Ils étaient conduits par des gardes nationaux à cheval. Il sera pour la première fois témoin d'une scène inédite qui va le révulser. On poussait ces hommes, on les bousculait, on les insultait, on les invectivait et on les fouettait par-dessus le marché avec les cravaches d'habitude destinées aux chevaux. Dès que ces hommes atteignirent le poste de police, l'une des sentinelles qui assuraient la garde se saisit d'une grosse massue et d'un geste brusque asséna un coup très fort sur le crâne d'un des hommes qu'on venait d'amener. L'homme s'affaissa et mourut sur-le-champ. Cela ne faisait qu'annoncer le calvaire que tous ces hommes allaient vivre. Ils avaient eu la malchance de se trouver dans ces lieux et à ce moment. Là, chaque jour on en torturait, chaque jour on en tuait silencieusement dans la prison d'Erda. Chaque jour, de bon matin, on faisait sortir les cadavres pour les enterrer rapidement, non loin derrière le camp de gardes. Le nombre de tombes grossissait de jour en jour trahissant ainsi les activités qui ont cours dans la prison. Les informations sur les techniques de torture commençaient à filtrer. C'étaient les prisonniers témoins de ces tortures qui en fournissaient les détails aux parents ou amis qui leur rendaient visite. Aucun de ces hommes ne sortira vivant de cette prison. Par exemple, certains détenus étaient écartelés par quatre prisonniers de droit commun, généralement des habitués de la prison et les gardes frappaient avec des pilons jusqu'à ce que mort s'ensuive. Une fois la mort survenue, les mêmes prisonniers enlevaient le mort pour l'enterrer. D'autres prisonniers étaient froidement abattus. Cela se faisait systématiquement sans que ces prisonniers soient interrogés pour connaître leur vraie identité. Les détails sur les tortures étaient donnés par les anciens prisonniers témoins et complices de ces tortures. Quant aux parents des prisonniers, ils marchaient pendant des jours, venant des villages lointains pour rendre visite à leurs proches détenus qu'ils ne verront jamais.

Les arrestations et les détentions étaient devenues monnaie courante. On les avait étendues aux voyageurs qui venaient de Dar Saba et qui rentraient au pays. On les arrêtait sans discrimination et sans fondement. C'étaient des proies faciles, comme ils venaient tout droit du lieu d'où provenaient prétendument les assaillants. Une fois, un cousin de l'oncle d'Adouma arriva du Dar Saba en partance pour l'intérieur du pays, quand il fut arrêté par les douaniers et les policiers de l'immigration. Lors de l'interrogatoire musclé, il cita le nom de l'oncle d'Adouma. Il s'avéra aussi être son cousin. Dès qu'on lui annonça la nouvelle, Azzen se rendit au bureau de l'immigration pour rencontrer le parent en question qui était gardé à vue. Il demanda l'autorisation de s'entretenir avec son cousin. On la lui accorda. Lors de l'entretien, il se rendit compte que son cousin ignorait tout de cette aventure, n'avait aucune idée des attaques et qu'il venait de la frontière orientale de Dar Saba avec un autre pays appelé *Habash*. Son souci était de rentrer au bercail. Azzen protesta auprès de ses chefs hiérarchiques en attirant leur attention sur le fait qu'on ne devrait pas arrêter sans aucune preuve, n'importe quel citoyen qui rentrait au bercail. Azzen avait déjà protesté contre la manière dont on traitait les détenus, contre les tortures, les exécutions sommaires, etc. À vrai dire, c'étaient de pauvres paysans qu'on raflait et qu'on massacrait sans autre forme de procès.

Ayant eu vent des mécontentements du garde en question, le sous-préfet, du nom de Gogo Barka, fit venir l'officier pour l'entendre. L'officier Azzen répéta textuellement au sous-préfet ce qu'il avait dit à ses supérieurs. Le sous-préfet lui fit savoir que dans l'état de guerre où se trouve présentement le pays, toute personne venant surtout de l'est est suspecte jusqu'à ce qu'on établisse la vérité sur son innocence. Apparemment, les deux hommes semblaient ne pas se comprendre, car lorsqu'Azzen rentra à la maison, il fit savoir à sa femme qu'il venait à l'instant de présenter sa démission au sous-préfet, mais que son supérieur hiérarchique militaire avait conseillé au sous-préfet de ne pas accepter cette démission. Il dit à sa femme qu'il n'avait commis aucune faute pour subir de telles remontrances de la part du sous-préfet. Dire à ses collègues de ne pas torturer des innocents et de ne pas arrêter les voyageurs pour la simple raison qu'ils viennent de l'Est ne constituait pas une faute en soi. Il faut reconnaître que l'oncle de Adouma était l'un des meilleurs éléments de la garde nationale d'Erda, mais comme partout ailleurs les meilleurs éléments créent quelques difficultés à leurs supérieurs hiérarchiques. Ils se permettent des libertés. Mais, cela a tout de même servi à quelque chose, car à partir de ce jour, on cessa de torturer et de tuer dans la prison d'Erda sans enquête préalable. Tous les suspects étaient désormais transférés à la capitale.

À la troisième attaque des assaillants, les forces gouvernementales les attendaient d'un pied ferme, car avisées, donc mieux préparées. Ainsi, au premier coup de feu, tous les militaires et les autres forces étaient sur le pied de guerre et s'étaient postés dans les divers endroits stratégiques des deux camps. Les assaillants étaient venus nombreux et tous étaient armés de fusils. On pouvait le juger par la violence du combat. C'était un combat d'une violence inégalée, le vacarme assourdissant des armes pouvait l'attester. Les armes utilisées par les uns et les autres étaient différentes de celles que jusqu'ici la population d'Erda avait connues. Les combats avaient duré plus longtemps que d'habitude. Ils s'étaient prolongés jusqu'au petit matin.

Alors que certains combattants, plus aguerris s'étaient retirés avant les premières lueurs du jour, d'autres s'étant laissés emporter par la fureur du combat, étaient surpris par le jour dans leurs positions. Les forces gouvernementales les traquaient tout autour du quartier administratif et même en ville et les abattaient, malgré le fait que certains se rendaient en levant haut les mains. Deux jeunes assaillants étaient surpris derrière le camp des gardes cherchant à se cacher. Effarés, ils suppliaient les forces qui les avaient encerclés et qui étaient prêtes à appuyer sur la gâchette ; ils suppliaient qu'on ne les abattît pas. On les épargna pour le moment, mais on les arrêta, poings et pieds liés, on les balança, tels des objets, dans la carrosserie du camion militaire venu à la rescousse. On pouvait en effet voir qu'ils étaient très jeunes et inexpérimentés, puisque lorsqu'ils suppliaient les gardes avec lesquels ils s'étaient trouvés face à face, ils avaient utilisé le terme « *abba* » qui veut dire papa, en arabe local, demandant ainsi la clémence des gardes. En réalité, c'étaient presque des enfants. Mais, il y avait de fortes probabilités qu'ils ne fussent pas épargnés, car surpris l'arme à la main. Cette fois-ci, les assaillants subirent de lourdes pertes : de nombreux morts et quelques combattants capturés. Pour la première fois, les forces de l'ordre firent des prisonniers de guerre. Les habitants de la ville d'Erda ont eu également l'occasion de voir ces mystérieux personnages. Étant logé dans le camp de gardes, Adouma avait été témoin ou du moins était l'une des premières personnes à avoir les informations sur l'issue des combats et surtout sur la capture des assaillants.

À l'annonce de la nouvelle de la capture des deux assaillants, presque tous les habitants du camp s'étaient rués vers le poste de police pour les voir de près. Bien que ces derniers fussent de jeunes garçons et qu'ils fussent attachés, ils inspiraient la peur à la foule massée devant le poste de police, surtout qu'on avait à l'idée que c'étaient des gens qui donnaient la mort. Un avion fut expressément dépêché de la capitale pour venir les chercher. Le voile devait être enfin levé sur la véritable identité des assaillants et sur leurs mobiles.

Le subconscient d'Adouma accumula suffisamment les films des différents combats qui s'étaient déroulés presque sous ses yeux et qui s'étaient finalement incrustés dans son esprit. Cette nuit-là, Adouma fit un rêve dans lequel une muse lui souffla ces quelques vers qu'il sentait lui venir à l'esprit :

Souvent à l'heure où le sommeil menace
Les assaillants montrent vaillamment de l'audace
Dès leur arrivée, un coup de fusil éclate
Les gardes alertés accourent à la hâte

Mais les victimes sentant leur prochain trépas
Se réveillent en sursaut et se dirigent à grands pas
Démunis de toute arme pour assurer leur défense
Ils vont se jeter dans cette violence

Pendant que commence cette fusillade
Qui entraîne un vacarme funeste et maussade
Dont les lignes de feu guidées par les sifflantes balles
Traînent un péril issu d'un coup fatal

Les plus avisés sont en retraite sûre
S'acharnant secrètement à ce combat dur
L'ennemi harcèle et donne de l'effroi
Tandis que l'on suffoque et meurt de froid

Les désarmés se livrent aux mains de l'ennemi
Qui les attend farouche et impatient
Puis les abandonne à la merci du fusil
Qui n'épargne ni coupable ni innocent

Nul ne sait d'où vient cet inattendu malheur
Dont les auteurs s'acharnent avec ardeur
Cette atroce mêlée dura des heures consécutives
Jusqu'à ce que l'aube nous montrât ses lueurs craintives

Cette aube augure sûrement d'un mauvais présage
Enfoui dans cette obscure masse de nuages
C'est le début d'un jour funèbre inondé de soucis
Et qui marque le dénouement de l'engagement aussi

À l'horizon chargé de nuages noirs
Apparaît enfin le soleil sur son char de victoire
Il propage ou la gloire ou la honte
Au fur et à mesure qu'il monte.

Les assaillants, évitant de s'aventurer à attaquer les villes, mieux gardées, avaient pris l'initiative de s'en prendre ouvertement aux forces armées déployées dans la région et en particulier dans les villages longeant la frontière avec Dar Saba. Les assaillants osaient s'infiltrer plus profondément à l'intérieur du pays. Ils avaient toujours l'initiative des attaques qui devenaient de plus en plus osées et plus violentes. Connaissant parfaitement le terrain, ils tendaient souvent des embuscades aux forces de l'ordre composées de militaires, de gardes nationaux et de gendarmes. Quand les combats arrivaient à tourner en leur faveur, ils n'hésitaient pas à brûler les cadavres des militaires tombés sur les lieux des combats, non pas de peur que les corps se décomposent, mais pour créer la peur et la panique dans les rangs des forces de l'ordre.

Les attaques des assaillants s'étaient progressivement étendues dans toute la zone sahélienne du pays. Le Gouvernement avait fini par reconnaître l'existence d'une rébellion qu'il avait d'abord qualifiée de troupe de bandits de grand chemin. Mais, ces bandits s'étaient bien organisés et leurs attaques devenaient de plus en plus audacieuses et précises, de sorte qu'ils étaient arrivés à se faire reconnaître par les pays voisins comme une opposition armée. Le gouvernement ne pouvait donc continuer à les ignorer. Ainsi, un jour on demanda à tous les élèves de CMII de revenir le soir à l'école, car ce jour-là le président de la République allait prononcer un discours ayant trait à la situation d'instabilité que vivait le pays. Adouma était là, mais il ne comprenait pas pourquoi on les y avait fait venir. On avait apporté une grosse radio pour permettre aux élèves d'écouter le discours du président.

Après l'hymne national, le Président s'adressa d'abord à la nation pour la prendre à témoin des événements qui, jusqu'ici, continuaient à endeuiller des familles, puis il relata un à un, tous les événements intervenus, à commencer par ceux d'Andalmé, suivis de ceux d'Erda et d'autres localités. Il donnait le nom de l'endroit où l'attaque avait eu lieu, la date de l'attaque et les pertes en vies humaines, des civils comme des militaires, occasionnées par ces attaques. L'adresse à la nation du chef de l'État par la radio nationale dura plusieurs heures. À la fin du discours du président, Adouma commençait à comprendre le pourquoi de ces attaques. Le Président l'avait clairement expliqué. Il avait fait le lien de tous ces événements, ils avaient tous un dénominateur commun : l'expression d'un ras-le-bol. C'est un groupe de citoyens qui, se sentant lésé et incompris, avait pris les armes pour se faire entendre.

L'intervention du président de la République devait en quelque sorte consacrer la reconnaissance de la rébellion, aussi tacite fût-elle. Celle-ci avait créé une sorte de toile d'araignée dans laquelle elle avait enrobé un à un les adeptes qu'elle avait pu rallier à sa cause. Elle avait fini par infiltrer les milieux qui lui étaient auparavant hostiles, mais qui avaient fini par épouser sa cause. Ainsi, de fil en aiguille, elle avait pu toucher d'autres cercles. Même l'armée nationale et la gendarmerie nationale qui normalement devaient la combattre n'étaient pas épargnées. La rébellion avait réussi à y faire des sympathisants. En définitive, le pouvoir s'était retrouvé dans une situation très compliquée, c'est-à-dire qu'il était pleinement atteint dans son système, la toile de la rébellion avait pris toute la zone centrale et orientale du Sahel. Le pouvoir commençait à se méfier d'une partie de sa population, à paniquer, au point de commettre des bavures. On avait astreint les populations à assister à des scènes malsaines par exemple à l'organisation des exécutions publiques dans les zones sillonnées par les rebelles. Les populations des zones concernées étaient forcées de venir voir les exécutions, parfois d'un parent proche ou d'un ami. Les gardes nationaux passaient de maison en maison pour obliger les gens à aller aux lieux d'exécution. Ces exécutions se faisaient sur la base de fausses accusations, des délations.

Cette violence aveugle ne fit que grossir davantage les rangs de la rébellion. Elle n'eut pas l'effet escompté, à savoir dissuader les gens de flirter avec la rébellion. Il est vrai que l'être humain apprend par imitation, mais quand l'exemple qu'on veut lui donner devient macabre, cela ne peut que le révulser et le pousser à agir dans un sens contraire. Le régime était devenu paranoïaque. Puisque pendant cette période, tout originaire de la zone sahélienne, quel qu'il fût, était potentiellement un rebelle jusqu'à ce que la preuve de son innocence fût établie. Mais, la frange de la population qui était directement visée était constituée des cadres formés dans les pays arabes et par lesquels, semble-t-il, le malheur est arrivé. Le régime s'était évertué à diviser ce groupe en deux camps : il avait pu quand même rallier certains à sa cause, mais les autres qui se méfiaient de lui avaient continué à le combattre. Les choses vont se compliquer davantage pour le pouvoir en place, quand des ressortissants du sud du pays, c'est-à-dire de la même région que le président de la République, vont également regagner les rangs de la rébellion. Désormais, la rébellion allait prendre une tournure nationale.

****

Adouma va en effet se rendre à l'évidence que les choses commencent à tourner mal, quand son maître d'arabe sera soupçonné d'appartenir à la rébellion. Cela se passa le jour où Adouma et ses camarades élèves partaient pour la ville d'Abbassié pour passer le concours d'entrée en 6e et le Certificat d'études primaires et élémentaires. Tous les élèves et les instituteurs qui les accompagnaient étaient montés sur le camion qui commençait à rouler vers la direction d'Abbassié à la sortie d'Erda, quand des policiers, roulant à toute vitesse, firent signe au chauffeur d'arrêter le véhicule et demandèrent à tout le monde de descendre. Lorsque tout le monde fut descendu, on demanda en particulier au maître d'arabe de faire descendre sa valise et de l'ouvrir. Il s'exécuta. On la fouilla de fond en comble : les livres, les papiers et les habits étaient jetés par terre, éparpillés et un à un soigneusement fouillés. On fouilla également l'instituteur. Lorsque les policiers eurent fini leur besogne, ils lui ordonnèrent tout bonnement de remettre en ordre ses effets et intimèrent l'ordre au chauffeur de continuer son voyage. Apparemment, on n'avait rien trouvé sur lui de compromettant. Ce qui expliqua leur retour en douceur. Et ce qui expliqua aussi qu'ils n'avaient pas embarqué le maître qui avait pu poursuivre son voyage avec ses collègues et ses élèves.

Personne ne comprenait ce qui venait de se passer, même pas l'instituteur incriminé, lui-même. Que lui reprochait-on? Est-il un rebelle ? Qu'est-ce qu'un rebelle ? Un fonctionnaire de l'État pouvait-il être un rebelle ? Les élèves, les instituteurs et les autres voyageurs se posaient ces questions, car pour eux un rebelle ne pouvait se trouver qu'en brousse. Il était crasseux, criminel et inspirait la peur qui avait fini par créer une certaine psychose dans la région. Pourtant le maître d'arabe était élégant, toujours bien habillé et bien soigné. Était-il vraiment un rebelle ? Personne n'osait croire cela.

C'est dans cette atmosphère lourdement chargée d'interrogations et d'inquiétude que le chauffeur démarra le véhicule, une sorte de camion à benne utilisé pour le transport de personnes. Il était expressément réquisitionné pour transporter les élèves et leurs maîtres à Abbassié. Le véhicule se mit en route. Il était à moitié plein. Lentement le camion roula hors de la ville et se retrouva bientôt en pleine brousse. Étonné, Adouma regardait défiler les arbres au rythme du véhicule, lentement ou rapidement. C'était la première fois qu'Adouma voyageait dans un camion, une sorte d'animal qui roulait à quatre pattes et dont le conducteur se trouvait assis à l'intérieur, dans une cabine et non pas à l'extérieur sur le dos comme on conduirait un cheval, un âne, un taureau ou un chameau. Il constata que tous les passagers étaient silencieux, personne ne disait mot. Était-ce à cause de la peur de rencontrer des rebelles, ou c'était parce que les passagers avaient été énervés par l'attitude des policiers. En effet, personne ne souhaitait rencontrer les rebelles, car s'il ne leur arrivait pas de tuer les passagers, ils brûlaient systématiquement les véhicules. Cela était arrivé à maintes reprises. En tout cas, la joie de voyager avait été entièrement gâtée par les policiers. Mais chacun était tout de même soulagé de quitter la ville d'Erda.

Peu à peu, les passagers reprirent confiance puis se mirent à converser en petits groupes. De temps à autre, l'un d'entre eux plaçait une blague qui fit rire tout le monde et ainsi, détendit l'atmosphère.

La brousse procure un sentiment tout à fait différent de celui de la ville. Elle commençait à agir sur les nerfs qui se décrispaient peu à peu, après la rude épreuve à laquelle les passagers viennent d'être soumis. La brousse donne à la fois le sentiment d'être envahi par elle et celui de la posséder entièrement, d'en être maître. Comme la saison des pluies venait de commencer, on pouvait respirer l'air frais provenant de l'herbe fraîche naissante, des traces d'eau de pluie traînant encore à la surface du sol et de la brise soufflant légèrement. Il n'y avait pas beaucoup de villages entre les villes d'Erda et d'Abbassié. Le premier arrêt eut lieu à Nadjar Chadid, un village situé au pied de la montagne de couleur noirâtre de laquelle étaient extraits autrefois, de manière artisanale, les minerais de fer dans de grandes forges en guise de hauts fourneaux, d'où le nom de montagne de fer, le sens du nom du village.

Alors que le véhicule roulait tranquillement, surgit subitement du bois un homme, un peu plus loin devant eux. C'était un homme en treillis portant une arme en bandoulière. Il était de grande taille et avait une apparence forte. Il faisait signe au chauffeur de s'arrêter. Le chauffeur garda son calme, mais fut indécis quant à la conduite à tenir. Fallait-il accélérer et faucher cet inconnu ou fallait-il s'arrêter ? L'homme en treillis ne portait pas l'arme à la main, mais plutôt en bandoulière. Sur les conseils du convoyeur, le chauffeur décida de s'arrêter. Il ralentit et stoppa. Un homme vint au niveau du chauffeur, exécuta poliment un salut militaire et s'informa sur l'état des passagers. Ensuite, il se présenta et dit qu'il était un militaire en patrouille et que le reste de ses éléments est à l'intérieur du buisson. Il salua une dernière fois le chauffeur et disparut dans la brousse. Parmi les passagers régnait un silence total ; chacun voulait capter un mot de ce qui se disait entre les deux hommes, le militaire et le chauffeur. Lorsqu'enfin il salua pour la dernière fois le chauffeur, pour se retirer, cela fit renaître la confiance parmi les passagers. L'atmosphère se détendit. On continua le reste du voyage avec l'assurance que les forces de l'ordre étaient en train de patrouiller quelque part dans la brousse. Les voyages n'étaient pas encore organisés en convois. Chaque camionneur se trouvait donc dans l'obligation de prendre des risques et de voyager seul. À cause de l'insécurité créée par la présence des rebelles partout dans la brousse, le Gouvernement devrait organiser les voyages par convois regroupant plusieurs camions accompagnés par des gendarmes.

Après que le militaire les eut quittés, le chauffeur démarra le véhicule et le voyage se poursuivit en direction d'Abbassié. Le reste du voyage s'effectua sans problème. Ils firent de petits arrêts dans les villages de Mourraye et d'Amlayan. À l'entrée de Mourraye, ils traversèrent un wadi. Ils s'y arrêtèrent pour manger et s'acquitter de leur devoir religieux, la prière. Puis ils quittèrent les lieux et roulèrent pendant quelques heures. Bientôt, la ville d'Abbassié se fit annoncer par les bâtiments peints en blanc, visibles de loin. Abbassié est un chef lieu de préfecture.

À l'arrivée, à Abbassié, on logea tous les élèves qui venaient des sous-préfectures dans des écoles qui avaient été aménagées à cet effet, car à l'exception des élèves des classes d'examen, tous ceux du premier cycle étaient déjà en vacances. Tous ceux qui devaient concourir étaient arrivés presque le même jour, un samedi. Ils passèrent le dimanche à visiter le centre d'examen pour identifier leurs salles d'examen et leurs numéros de table.

Le jour J, le centre d'examen, c'est-à-dire l'École du centre grouillait de monde : élèves, enseignants et parents ayant accompagné leurs progénitures. Comme Adouma avait auparavant identifié la salle où il devait composer ; il se dirigea directement vers le bâtiment en question et arriva juste au moment où on commençait à introduire les élèves. Devant chaque salle, se trouvait un maître qui appelait les candidats et les identifiait, tandis qu'un autre les faisait entrer. Quand Adouma fut appelé, il se présenta devant le maître qui vérifia son identité et lui indiqua sa salle. Il entra fièrement et partit occuper sa table avec détermination. Il fut émerveillé de se trouver là, avec les autres afin de se mesurer à eux, de relever le défi. Chaque fois qu'il se trouvait devant un chalenge, il pensait aussitôt aux paroles de son père ou de son oncle maternel, à savoir que dans la vie, les défis se dressent toujours à l'homme. C'est à l'homme de faire tout ce qui est en son pouvoir pour surmonter ces difficultés. Les élèves devaient passer deux examens avec quelques jours de décalage ; il s'agissait du concours d'entrée en 6e et du Certificat d'études primaires et élémentaires. Adouma passera les deux examens avec sérénité. À la sortie des salles d'examen, les maîtres s'empressaient auprès de leurs élèves afin de s'enquérir de la manière dont ils avaient abordé les examens du concours et du CEPE et traité tel ou tel sujet d'examen. En attendant les résultats des examens qui ne seront rendus publics que dans un délai de deux mois, avant la rentrée scolaire prochaine, tous les élèves quittèrent la ville d'Abbassié pour regagner leurs villes respectives. Revenu à Erda, Adouma ne passa qu'une seule nuit et regagna aussitôt Ambirren, son village, pour aider son père et sa mère dans les travaux champêtres. Il retrouva son village après une année d'absence. Il y avait eu, bien entendu, quelques changements. Lorsqu'il revint à Ambirren, son premier regard ressemblait à celui d'un étranger. Tout semblait lui être différent, bien que tout fût à sa place. Peu à peu, son regard commençait à s'accoutumer au village et à ses environs. Les activités quotidiennes étaient restées presque les mêmes. Comme le veut la coutume, il devait s'acquitter de son devoir de nouveau venu en rendant visite d'abord aux voisins les plus proches, ensuite aux autres villageois, puis, en dernier lieu, à ses camarades. Tous étaient contents de le revoir. On le regardait avec un certain égard. Après s'être reposé quelques jours, il reprit ses activités habituelles : les séances d'apprentissage du Coran et les travaux champêtres. Il alternait les travaux champêtres qu'il exécutait pour ses parents. Il consacrait une semaine à travailler dans le champ de mil de son père et une autre semaine dans celui de sa mère où étaient semées côte à côte trois cultures différentes : l'arachide, le sésame et le pois de terre.

Vers la fin des vacances, au moment où il s'apprêtait à rentrer à Erda, son directeur envoya le chercher. Le message lui fut transmis par le biais de son oncle paternel qui, à son tour, chargea un commerçant de porter la nouvelle à Adouma. Il devait certainement s'agir des résultats des deux examens, devina-t-il. Le directeur voulait lui annoncer la nouvelle personnellement, sinon il ne devrait pas y avoir matière à urgence, pensa Adouma.

Après avoir reçu la missive du directeur l'invitant à venir à Erda, Adouma sauta sur la première occasion. Il arriva à Erda vers la fin de l'après-midi. Il pouvait bien aller voir le directeur tout de suite, mais remit cela au lendemain. Le matin suivant, il se rendit à l'école pour répondre à l'appel du directeur. Aussitôt arrivé devant le bureau du directeur, il frappa à la porte et entendit la forte voix du directeur qui l'autorisait à entrer. Il entra et le salua chaleureusement. Celui-ci le fit asseoir d'abord. Ensuite, il dévoila à Adouma l'objet de son appel en lui faisant savoir avec un brin de fierté dans les yeux que lui et quelques-uns de ses camarades avaient réussi aux deux examens, à savoir le concours d'entrée en 6e et le CEPE. Adouma était très content, mais dut contenir son émotion. Mais, le directeur pouvait voir qu'il était plus décontracté que lorsqu'il était entré. Le directeur lui demanda de se préparer pour aller à Abbassié sans plus tarder, car il devait être présent au début des cours. Il le félicita et l'encouragea de continuer à travailler avec le même élan et d'en faire même plus. Adouma se retira et prit congé du directeur. Il se hâta d'aller à la maison pour annoncer la réjouissante nouvelle à son oncle paternel. À l'annonce de la nouvelle, toute la famille de son oncle était très contente. Son oncle, plus particulièrement, était devenu plus confiant et commença à nourrir quelques espoirs pour ses propres enfants également en se promettant de les suivre de près dans leurs études, car se disait-il, on commence à produire une petite « ouverture » dans la famille, c'est-à-dire que l'instruction et la connaissance sont en train d'entrer dans sa famille. Comme l'oncle était l'un des rares membres de sa famille à avoir eu l'occasion de visiter l'Europe, dans le cadre de son service militaire, il était censé donc connaître parfaitement l'importance de l'école des *Nassara*, et par conséquent, ne cessait d'encourager ses enfants à persévérer dans leurs études, ne manquant aucune occasion de leur dire qu'un jour, ils prendront la relève des *Nassara* dans la gestion des affaires de l'État.

****

Adouma rentra à Erda pour continuer le reste de ses vacances et en même temps apporter la bonne nouvelle à son père et sa mère. Quand il leur annonça la nouvelle, tous ses parents et ses connaissances étaient pleins de joie. Toujours fidèle à lui-même, son père s'efforça de ne pas laisser paraître quelque émotion, mais on pouvait aisément s'apercevoir qu'il était souriant, lorsque les gens venaient féliciter son fils. Sa mère était comblée de joie. On égorgea deux gros moutons pour célébrer cette réussite. C'était une cérémonie restreinte où n'étaient conviés que quelques camarades d'Adouma et les membres de sa famille. Cette cérémonie avait aussi pour objectif d'encourager les autres enfants du village. Mais une fois que cette euphorie était passée, sa mère avait commencé à se chagriner à l'idée que son fils allait encore s'éloigner d'elle. Il devait aller à Abbassié, une ville dont elle avait entendu parler vaguement, mais qu'elle ne connaissait pas. Elle commença à se poser tout un tas de questions : où ira résider son fils à Abbassié ? Chez qui va-t-il habiter? Quant à son père, sa confiance envers son fils ne faisait que se renforcer davantage. Son fils continuait à réussir ; il venait de franchir une petite étape certes, mais importante tout de même. Dans le cadre de ses études, son fils n'était qu'à ses débuts. Il le savait très bien, car même si son père n'avait pas fréquenté l'école française, il avait quand même étudié le Coran dont l'apprentissage s'était fait par étapes. Il comprenait donc que dans toute œuvre qu'on entreprend, il y a des étapes à franchir et cela est d'autant plus vrai quand il s'agit de l'instruction qui ne peut s'acquérir que graduellement.

Quand vint le moment où Adouma devait partir à Abbassié pour poursuivre son éducation, il fallait penser au lieu où Adouma allait habiter. Son père n'avait pas beaucoup de connaissances dans cette ville. Alors, on rassembla tous les oncles paternels et maternels d'Adouma pour voir si quelqu'un parmi eux n'avait pas une connaissance dans cette ville. Son père réfléchit longuement et fut le premier à se rappeler qu'il avait un cousin devenu commerçant et qui était resté depuis lors à Abbassié. Cela faisait longtemps qu'on n'avait pas eu de ses nouvelles. Ils décidèrent de confier leur fils à ce cousin. Son père lui remit une missive destinée à son oncle se trouvant à Abbassié. Comme d'habitude sa mère lui apprêta des provisions destinées à la nouvelle famille dans laquelle il allait habiter, ainsi que pour son usage personnel. Avant de dire ses adieux à ses voisins, Adouma eut un long entretien avec son père qui lui prodigua les conseils qu'un père doit à son fils qui est maintenant à l'apprentissage de la vie des adultes.

Adouma quitta Ambirren le matin de bonne heure avec les gens qui partaient à Erda. Il ne manquait jamais des gens qui s'y rendaient. Les commerçants y allaient presque tous les jours, qui à pied, qui à cheval. Adouma ne s'attarda pas à Erda. Il s'y arrêta pour chercher ses camarades qui devaient aussi aller à Abbassié. Il voulait savoir s'ils étaient prêts afin qu'ils aillent ensemble. Une belle occasion s'était présentée : le sous-préfet se rendait aussi à Abbassié. Il fallait en profiter et aller avec lui. Quelques-uns de ses camarades étaient prêts. Le lendemain, Adouma et ses camarades se joignirent au sous-préfet et se mirent en route pour la ville d'Abbassié. Adouma était maintenant habitué à voyager en véhicule et n'éprouva aucun malaise comme il en éprouva la première fois qu'il monta dans un véhicule.

Le voyage vers Abbassié se fit rapidement et sans trop de peine. Les arrêts faits étaient des arrêts prévus. On y arriva un peu plus tôt. Ils arrivèrent un après-midi de fin de saison pluvieuse dans une chaleur accablante et étouffante. En cette période, cette chaleur consistait à mûrir les récoltes. Mais, de toute façon, la ville n'était pas assez ombreuse non plus, car on n'y voyait pas beaucoup d'arbres. Lorsque le véhicule entra à Abbassié, on se rendit d'abord au domicile du sous-préfet, pour le déposer. Ensuite, le sous-préfet ordonna à son chauffeur de déposer les élèves au centre-ville où ils pourront facilement se rendre dans leurs demeures respectives. La ville ne possédait aucun moyen de transport en commun, ni taxi, ni bus.

Adouma avait eu de la chance cette fois-ci parce que pendant le voyage, il avait eu l'occasion de converser avec le chauffeur qui lui avait appris qu'il habitait dans le même quartier que son oncle. Ils traversèrent toute la ville d'Abbassié, car cet oncle vivait presque à la périphérie de la ville d'Abbassié, dans une zone occupée anarchiquement en attendant que les services de la Voirie et ceux de l'urbanisme viennent restructurer. Généralement, c'est ainsi que faisaient les gens qui ne pouvaient pas prétendre acquérir un lot de manière régulière, tant l'obtention d'un lot faisait l'objet de spéculation et de corruption. C'était un véritable parcours du combattant. Pendant qu'ils traversaient la ville, Adouma profita de l'occasion pour l'observer. C'était une partie de la ville qu'il n'avait pas eu l'opportunité de voir quand il était venu pour les deux examens. Il se rendit compte que la ville d'Abbassié dépassait de loin la ville d'Erda, tant sur le plan démographique que sur le plan cadastral. Après tout, c'était une préfecture. Ce n'était que normal. Le chauffeur ralentit, puis arrêta le véhicule devant la concession de sa mère pour se renseigner si le commerçant dont il était question était bien l'oncle d'Adouma.

Une vieille femme les accueillit, leur présenta de l'eau à boire. Puis, elle posa quelques questions sur la famille d'Adouma. Elle était une de ces vieilles femmes qui connaissaient beaucoup de gens, beaucoup de choses. Après quelques questions, il fut établi que le voisin de la mère du chauffeur était effectivement le cousin du père d'Adouma ; ils prirent donc ses bagages à main et se dirigèrent vers la demeure de son oncle qu'ils atteignirent rapidement. Les sacs de provisions plus lourds seront amenés après par le chauffeur, lorsqu'on se sera rassuré de l'identité du voisin. Ils entrèrent dans une grande concession scindée en deux, l'une en aval occupée par les hommes et l'autre en amont par les femmes et les enfants. Les concessions occupées par une seule famille se présentent de cette manière. Dans la concession, un homme vint à leur rencontre. Il devait certainement être l'oncle d'Adouma, à cause d'une certaine ressemblance avec son père. N'ayant jamais mis pied dans cette concession, et n'étant pas connu de l'homme, le compagnon d'Adouma se présenta d'abord en tant que fils de la voisine Marioma avant de présenter Adouma. L'homme les déchargea aussitôt de leurs bagages et les invita à l'intérieur de la chambre, les faisant asseoir sur une grande natte en paille où il prit lui aussi place.

Le chauffeur sortit pour amener le reste des sacs contenant les vivres restés dans le véhicule et qui étaient destinés à la famille de l'oncle d'Adouma. À son retour, le chauffeur constata que l'hôte demandait avec enthousiasme les nouvelles du village. La présence de son neveu l'avait rendu subitement nostalgique, car il semblait revivre la vie du village. On pouvait voir ses prunelles briller de plus belle quand il évoquait le village Ambirren qui devait sûrement lui rappeler de beaux souvenirs. Puis brusquement, comme s'il avait oublié quelque chose, il héla quelqu'un, qu'il apporte de l'eau aux nouveaux venus. Après quelques instants, le chauffeur demanda l'autorisation de se retirer. Son hôte voulut le retenir pour qu'il puisse prendre du thé avec Adouma, mais il s'excusa et l'hôte acquiesça. Le chauffeur se leva et partit.

Une fois seuls, son oncle continua à lui demander des nouvelles du village, ce qu'était devenu le village, s'il y avait eu un peu de changement, ce que faisaient ses oncles en dehors de la culture, ainsi de suite. Ensuite, ils se déplacèrent à l'intérieur de la concession pour présenter Adouma à sa famille. Sa femme était drapée dans un voile de couleur bleu foncé, c'est-à-dire indigo, importé de Dar Saba. Elle avait de la peine à se lever. Elle paraissait grosse. Elle se leva quand même et le salua respectueusement, puis partit se rasseoir. Son oncle avait des enfants du même âge qu'Adouma. Il y en avait également de plus petits et de plus grands. Ils étaient cinq en tout : trois filles et deux garçons. L'une des filles et l'un des garçons venaient également de réussir au concours d'entrée en 6e et au CEPE. Ils iront au Lycée comme lui. Son oncle était un homme grand et bien bâti. Il ressemblait à son père, mais avec un visage plus expressif, comparé à celui de son père qui était presque impassible. Il avait l'air plus détendu et avait le rire facile.

Les enfants reçurent l'ordre d'amener les effets d'Adouma dans leur chambre. C'étaient les garçons qui s'étaient empressés de faire la corvée. Adouma partagera avec eux cette chambre. Elle était située juste à l'entrée de la concession. Lorsque son oncle fut parti, il entra lui aussi dans la chambre pour voir l'endroit où étaient déposés ses effets. C'était une chambre assez vaste qui pouvait bien les contenir, tous les trois. Ayant constaté qu'il était couvert de poussière provenant du voyage, on lui proposa de se laver. Les conditions de voyage étaient horribles. À l'exception du chauffeur et de son passager qui étaient dans la cabine, le reste des passagers s'entassait sur les bagages dehors dans la carrosserie de la benne. Quand finalement on arrivait à destination, on était tout poussiéreux. L'invitation à se laver arrivait à point nommé, car il n'attendait que cela. Étant nouveau dans la maison, il était encore timide et n'osait pas demander quoi que ce soit ou s'en servir soi-même. Il voulait se faire prier. Il se lava, se changea, sortit et se mit devant la concession pour regarder les Abbassiens passer.

Adouma était désormais rasséréné, étant arrivé à bon port ; il avait retrouvé son oncle et était enfin logé. Il avait de nouveau un nouveau chez soi. Son esprit était libre, il pouvait maintenant penser à ses parents, surtout à sa mère qui se faisait tant de soucis pour lui. Adouma eut également quelques pensées pour son père en se rappelant les conseils qu'il lui avait prodigués. Ces conseils l'accompagneront toute sa vie. Puis, Adouma se mit à comparer sa petite ville d'Erda avec la grande ville d'Abbassié. En effet, il existait une très grande différence entre les deux villes. À Abbassié, il y avait des poteaux électriques le long des rues pour transporter la lumière dans les maisons. Quant à l'eau à boire, il suffisait d'ouvrir le robinet et voilà, l'eau coulait. D'ailleurs, Adouma venait d'en faire l'expérience. Cependant, tout le monde n'avait pas droit à ce privilège. Seules quelques maisons étaient équipées de telles facilités.

Ceux qui ne pouvaient pas se permettre ce luxe avaient recours aux vendeurs d'eau; de jeunes enfants qui sillonnaient la ville, derrière leurs ânes porteurs de lourdes outres pleines d'eau. C'était une vente à la criée renforcée par des coups de bâtons appliqués sur les bidons métalliques selon un rythme particulier connu des clients, pour annoncer leur marchandise, c'est-à-dire l'eau. Ils étaient visibles dans tous les coins de la ville. Après avoir vendu leur eau, ils repartaient précipitamment au puits, montés sur les ânes, pour refaire le plein. Ils travaillaient ainsi jusqu'à la tombée du soleil. C'est cette image de carte postale qui semble coller à la ville d'Abbassié. En plus des vendeurs d'eau, il fallait ajouter d'autres images qui frappaient le nouveau venu dans cette ville; les femmes, drapées dans des voiles indigo bleu et les hommes, cartables à la main, habillés d'une djellaba qui semblait être cousue par un même tailleur, se dirigeaient d'un pas pressé vers les lieux de cours islamique. Il n'y avait rien de tout cela à Erda. Adouma continuait à regarder passer les gens.

Les Abbassiens étaient différents des Erdiens dans leur façon de s'habiller. Il y avait des gens de toutes les provenances du pays et cela se reflétait dans cette façon variée de s'habiller. Il y avait à Abbassié beaucoup plus de voitures, de vélos et des mobylettes. Adouma ne put voir qu'une seule moto et une Vespa. Au bout d'un moment, il se leva et se promena le long de la rue principale qui traversait son quartier. Cette promenade était nécessaire, car elle lui permit de découvrir le quartier, connaître ses environs et même faire la connaissance de quelques vieilles personnes. C'est ainsi qu'il apprit que le lycée n'était pas loin de chez lui. Il pouvait y aller à pied.

Le jour de la rentrée scolaire, Adouma se rendit très tôt au lycée en compagnie de ses cousins qui y entraient aussi. Il voulait être présent au commencement des cours comme le lui avait conseillé son directeur. L'entrée principale de l'établissement était un portail imposant aux battants très hauts, faits de barres métalliques géantes, de grillages, le tout peint en noir. L'établissement même était un bâtiment imposant de forme rectangulaire dont l'intérieur ressemble à un monastère. La première chose à faire était d'identifier sa classe. Avec l'aide du surveillant de l'établissement, il put le faire sans difficulté. Une soixantaine d'élèves, tous sexes confondus et provenant de tous les coins du pays avaient déjà sagement pris place sur les tables-bancs. Adouma se joignit à eux, trouva une place et s'assit. Il était fasciné par le lycée. Encore une étape de franchie, se dit-il intérieurement, ravi. Cet établissement scolaire était composé de deux ailes. Sur une aile étaient installés les dortoirs et le réfectoire. Sur l'autre aile se trouvaient les salles de classe et une partie des bureaux de l'administration, à savoir les surveillances arabe et française. L'intendance et le bureau du proviseur étaient situés à l'étage.

Avant que les professeurs n'arrivassent pour donner leurs cours, le surveillant entra dans la classe et fit l'appel pour s'assurer que tous les élèves étaient présents. Ensuite arriva le premier enseignant. Le premier cours auquel les élèves eurent droit était un cours de français, donné par un Français, un "Blanc", comme les gens aiment à les appeler ici. Chez Adouma, on parlait plutôt « d'homme rouge » comme cela se disait en langue locale. C'était la première fois qu'il rencontrait un Blanc. Il lui inspirait plus de curiosité que de peur. Mais, les petits enfants au quartier avaient peur de cet individu différent qui avait une autre couleur de peau que la leur. Adouma constata que chaque matière était enseignée par un enseignant différent, contrairement au primaire où un seul maître cumulait toutes les matières. Tous les enseignants étaient des Blancs et en majorité des Français. Seul le professeur d'anglais était un Américain.

Les nouveaux élèves admis en 6e étaient appelés des « bleus » par leurs aînés. Ils subissaient des « brimades » de toute sorte de la part des élèves des classes supérieures pendant les premiers jours de la rentrée. C'était le bizutage. Ces brimades étaient généralement psychologiques, mais elles pouvaient parfois être physiques et violentes. Comme dans toute société humaine, il y a toujours des extrêmes, certains élèves en profitaient pour mettre un grain de méchanceté. Les bleus éprouvaient une peur atroce à l'égard des aînés. Dès que la cloche sonnait pour annoncer la fin de l'heure, ils filaient à toute allure pour éviter ces brimades. Pourtant, cela devrait avoir en quelque sorte une valeur d'initiation, un rite de passage dans le monde du savoir, mais également une certaine discipline à inculquer aux nouveaux venus. Le bizutage durait généralement tout un trimestre.

Quand Adouma rentra du lycée, il apprit que la femme de son oncle avait accouché. Il s'en doutait d'ailleurs, car l'état de la femme lui était suspect. Il attendait impatiemment de voir comment se déroulait le baptême à Abbassié. Le jour du baptême était fixé en fonction du sexe de l'enfant. Le sixième jour pour la fille et le septième jour pour le garçon. En attendant ce jour, les femmes venaient rendre visite à la nouvelle accouchée pour la féliciter de l'avoir fait sans difficulté. Ces femmes ne venaient pas les mains vides. Elles apportaient à la maman de la nourriture sous forme de bouillie de mil et de soupe de viande ou de poisson, pour l'aider à se rétablir promptement et à reconquérir ses forces. L'accouchement pour les femmes est un véritable combat. Elles ne cessent de le dire et avec un brin d'orgueil.

Mais, le monde de la gent féminine est plein de mystères, parmi lesquels ceux ayant trait à la naissance. On déconseille ainsi aux femmes ayant rencontré un écureuil volant ou contaminées par une autre qui en a rencontré un, de rendre visite à une nouvelle accouchée sinon l'enfant « retournera », c'est-à-dire mourra. La mère de cet enfant sera contaminée à son tour et elle ne pourra plus jamais rendre visite à une femme ayant nouvellement accouché, jusqu'à ce qu'on l'exorcise et qu'on extirpe le mal. Il y a des femmes contaminées qui se retiennent, mais il y en a aussi qui, par méchanceté, rendent visite à la nouvelle accouchée. Adouma se demanda ce que les femmes auraient fait de mal à l'écureuil volant pour qu'il les punisse aussi méchamment.

Les femmes, qui rendent visite à la femme ayant nouvellement accouché, s'informent en même temps du jour du baptême. De son côté, le père de l'enfant informe les autres membres de la famille et invite amis et connaissances. Pour le baptême, il doit immoler un mouton ou un bœuf, en fonction de son audience ou de l'importance de ses invités. Le jour du baptême, d'habitude de très bonne heure, vers cinq heures du matin, le marabout arrive, suivi peu après des invités. On présente l'enfant au marabout qui lui coupe les cheveux ou les rase entièrement. Puis on apporte un grand van neuf de couleur grise contenant du mil dans lequel on prend soin de glisser une somme d'argent et quelques boules de savons. Avant de procéder à la cérémonie d'attribution du nom, le marabout demande aux parents de l'enfant s'ils ont déjà choisi un nom particulier puisqu'il peut arriver que l'un des parents décide de nommer son enfant d'après le nom d'un de ses parents ou de ses meilleurs amis. Dans le cas contraire, on laisse la latitude au marabout de choisir parmi les 99 attributs et plus beaux noms de Dieu, des compagnons du prophète ou d'autres noms des 333 prophètes de l'islam, si c'est un enfant de sexe masculin. Pour un enfant de sexe féminin, on choisit également parmi les noms des femmes, des enfants et de la mère du prophète ou de ceux de ses compagnons. Toutefois, des noms locaux peuvent également être attribués, comme cela n'enlève rien à la foi. La cérémonie du baptême en tant que tel consiste en une prière que le marabout récite après avoir donné le nom qui sera aussitôt communiqué aux femmes. Leur réaction ne se fera pas attendre, elle se manifestera tout de suite par un cri de youyou poussé pour annoncer à tous que l'enfant a déjà reçu un nom. Ce cri de joie a aussi pour but de féliciter et d'encourager les parents du nouveau-né.

Puis, suivra le service de la nourriture qu'on offrira aux visiteurs venus nombreux rehausser de leur présence cette cérémonie. C'est à ce moment qu'Adouma va valablement jouer son rôle. Assisté de ses cousins et de quelques amis, il va répartir les plats aux invités qui se mettent par groupe de cinq ou six personnes pour partager un mets composé de plusieurs plats variés et succulents. La coutume veut que tout le monde plonge la main dans le même grand plateau où sont rangés les différents plats. C'est après avoir servi tous les invités qu'Adouma et son groupe pourront à leur tour se mettre autour d'un plat pour se régaler. Après le repas suivent les boissons chaudes, à savoir le thé et le café préparés selon un procédé local. Les thés vert et rouge sont mis dans de grosses bouilloires avec sucre et épices et qu'on a fait bouillir longtemps avant de les servir dans de petits verres en cristal. À chacun de prendre à son goût. Là encore, c'est toujours Adouma et ses camarades qui vont servir les invités.

Après avoir passé deux années chez son tuteur, Adouma fut admis à l'internat du lycée. C'était une sorte de récompense aux élèves qui travaillaient bien en classe et qui venaient des foyers pauvres. Il passait en quatrième, la troisième année du secondaire. Comme son oncle maternel et son père le lui avaient conseillé, il avait pris ses études au sérieux et passait pour un brillant élève. Les après-midi, il pouvait suivre les cours islamiques chez un éminent Cheik. La ville d'Abbassié passait pour la capitale cultuelle du pays en matière de religion islamique. Il avait d'ailleurs l'embarras du choix, car les érudits musulmans ne manquaient pas dans cette ville. Il déménagea au lycée. Pour lui, commençait la vie en groupe entre des jeunes de son âge et ceux d'un âge plus avancé. La vie en société met en exergue le caractère de chacun. Il faut vivre avec la personne pour la connaître. Le lycée, en particulier l'internat, est le lieu par excellence pour cela. En effet, Adouma découvrira différents caractères, différentes personnalités incarnées par ses camarades. On est obligé, pour vivre avec autrui, d'adapter son caractère pour le rendre acceptable par les autres membres de la société. Il s'agit de se conformer à la société dans laquelle on évolue. On retrouvait au lycée les ressortissants de chaque région du pays : du nord, du sud, de l'est et de l'ouest. Le lycée est évidemment un lieu idéal pour le brassage des jeunes en vue de l'édification d'une nation.

Dans les classes d'examen, comme la troisième ou la terminale, les élèves s'organisaient également par groupes pour étudier. Les après-midi, ils sortaient hors de la ville, loin des bruits de tous ordres pour bien apprendre leurs leçons. Regarder la nature rend l'apprentissage plus facile en stimulant le cerveau. Regarder à perte de vue semble accroître la capacité d'assimilation. Le soir, les élèves désignaient l'un d'entre eux pour préparer le thé qui devait les tenir éveillés. Ils s'entraînaient ensemble en mathématique, français et anglais. Évidemment, il y avait toujours quelqu'un qui excellait dans chacune de ces matières et qui pouvait faire des démonstrations à ses camarades. Adouma paraissait se prêter à cette tâche.

Le secondaire est le lieu par excellence où l'influence de la civilisation occidentale et, partant, de la culture française commence à laisser son empreinte sur les élèves et à dominer leurs esprits. Adouma ne pouvait en faire exception. Il sentait cette influence s'installer graduellement en lui. Les enseignements qu'il recevait et les cours qu'il apprenait par cœur s'imposaient. Les cours de littérature, d'histoire, de philosophie, ainsi que les actualités politiques, sportives et cinématographiques qu'ils suivaient chaque semaine à la mission catholique, suivi de débats, étaient ceux qui marquaient le plus les élèves. Soudain, les élèves se permettaient des rêves en se mettant dans la peau des grands personnages de la littérature française et les figures marquantes de l'histoire. Ainsi, certains d'entre eux se donnaient des surnoms fantaisistes des personnages de Corneille tels que Rodrigue et Chimène, et d'autres portaient carrément les noms des auteurs français et autres tels que Boileau, Rousseau, de Richelieu, Colbert, Arias, etc. D'autres se voyaient attribuer des surnoms des figures de l'histoire universelle et en particulier de la Révolution française, dont les caractères semblaient s'apparenter aux leurs. L'actualité sportive également n'était pas en reste, car un élève s'était donné le surnom emblématique de Cassius Clay. L'élève en question admirait le boxeur parce que celui-ci avait changé de nom pour porter le même nom que lui, en l'occurrence Mohammed Ali. Pourtant, son physique n'avait rien de commun avec celui du boxeur. Bien sûr, il est permis de rêver.

Le secondaire est aussi en réalité le lieu où l'inspiration foisonne, de sorte qu'en fonction de votre caractère, votre état ou votre physique, on vous colle un surnom. C'est ainsi que des surnoms tels que *Des côtes,* pour qualifier un vantard, et *La Boiteuse* pour quelqu'un qui boite, étaient attribués. Cela était peut-être dû au jeune âge qui rendait créatif et aussi au regroupement, car l'effet de masse, un terreau pour l'anonymat inspire beaucoup. Un groupe de jeunes crée son propre jargon, c'est-à-dire un langage qui n'est compris que par lui-même. L'actualité cinématographique faisait également des émules. Des noms d'acteurs tels que *Al Capone* le gangster et *Django* le cow-boy étaient portés par certains. Les élèves sont généralement fascinés par l'image du gangster, peu importent les causes pour lesquelles ces acteurs se livrent à de tels exploits ; ce qui les fascine, c'est le fait que ces mecs défient l'autorité à tort ou à raison. Ce sont les émotions fortes qui attisent la curiosité de la jeunesse.

À partir de ce moment, commence aussi l'arrachement graduel à leur culture d'origine auprès de laquelle va désormais s'installer une autre culture, qui est constamment alimentée par de faits nouveaux, par de nouvelles connaissances sous forme de publications d'ouvrages de tous genres, des films cinématographiques, des théâtres, alors que leur propre culture demeure statique, justement du fait de la présence de l'autre culture. C'est à ce moment qu'ils vont entrer dans une phase d'hybridation, c'est-à-dire de la gestation d'une nouvelle personnalité qui incarnera cumulativement trois civilisations, à savoir la civilisation négro-africaine, la civilisation arabo-islamique et la civilisation judéo-chrétienne. Ils seront tiraillés entre ces trois civilisations qui vont les transformer à jamais. Ils deviendront désormais des personnes hybrides. Cette hybridité se manifestera de plusieurs manières : la manière de manger, la manière de s'habiller, la manière de penser, bref la manière de vivre. Avec l'hybridité, on atteint un point de non retour. De nos jours, dans le pays d'Adouma, on peut s'appeler Mahamat et être chrétien. L'habit ne fait pas le moine. Tout le monde, de quelque confession qu'on soit, porte sans distinction aucune, le costume, le jean, le caftan, le grand boubou et la djellaba. L'hybridation constitue-t-elle un fondement de la nation, à l'échelle d'un Etat et à l'échelle internationale le fondement de la mondialisation?

****

Pendant les cours islamiques qu'il fréquentait après l'école française, Adouma fit la connaissance de quelques camarades. Après le cours, ils discutaient de la rébellion, même si cela constituait un sujet tabou. Nul ne devait prononcer le mot rébellion au risque de passer pour un rebelle et se faire arrêter. Ils discutaient de ses causes, de ses conséquences qui ne faisaient que s'aggraver et en particulier de la situation politique qui ne faisait qu'empirer. L'étau se resserrait de plus en plus autour d'une certaine catégorie de la population. Peu à peu, les élèves du cours islamique, auquel s'était joint Adouma, se lièrent d'amitié et se fréquentèrent en dehors des cours islamiques. Ils formèrent un petit cercle d'amis. Chaque fois qu'un événement nouveau concernant la rébellion se produisait, ils se retrouvaient pour le commenter. Ses nouveaux camarades n'étaient pas des lycéens. C'étaient des élèves du cours islamique, des arabisants qui ne connaissaient aucun mot français. Ils s'exprimaient seulement en un arabe local, même s'ils comprenaient le contenu du cours qui était donné en un arabe plus soutenu. Adouma n'avait pas informé ses camarades du lycée de cette nouvelle amitié. Le cercle de cette compagnie s'agrandissait petit à petit par l'arrivée de nouveaux membres dans le groupe.

Un jour, Adouma fut invité à déjeuner par ses amis dans un quartier situé presque à la périphérie est de la ville. Parmi les camarades qu'il connaissait, il y avait également un autre homme qu'Adouma n'avait jamais vu. Il avait l'air très calme et parlait très peu. Après avoir pris du thé et du café aromatisés et épicés, on apporta de la nourriture sur de larges plateaux bien garnis. Chaque plateau contenait plusieurs assiettes contenant des mets variés et succulents. On se régala. À la fin du repas, on servit aussi des boissons chaudes. La conversation ne tournait pas autour d'un thème précis, on parlait des sujets pêle-mêle. Après le repas, le mystère de la présence de l'inconnu fut levé et on aborda les choses sérieuses. L'homme se présenta et dit qu'il était un émissaire en provenance du front, qu'il était envoyé par les camarades révolutionnaires pour venir organiser les sympathisants se trouvant dans la ville d'Abbassié. Adouma se trouvait maintenant nez à nez avec un rebelle. Jusque-là, il n'avait vu que les jeunes rebelles capturés à Erda, suite à l'attaque de la localité. Un rebelle, c'était donc un homme normal. Adouma écoutait attentivement ce que l'homme racontait sur la rébellion. Il expliqua posément les raisons ayant poussé les compatriotes à avoir recours à la rébellion, à prendre les armes contre l'État. Il présenta aussi les objectifs de la rébellion. Il leur fit savoir qu'à partir de maintenant, ce groupe restreint désormais constitue une cellule de la ville d'Abbassié. Ils avaient maintenant une mission qui est de mener la rébellion jusqu'à la victoire totale.

Après avoir fini de parler, l'homme se leva et salua un à un tous ceux qui étaient présents pour les connaître davantage, puis prit congé d'eux. Les autres restèrent quelque temps, puis se dispersèrent. Adouma rentra au Lycée, s'assit sur son lit et réfléchit longuement sur ce que l'homme avait dit lors de la réunion. Même si cet homme disait des choses sensées, il n'était pas convaincu du sérieux ou de la sincérité de la situation.

Adouma se trouvait au dortoir en train de lire un roman sur « guerre et la paix » de Dostoïevski quand on vint lui annoncer que quelqu'un voulait le voir devant le portail du lycée. C'était un émissaire qui venait du village Ambirren. Il était porteur d'une lettre qui lui était destinée. Dès qu'il vit Adouma venir, il mit la main dans sa poche et fit sortir avec une enveloppe brune et la lui tendit. Adouma l'ouvrit rapidement pour prendre connaissance du contenu. Dès qu'il commença à lire la lettre, le visage d'Adouma s'assombrit brusquement et des larmes apparurent dans ses yeux, coulèrent sur ses joues. La lettre lui annonçait une mauvaise nouvelle. En effet, il s'agit de la mort de son petit frère et de son oncle maternel. Ils ont été abattus par les forces de l'ordre qui les soupçonnaient d'être en intelligence avec les rebelles. Après avoir lu la lettre, Adouma plia la feuille, la remit dans l'enveloppe et la fourra dans sa poche. La lettre ne donnant pas suffisamment de détails, Adouma invita l'émissaire à l'intérieur du lycée pour qu'il lui fournisse d'amples informations sur ce qui s'était réellement passé. Adouma apprit que suite à une fausse dénonciation, les forces de l'ordre sont descendues dans le village Ambirren et les autres villages environnants. Ils ont rassemblé tous les hommes et les ont froidement abattus sous les yeux de leurs enfants et femmes. Seuls les villageois, qui étaient partis en brousse ont pu échapper au massacre. De plus, l'émissaire lui conseilla de prendre ses dispositions, contrôler ce qu'il dit et trier ses amis. À la tristesse, succéda une colère amère. Il était si énervé qu'il ne pouvait bien respirer. Il raccompagna son hôte, revint dans le dortoir et se mit à réfléchir longuement sur ce qu'il venait d'apprendre. Il pensa à tous ceux qui sont au village, en particulier sa mère, son père, ses frères et sœurs et s'endormit.

Cette nouvelle le démoralisa complètement, car même après le réveil, il y pensait. Il ne comprenait pas qu'on puisse s'en prendre aux pauvres villageois qui n'ont rien à voir avec les rebelles. Cette situation le révulsa et le révolta en même temps. Il eut subitement de la sympathie pour les rebelles et se dit qu'ils avaient peut-être raison de s'attaquer aux forces de l'ordre. Les événements d'Andalmé lui revinrent aussitôt à l'esprit. Les paysans ayant eu ras le bol des mauvais agissements des agents de l'État n'avaient d'autre choix que de prendre les armes pour se défendre et se faire entendre. Parce qu'elles détiennent des armes, les forces de l'ordre croient tout régler avec la violence quand bien même l'État est fautif, car ses agents peuvent l'induire en erreur comme à Andalmé. Quand le peuple se révolte à raison, il finit par avoir le dernier mot ; la raison triomphe le plus souvent. Adouma se demanda si le moment n'était pas venu pour lui de regagner la rébellion. Mais, il pensa à ses études. Son souhait était de finir ses études secondaires avant de prendre quelque décision que ce soit.

Comme il se l'était promis, Adouma continua inlassablement ses études secondaires. Assimilant parfaitement et sans peine les matières scientifiques et les mathématiques, il fut orienté, comme il fallait s'y attendre, en série C. Ainsi, d'année en année, il arriva en terminale, sans coup férir. C'était un véritable génie en herbe, car lors des entraînements que les élèves organisaient, en préparation au baccalauréat. C'était lui qui dirigeait les séances d'entrainement en maths. Chose qu'il faisait depuis la troisième lorsqu'il préparait le brevet. À l'approche des examens, la vie à l'internat était très souvent marquée par les séances d'entraînement et de bachotage. En dépit du fait qu'il assimilait bien se cours, la terminale était pour lui une classe de tous les dangers. Il fallait qu'il arrive, à tout prix, à bout de ce challenge ; évidemment en mettant plus d'ardeur au travail, notamment en étudiant régulièrement ses leçons et en lisant beaucoup. Bien sûr, il devait surtout éviter de sombrer dans le surmenage comme l'étaient déjà quelques-uns de ses camarades. La lourde charge du travail intellectuel, doublée de la peur de ne pas réussir, conduit inévitablement à cet état psychologique lamentable.

Adouma n'avait pas jeté aux oubliettes sa vie spirituelle; il s'acquittait régulièrement de ses prières quotidiennes. D'ailleurs, c'est ce qui lui donnait la force de combattre les faiblesses et autres déficits humains. De même, il continuait à fréquenter dans les après-midi les cours islamiques chez le même cheikh. Le lieu du cours n'était pas éloigné du lycée. Il pouvait en quelques minutes s'y rendre. Parfois, il y rencontrait d'autres cheikhs venus disséminer leur connaissance. Ces cours étaient gratuits pendant lesquels on expliquait généralement les préceptes et les principes de la religion islamique, notamment la théologie et les témoignages du prophète de l'Islam et de ses compagnons. Et pour couronner le tout, comme la langue arabe est le véhicule de la religion islamique, le cheikh en profitait pour expliquer la grammaire, à savoir la morphologie, la syntaxe et la sémantique.

Au fur et à mesure que le temps passait, les échéances de l'examen du baccalauréat s'approchaient à grands pas inexorablement. Les élèves redoublaient les séances d'entraînement, quand bien même chacun se préparait à sa manière pour affronter l'examen le jour J. Malgré tout, l'angoisse commençait à les gagner. Au cours des deux mois qui précèdent l'examen du Baccalauréat, c'est-à-dire avril et mai, il fait particulièrement chaud, ce qui ne facilite pas les études. Cette chaleur annonce les prochaines pluies. En cette période, l'eau devient une denrée très rare dans la ville d'Abbassié. Aucune goutte ne tombe des robinets. Alors, on se rabat sur les vendeurs d'eau à dos d'ânes plus qu'en d'autres périodes de l'année.

****

Ayant probablement infiltré les milieux des militants et sympathisants de la rébellion, le Gouvernement est arrivé à établir une liste de ceux qui se trouvaient dans la capitale et dans les principales villes du pays. Pour les besoins de la mission, il fallait trouver parmi les policiers issus des régions où sévit la rébellion, un policier qui soit populaire et hors de tout soupçon.

Le policier fut facilement trouvé. On le convoqua une nuit même au ministère de l'Intérieur. Un décret fut pris à la hâte le nommant commissaire de police, pour être en règle avec la loi, car on ne pouvait confier une mission d'une telle importance qu'à un cadre supérieur de la police. La mission délicate lui fut confiée. On l'instruisit sur la mission. Puis, on lui remit en même temps une longue liste de personnes. La mission consistait à arrêter ces personnes. Il parcourut des yeux la liste et quelle ne fut pas sa surprise de découvrir des noms des connaissances, des amis, des voisins et même des gens qui lui étaient proches. Il leva les yeux et parcourut des yeux l'assistance. Tous avaient un regard malicieux. Il se sentit piégé, mais il n'avait plus le choix, car la raison d'État passe avant tout. On lui donna aussitôt une section de policiers censés lui prêter main-forte pour exécuter cette tâche. Les policiers devaient s'habiller en tenue de ville pour plus de discrétion, mais armés jusqu'aux dents.

Pendant toute une semaine, les conversations dans la capitale ne tournaient qu'autour de ces arrestations qui y avaient créé une véritable psychose, semant le doute, la désolation et la confusion dans la tête des gens. On se réveillait le matin et on apprenait que le voisin ou l'ami venait d'être arrêté. Chacun voyait l'étau se resserrer autour de lui, rendant l'atmosphère invivable dans la ville.

Adouma, qui était venu dans la capitale pour passer le baccalauréat apprit, comme tout le monde, la nouvelle alarmante. Ayant été déclaré admis au baccalauréat, il était resté quelques jours dans la capitale, le temps de retirer son diplôme. L'ayant obtenu, il décida de rentrer précipitamment à Abbassié, puis à Erda et enfin à Ambirren. Il restera avec les siens, juste le temps pour que les choses se tassent avant de revenir à la capitale pour demander une bourse d'études. Il pensait que ses amitiés avec ses camarades du cours islamique pourraient lui être compromettantes puisque l'émissaire qui lui avait remis la lettre lui annonçant la descente dans le village des forces de l'ordre et les massacres qui s'en étaient suivis, lui avait bien dit de sélectionner ses amis et de contrôler sa langue.

****

À son arrivée au village, il constata avec amertume et stupeur les malfaisances commises par les forces de l'ordre, car la gaieté qui d'habitude accueillait tout visiteur dans le village avait maintenant disparu. Ce fut plutôt un silence total qui accueillit Adouma. À part les braiments lointains des ânes et les aboiements langoureux et plaintifs des chiens, on n'entendait plus rien dans le village. Il n'était plus vivant comme au temps où, dès qu'on y entrait, on sentait un certain bonheur. Depuis lors, les villageois avaient perdu le sourire et le village était devenu triste. Les villageois ne faisaient plus confiance à l'autorité et ne la respectaient plus. L'autorité lui faisait plutôt peur. En effet, il régnait un sentiment de peur, de méfiance et de suspicion. Les gens se terraient dans leurs cases. Tout visiteur n'était pas accueilli avec chaleur comme à l'accoutumée, il était reçu plutôt avec une certaine suspicion. Adouma s'acquitta d'abord d'un devoir moral ; il présenta les condoléances aux personnes endeuillées, en passant de concession en concession. Il resta dans le village pendant quelques jours pour remonter le moral de sa mère qui avait perdu goût à la vie, depuis la perte de son fils qu'elle avait vu mourir sous ses yeux. La présence d'Adouma devait la réconfortait tout de même.

À Ambirren, comme d'habitude, Adouma prit part aux travaux champêtres. Contrairement à l'accoutumée, il avait labouré sa propre parcelle, un champ de millet, même si de temps à autre il prêtait main-forte à son père et à sa mère. La pluie était abondante et la récolte promettait d'être bonne. Au moins un motif de contentement pour les agriculteurs. Toutefois, il lui arrivait de songer, de temps en temps, à un prétexte pour partir de là, puis regagner la rébellion. Il avait mûri la question et le mot juste était venu à son esprit : la rébellion.

Cependant, comment pouvait-il y aller, dans la mesure où il avait perdu tout contact avec ses amis du cours islamique et en particulier l'homme mystérieux qui pourrait l'y conduire. Pour l'instant, l'essentiel pour Adouma c'était de quitter le village, et se cacher pour être utile aux siens. Si d'aventure on le prenait, c'en était fini pour lui et les siens. Il est vrai que jusque-là rien n'indiquait qu'il était recherché, seule la psychose avait atteint presque tout le monde et le hantait. Néanmoins, il se remémorait encore les péripéties de la rébellion et ses conséquences qu'il avait vues se dérouler sous ses yeux. Les représentants du pouvoir étaient capables de fabriquer n'importe quel prétexte pour l'arrêter. Ils étaient forts en mise en scène. Pourtant, il n'était qu'un sympathisant passif. Toutefois, il se rappela l'histoire de Candide de Voltaire qui avait été condamné pour avoir tout simplement regardé avec un air d'approbation. En tout cas, pour rencontrer l'homme mystérieux, il devait nécessairement se rendre à Abbassié. Cet homme avait dû certainement apprendre les vagues d'arrestations des soi-disant sympathisants de la rébellion. Il ne serait donc pas prudent de sa part de prendre un tel risque et venir en ville. Adouma ira tout de même à Abbassié avec l'espoir de rencontrer un de ses amis qui pourrait lui fournir quelques informations.

Au fur et à mesure que les vacances tiraient à leur fin, Adouma était encore indécis sur la conduite à tenir ; poursuivre ses études ou aller en rébellion. Il n'avait informé aucun de ses parents sur ses intentions. Ses parents nourrissaient aussi des projets pour lui ; ayant perdu un de leurs fils à la fleur de l'âge, en l'occurrence le cadet d'Adouma, ils voulaient que ce dernier reste auprès d'eux et fonde un foyer. Quant à lui, il mijotait un autre plan : partir d'abord et n'informer ses parents que plus tard. L'idée de chagriner davantage sa mère, qui souffrait déjà de la perte de son fils, le torturait. C'est pour cette raison qu'il ne voulait l'informer qu'après son départ.

À l'approche de la rentrée scolaire, Adouma informa son père de son intention d'aller à Abbassié pour s'enquérir des nouvelles sur les bourses, car avant de rentrer à Ambirren, on lui avait demandé de remplir les formulaires de bourse. Il expliqua à son père en quoi cela consistait exactement. Aussitôt, son père profita de l'occasion pour lui faire part du plan qu'il avait mis au point, avec la mère d'Adouma. Leur plan à eux consistait à ce que Adouma reste définitivement à Ambirren pour se marier et avoir une progéniture afin d'assurer la descendance de la lignée. Craignant d'offenser ses parents, Adouma leur demanda qu'ils lui laissent le temps de réfléchir, mais il leur dit d'emblée que si l'État lui octroyait une bourse il ne pouvait pas décliner une telle offre, car il perdrait énormément. Il devrait donc user d'une astuce pour repartir à Abbassié sans susciter une quelconque inquiétude à sa mère.

Plus les jours s'égrenaient, plus Adouma s'impatientait. Il était écartelé entre l'envie d'aller poursuivre des études et celle d'aller en rébellion. Mais le souci de ne pas causer du tort à ses parents, surtout à sa mère déjà très affectée et affaiblie par le décès de son fils, le chagrinait. De toute façon, se dit-il, il faut qu'il prenne une décision dans un sens ou dans l'autre. Il se décida enfin et alla voir séparément son père et sa mère et leur fit part de son intention de repartir à Abbassié pour s'enquérir sur la suite de sa bourse, car à partir de là, il pourrait appeler ou recevoir des informations de la part de ses camarades qui revenaient de la capitale. Pour lui, il ira juste se renseigner et revenir. Ainsi, il put les convaincre sans les inquiéter. Le lendemain, très tôt, il profita d'une occasion pour s'en aller. Il était parti avec les commerçants qui amenaient leurs marchandises à Erda à dos d'ânes tandis que leurs propriétaires et Adouma étaient montés sur des chevaux. On forçait les bourriques à marcher au rythme des chevaux. Étant accoutumés à faire le trajet, les commerçants alimentaient continuellement leur conversation avec des sujets intéressants et inspirés, ce qui leur faisait oublier la distance, de sorte qu'ils ne se rendirent même pas compte de leur arrivée à Erda. Adouma n'éprouva pas beaucoup de peine à convaincre son oncle sur la suite de son voyage vers Abbassié. Il passa la nuit à Erda. Puis, le matin après le réveil, il se rendit sous les grands arbres qui tenaient lieu de gare routière, où stationnaient les véhicules. Il en trouva un qui partait à Abbassié. Il le prit et quitta aussitôt.

Quand il arriva à Abbassié, il se rendit directement chez son oncle paternel qui était en même temps son tuteur. Ayant réussi au Bac, il ne pouvait plus repartir à l'internat au lycée. D'ailleurs, on était encore en vacances et le lycée était fermé. Il fut chaleureusement accueilli par ses cousins qui étaient très contents de le revoir et d'apprendre qu'il a obtenu son baccalauréat. Un des leurs avait réussi à « décrocher » son Bac, ce diplôme qui crée tant de frayeur aux élèves. Ils profitèrent de sa présence pour le congratuler. Il décida de rester quelques jours à Abbassié pour voir comment les choses allaient évoluer, s'informer sur la suite de la vague d'arrestations, si elles s'étaient estompées ou si elles continuaient. Il pensa également à ses amis du cours islamique et sentit le besoin de renouer le contact avec eux.

Adouma apprit avec stupéfaction que ses camarades du cours islamique avaient dû quitter la ville après avoir eu vent des arrestations qui se poursuivaient encore. Les militants et les sympathisants étaient constamment harcelés. Certains avaient été pris, puis exécutés sommairement. D'autres étaient morts en détention. Il se remémora tout de suite l'incident dont il avait été témoin au camp des gardes d'Erda. Il se dit qu'il était temps qu'il prenne une décision pour aller en rébellion. La nouvelle s'était répandue partout. Il craignait qu'on ne l'arrête lui aussi, sans qu'il ait pu venger la mémoire de ses camarades ou mener la lutte révolutionnaire à terme. Il ne servait à rien de faire durer son angoisse. Il chercha à renouer contact avec l'émissaire, mais ne sut à qui s'adresser parce que la ville était truffée d'espions. Le Gouvernement avait instauré partout un contrôle sévère et musclé. Comme partout ailleurs, les forces de l'ordre outrepassaient les ordres du gouvernement et les exécutaient avec zèle.

Adouma décida de faire bouger les choses, mais il était indécis, voire inquiet, ne sachant à qui s'adresser, car il ne pouvait faire confiance à personne. Il risquait d'ailleurs de tomber sur un indic de la sécurité et alors, c'en était fini pour lui. Il pensa un instant à qui il pouvait parler de ce sujet. Il fit le tour de ses connaissances, puis soudain, la propriétaire de la concession où se tenaient les conciliabules lui vint à l'esprit. Il décida de lui rendre visite. En le voyant devant elle, la bonne dame perdit sa bonne humeur d'antan. Elle arbora un visage renfrogné, mais s'efforça de le saluer tout de même. Elle avait l'air craintif. Dans un premier temps, Adouma ne comprit pas l'attitude de la dame. Elle était complètement l'opposée de la femme qu'il connaissait, la femme qui blaguait à tout moment pour détendre l'atmosphère lors des retrouvailles. Il se demanda ce qui avait pu bien arriver à cette femme pour qu'elle affiche un tel comportement à son égard. Ensuite, il se rappela que le temps n'était plus à la blague. Aussitôt, Adouma adopta une attitude sérieuse et attristée. Il se recroquevilla lui aussi dans la même attitude. Ils se saluèrent à nouveau ; elle le fit asseoir sur une natte et lui apporta de l'eau.

Sentant que la dame avait regagné un peu de confiance, Adouma voulut aborder le sujet qui l'avait amené, mais elle l'arrêta net, lui faisant signe avec le doigt sur la bouche de ne dire un mot. Elle lui dit d'attendre un instant .Elle sortit dans la rue, puis revint après quelques instants. Elle voulut s'asseoir, mais ressortit ; elle alla dans les concessions voisines pour voir qui était là. Elle revint enfin et se rassit. Elle voulait s'assurer que personne n'avait suivi Adouma et qu'elle pouvait parler sans peur. En effet, Adouma pouvait s'apercevoir qu'elle était un peu plus détendue, plus confiante. Elle alla droit au but et aborda directement le sujet pour lequel Adouma était venu. Elle l'avait tout de suite deviné. Il ne pouvait en être autrement. Elle l'informa de ce qui s'était passé dans la ville et ce qui était arrivé à ses camarades. Elle lui fit savoir que quelqu'un avait dû certainement les dénoncer, car la police était allée au lever du jour, directement chez eux pour les arrêter. Le même jour, un avion était venu les chercher et les avait transportés quelque part. Depuis, on n'avait eu plus de leurs nouvelles.

Quand elle eut fini de parler, Adouma la regarda longuement avec un regard inquisiteur qui semblait appeler une réponse quelconque. Elle put lire l'interrogation et l'inquiétude qui se lisaient dans son regard. Elle le rassura en disant qu'à aucun moment, elle n'avait entendu prononcer son nom. Pour Adouma, cela ne voulait absolument rien dire. Il voulait en savoir davantage sur ce qui serait advenu de ses camarades. Il lui demanda des nouvelles de l'émissaire. Elle lui répondit que l'émissaire était recherché par la sécurité. Il était reparti et n'est plus revenu. Elle n'avait plus eu de ses nouvelles. Plus Adouma se renseignait sur ses camarades, plus il se doutait de quelque chose. Il ne dissimula pas sa gêne et s'empressa de lui demander de lui trouver quelqu'un qui pourrait le faire sortir de la ville. Il ne fait pas bon vivre ici. Elle fut d'abord surprise qu'il lui fît une telle requête. Ensuite, elle s'évertua à le dissuader d'entreprendre une telle aventure, arguant du fait qu'il était encore un enfant, un élève, que rien ne lui arriverait et qu'il ferait mieux de s'occuper de ses études, de son avenir. Il lui rétorqua que même s'il est vrai que jusque-là il est épargné, il ne sait pas ce que l'avenir réserve, sûrement pas de jours meilleurs et que de toute façon sa décision était prise. Il insista qu'elle lui trouve un guide. Il voulait coûte que coûte partir de là. Suivit un long silence entre eux, chacun pensant, on ne sait à quoi. Puis la femme leva la tête et d'un air calme, lui dit qu'elle trouverait quelqu'un de sûr, qui s'y connaît dans la brousse et qui pourrait le conduire au front. Elle lui dit de repartir. Elle l'informera dès qu'elle aura repéré la personne en question. Il prit congé d'elle plus ou moins rasséréné.

Après deux jours, la dame l'envoya chercher. Il vint précipitamment chez elle. Elle le présenta à un jeune homme qui avait l'air d'un berger, car il portait un de ces bâtons dont les pâtres aiment tant se munir. Les deux hommes se saluèrent avec respect. Adouma le dévisagea. Il croyait l'avoir croisé quelque part, mais il n'était pas en mesure de dire où exactement. Il se retint de peur de dire des bêtises. Passées les civilités, la dame aborda le sujet. Elle lui expliqua que l'homme en question avait l'habitude de venir lors des rencontres du groupe, mais toujours se tenait à l'écart, ne faisant que suivre de loin les discussions. En réalité, c'était l'homme des missions délicates. Il était chargé de faire sortir les sympathisants de la ville sans le moindre soupçon, car déguisé en berger et empruntant régulièrement le même trajet, les forces de l'ordre qui gardaient les barrières avaient fini par le connaître et le prenaient pour tel. Il s'était même lié d'amitié avec les gendarmes. C'est donc lui qui allait servir de guide à Adouma. Puis, se tournant vers le berger, elle lui fit part de l'intention d'Adouma de se rendre au front. Le berger porta son attention vers Adouma et le regarda longuement sans dire un mot, puis hocha simplement la tête, en guise d'approbation. Son visage ne trahissait aucun sentiment particulier ; étant habitué à faire cette besogne qui exige qu'il soit le moins loquace possible. Il était calme. Le berger lui dit qu'il n'y a plus de temps à perdre. Il n'a qu'à aller préparer ses effets. Il lui indiqua le jour du départ et le point de rencontre.

Adouma revint dare-dare à la maison et tenta dans un premier temps de mettre de l'ordre dans ses idées afin de pouvoir s'organiser et ne pas oublier certaines choses. Quelles sont les activités essentielles à mener en premier lieu ? Laver ses habits et trier les effets qu'il pouvait emporter sans oublier ses diplômes de Brevet et de Bac et ceux qu'il devrait laisser. À cet instant, il commença à se poser des questions : il avait décidé d'aller, mais où ? se demanda-t-il. Il ne le sait pas précisément. Il va à l'aventure, sûrement. Mais, il se dit qu'un homme doit affronter l'adversité quand celle-ci se présente. N'est-ce pas son destin qui est en train de s'accomplir ainsi ? Il va y aller quand même, se dit-il. Il ira jusqu'au bout pour voir jusqu'où ce destin va le mener. Pour lui, il est préférable de mourir debout au champ de bataille que de vivre à genoux en ville, en prison. Après tout, la vie qu'il est en train de vivre ne mérite pas d'être vécue.

Après avoir réfléchi sur son propre sort, c'est-à-dire sur la décision qu'il vient de prendre, ses pensées allèrent tout droit aux siens et se demanda quel argument il allait leur avancer. Il enverra quelqu'un informer son oncle à Erda qui, à son tour, pourra mettre au courant ses parents de la décision qu'il aura prise. Quant à ses cousins avec qui il vivait, ils constatèrent tout de suite le changement de comportement de leur frangin. Il était devenu réservé, pensif, distrait et n'arrivait plus à se concentrer. Quelque chose semblait le préoccuper.

****

Vint le jour du départ. Adouma se réveilla très tôt, s'acquitta de sa prière et s'assura que tout était fin prêt. Il semblait enfin soulagé. L'angoisse qu'il avait éprouvée ces derniers temps s'était enfin dissipée ; il ne voulait qu'une chose : partir de là et le plus vite possible. Il alla voir son oncle et lui dévoila son projet de voyage. Il ne put lui dire la vérité. Il chercha alors des subterfuges. Il lui mentit en disant qu'il se rendait à la capitale. Il ne laissa aucune commission ni à son oncle d'Abbassié, ni à celui d'Erda, ni même à ses parents. Après avoir fait ses adieux aux membres de la famille de son oncle, il sortit de la maison.

Il se rendit immédiatement au lieu du rendez-vous avec le berger. La ville n'ayant pas de transports en commun, il dut marcher jusqu'au lieu de la rencontre. Il vint trouver le guide qui l'attendait. Celui-ci portait, en plus de son bâton de pâtre, un baluchon et une gourde d'eau. N'ayant pas l'habitude de longs voyages, Adouma n'avait rien prévu, il n'avait même pas pensé à se munir de provisions et de l'eau. Ils décidèrent donc d'aller au petit marché qui se trouvait sur leur passage, d'acheter une gourde à eau et quelques provisions qu'Adouma devait transporter.

Après avoir fait leurs emplettes, ils sortirent du marché par le côté nord-ouest de la ville, en longeant le lycée, puis descendirent vers les briqueteries de Kamina. De là, la brousse commençait déjà à s'offrir à leurs yeux. La brousse n'était pas loin de la ville. Ils s'y enfoncèrent. Ils marchèrent quelques instants et débouchèrent sur un troupeau de caprins gardé par un autre berger plus jeune que le guide. À côté se trouvait un grand arbre ; ils se reposèrent là et profitèrent de l'occasion pour attacher solidement leurs affaires avant de commencer le voyage proprement dit. Quelques caprins étaient affairés à brouter l'herbe, d'autres préféraient s'arc-bouter sur les arbustes pour arracher les feuilles des branches pendantes et s'en délecter tout en ignorant la présence humaine. Le jeune berger devait seulement garder les chèvres pour le guide. Apparemment, c'était son petit frère ; il allait repartir en ville, car il ne faisait pas partie du contingent. Quand le moment de partir vint, le berger libéra son petit frère. Celui-ci les salua, leur souhaita bon voyage et s'en alla.

Après avoir été libéré, le jeune garçon conduisit ses caprins vers un autre endroit où ils pourront paître, ensuite il les amena à l'abreuvoir. C'était le début de la saison des pluies ; il y avait partout des flaques d'eau. Ils pourront comme bon leur semble s'en abreuver. Une fois le garçon hors de vue, le guide ordonna à Adouma qu'il était temps de partir. Il commença à lui donner des instructions sur le déroulement du voyage. Ils marcheront la nuit et dormiront le jour, tels des animaux nocturnes. La nuit est protectrice et pleine de mystères, car elle cache beaucoup de choses. Chaque culture a sa manière d'appréhender la nuit et ce qui peut s'y passer : « la nuit peut cacher l'éléphant » ou « la nuit tous les chats sont gris », c'est-à-dire que pendant la nuit, il se passe beaucoup de choses. Sans plus tarder, ils se mirent en route en direction de l'est. Ils se trouvaient au nord-ouest de la ville d'Abbassié.

Le guide marchait aux pas de charge. Adouma se devait de suivre le rythme. Le guide conseilla à son compagnon de ne pas trop parler au risque de leur attirer des ennuis. La brousse pourrait être truffée d'informateurs. Ils marchèrent longtemps en silence, jusqu'à ce qu'ils atteignirent un village. Ils se rendirent directement chez le chef, car tout étranger devrait se faire annoncer avant d'entrer dans le village. Ils descendirent donc chez le chef. Le guide était un familier des lieux. Ils décidèrent d'y passer le reste de la journée, c'est-à-dire tout le reste de l'après-midi. Après avoir mangé quelque chose en compagnie du chef du village qui les avait invités, ils le quittèrent. À force de faire ce trajet à plusieurs reprises, le guide a fini par connaître très bien cette partie de la brousse sahélienne. Il marchait sans hésitation, se faufilant aisément parmi les arbustes et les sentiers tracés par les animaux. Arrivés à une certaine distance du village qu'ils venaient de quitter, le guide dit à Adouma de l'attendre un instant sur la route. Il entra dans la brousse et en ressortit quelques instants après, muni d'un arsenal léger se composant d'une petite lance, d'un couteau de jet et d'un boomerang alors que chacun d'eux portait déjà un couteau noué sur l'avant-bras. Un homme digne de ce nom doit posséder ne serait-ce qu'un couteau. On ne va jamais en brousse sans une arme. Le guide cachait son arme dans un lieu sûr et ne partait en ville que muni de son bâton de pâtre. Ces armes leur permettraient de se défendre et de se nourrir.

Adouma et son guide marchèrent toute la nuit. Au lever du jour, ils arrivèrent dans un gros village. Comme d'habitude, ils élirent domicile chez le chef. Celui-ci possédait une grande concession qui ressemblait à un camp. Toute sa famille, ses notables, ses goumiers et ses hôtes logeaient avec leurs bêtes là-dedans. La fatigue aidant, Adouma et son compagnon dormirent à poings fermés toute la journée. Ils ne furent réveillés que pour la prière du midi. Ensuite, ils partagèrent la nourriture avec les notables qui se trouvaient dans la cour du chef. Pendant la journée, la concession était très animée, car beaucoup de gens venaient pour différentes affaires. Après la prière de la nuit, ils dînèrent avec le chef, lui dire au revoir et quittèrent le village.

Après avoir marché des kilomètres, le temps devenait menaçant. Des nuages noirs commençaient se former, à couvrir le ciel, se déplaçant d'abord doucement, ensuite violemment, poussés par le vent. Mais les voyageurs n'avaient pas d'autre alternative que de continuer leur périple. Lorsqu'ils arrivèrent en pleine brousse, la pluie commença à tomber. D'abord de grosses gouttes tombèrent çà et là, cédant ensuite la place à une vraie averse. Les deux voyageurs continuaient à marcher sous la pluie. Ils ne pouvaient s'abriter nulle part, surtout pas sous un arbre. La croyance veut qu'on ne s'abrite jamais sous un arbre quand il pleut, car la foudre a tendance à frapper les gros arbres pour abattre les petites bêtes qui s'y cachent. On pense généralement au margouillat qui attire la foudre.

Adouma et le guide continuaient à marcher sous la pluie, sans qu'ils aient pu s'abriter nulle part. C'était à n'en pas douter, pour Adouma, un rite de passage du maquisard: souffrir toutes les souffrances inimaginables : intempéries, soif, faim. un maquisard doit pouvoir marcher sous le soleil et supporter les épines, boire l'eau là où on peut la trouver, comme un animal, manger des fruits sauvages, comme les fruits du savonnier, du jujubier, dormir en pleine lune ; le maquisard est exposé aux menaces constantes des bêtes sauvages et autres reptiles, sans oublier le danger d'être fauché par une balle.

Il faisait nuit noire, aggravée par un ciel toujours couvert de nuages malgré la grosse pluie qui venait de tomber. Seuls les éclairs leur permettaient de voir, en l'espace de quelques secondes, les alentours. La pluie cessa. Les crapauds et les grenouilles entamèrent leurs chansons. Adouma et son compagnon eurent droit à un véritable concert. Toute la nuit, la brousse fut envahie par leurs coassements rythmés. Ils se relayaient comme dans une véritable chorale avec différents timbres comme des humains. Ces batraciens exprimaient-ils leur satisfaction ou réclamaient-ils davantage de pluie ou bien conversaient-ils ? Adouma ne connaît pas le langage des batraciens, mais il les entend chanter chaque fois qu'il pleut. Adouma voulut en savoir davantage sur la brousse par son compagnon, mais se retint. Il se dit que l'occasion se présentera un jour pour lui poser certaines questions, car c'était une opportunité pour lui d'apprendre certaines choses de la brousse. Le voyage forme. Les deux compagnons continuèrent à marcher jusqu'au lever du jour. Ils ne rencontrèrent aucun village. Ils cherchèrent un abri et s'y reposèrent. Pour une première fois, les deux voyageurs firent usage de leurs provisions, car pendant les deux jours, ils étaient pris en charge par les chefs des villages qu'ils avaient traversés. Ces provisions étaient constituées d'aliments secs : des galettes séchées, des dattes et des arachides grillées. Comme il y avait de l'eau partout, Adouma leur en chercha pour mouiller les galettes. Ils purent également se procurer du lait caillé dans le dernier village. Le guide en versa sur les galettes pour les ramollir et les deux hommes en mangèrent. Ils avaient pris soin de se munir d'une bouilloire, du thé et du sucre. Le guide avait toujours mis dans ses affaires deux petits verres à thé. Il se chargea de la préparation du thé. Adouma devait aller chercher des brindilles et du bois mort et allumer le feu devant servir à préparer le thé. Après avoir mangé et bu du thé, ils se reposèrent pour reprendre des forces. Marcher sous la pluie est tellement épuisant. Ils s'endormirent.

Ils furent réveillés par des gazouillis d'oiseaux venus se poser sur l'arbre sous lequel ils se reposaient. Le soleil s'était presque couché. Ils firent leur prière et reprirent leur marche. Maintenant qu'ils étaient en pleine brousse, ils pouvaient causer tout en marchant. Ce fut le guide qui donna l'exemple transgressant ainsi les consignes qu'il avait données à Adouma. Peut-être étaient-ils à l'abri de tout danger ? Il connaissait des histoires croustillantes qu'il racontait volontiers à Adouma. Des histoires pêle-mêle provenant de ses missions antérieures. Adouma également ressassait des histoires du lycée, un milieu que son guide ignorait et les lui racontait. Cet échange d'histoires les égayait un peu et rendit l'atmosphère moins stressante et ainsi ils purent avancer plus vite dans leur marche sans sentir la fatigue de la marche. Une certaine complicité commençait à naître entre eux. Parfois, leur attention était attirée par des bruissements dans les herbes non loin d'eux. Généralement ils ne s'en occupaient aucunement et continuaient leur bonhomme de chemin. Au premier champ du coq, ils atteignirent un village et comme il se doit, ils descendirent chez le chef du village. Le chant du coq avait presque coïncidé avec le premier appel du muezzin annonçant la prière de l'aube; beaucoup de gens étaient déjà debout et se préparaient pour la prière. Certaines femmes s'affairent déjà dans leur cuisine pour essayer de concocter quelques mets pour le petit-déjeuner. Le feu qu'elles avaient allumé pouvait être aperçu par les fentes des seccos entourant la concession. La fumée effleurait les narines des voyageurs. Adouma et son guide furent accueillis par un des notables du chef qui les emmena dans le hangar des hôtes. Ils y déposèrent leurs effets et s'apprêtèrent aussitôt pour la prière avec les autres. Peu après, on leur présenta de la nourriture. Ils mangèrent avec d'autres visiteurs qui étaient là avant eux puis ils se reposèrent en attendant le soir pour continuer leur mission.

À la tombée de la nuit, les deux compagnons reprirent leur voyage, après avoir salué et remercié le chef du village pour l'hospitalité dont ils ont été l'objet. Pendant qu'ils marchaient et que chacun d'eux avait laissé libre cours à ses pensées, le guide se mit à réfléchir sur le bon déroulement de leur mission, car ils venaient de dépasser la zone réputée dangereuse. Dans tous les villages qu'ils avaient visités, la présence d'Adouma n'avait suscité aucune curiosité. Personne n'avait interrogé le guide à propos de son compagnon. Cela tenait-il au fait que tout le monde savait ce que le guide faisait et fermait les yeux ou bien que personne ne donnait de l'importance à ce qu'il faisait, à part les notables qui étaient curieux et demandaient parfois aux visiteurs et à d'autres gens qui étaient de passage leur identité, pour ensuite en rendre compte au chef du village ? Apparemment personne d'autre ne s'intéressait aux activités du guide. Le guide trouva cela étrange que personne ne leur eût posé des questions embarrassantes. Mais il s'était toujours empressé de présenter Adouma comme son petit frère qui venait lui rendre visite dans son village, coupant ainsi court à toute supputation. De toute façon, le guide n'avait jamais été soupçonné de quoi que ce fût. Il est connu dans la zone comme un propriétaire de bétail et pâtre en même temps. Quant à Adouma, il était encore sous l'émotion de ce voyage; il éprouvait un sentiment de curiosité. Il était curieux de voir jusqu'où le mènerait cette aventure.

Les deux hommes continuèrent à marcher dans le silence quand subitement un animal traversa la route et s'arrêta un peu plus loin. Dans un premier temps, ils n'avaient pas pu identifier cet animal. Mais quelques instants après, il vint tout près d'eux et traversa de nouveau la route. Cette fois-ci, les deux voyageurs le reconnurent par sa forme et son agissement. C'était une hyène. Elle s'éloigna d'eux et rugit. Soudain toute une horde d'hyènes apparut et suivit Adouma et son guide. Les hyènes marchaient parallèlement aux deux voyageurs. Au fur à mesure qu'ils marchaient, ils se rendirent compte que les hyènes les entouraient. Tous les deux connaissent bien la stratégie de l'hyène: suivre, couper la route puis charger. Alors, le guide saisit fortement son boomerang, tout en suivant du regard l'hyène qui était en tête .Brusquement, il se précipita vers lui et lui asséna un coup très fort sur le train arrière. L'animal émit un cri assourdissant et bref et projeta partout des excréments blanchâtres. Il s'enfuit, suivi par les autres hyènes. Adouma et son compagnon éclatèrent de rire et continuèrent leur marche.

Cela faisait cinq jours qu'ils avaient quitté la ville d'Abbassié. Adouma se demandait combien de temps il leur faudra pour arriver à destination. Pendant qu'il se posait ces questions, il voyait dans la pénombre les toits des cases au loin. Quand ils atteignirent le village, le guide les mena tout droit vers une concession. Sans même demander le propriétaire de la concession, ils y entrèrent directement ; Adouma aperçut deux chevaux attachés dans la concession. Dès qu'ils virent le guide, les deux chevaux se mirent à hennir. Ils avaient dû certainement reconnaître leur maître. Alors une jeune femme sortit de l'une des cases et les accueillit. Dans l'aube naissante, il ne pouvait pas très bien distinguer la femme. Elle portait un de ces voiles indigo que porte la majorité des femmes de la région. Elle les salua d'abord puis les déchargea de leurs fardeaux qu'elle déposa dans l'une des cases qui devait sûrement servir de case des hôtes. Ils entrèrent tous deux dans la case où le guide installa Adouma avant de regagner l'autre case où se trouvait la femme. Adouma devina que ça devait être sa maison.

Effectivement, le matin, Adouma eut droit à un petit-déjeuner on ne peut plus consistant. En plus du thé et du lait, il mangea de la bouillie et une pâte de mil avec de la sauce de poulet. C'est une haute marque d'hospitalité dans la coutume des villageois. L'hôte d'Adouma décida qu'ils se reposent deux jours dans le village pour qu'on puisse leur apprêter des provisions pour le reste du voyage. Cette fois-ci, ils feront le reste du trajet à cheval. Adouma ne pouvait qu'accéder à cette proposition de son compagnon. Après avoir épuisé les deux jours, la femme du guide leur apprêta des provisions faites de farine de mil, de viande séchée, de sucre, de thé et d'arachides. La distance qui leur restait à parcourir est encore plus grande. Avec les chevaux, ils pourront avancer plus vite sans trop se fatiguer. Les voyageurs enfourchèrent donc les deux chevaux qui étaient stationnés dans la concession du guide. Avant de sortir du village, ils firent un crochet chez le chef du village qui était aussi le grand frère du guide, pour le saluer. S'étant acquitté de ce devoir, ils s'en allèrent.

Voyager à cheval est plus agréable, on est détendu. Cela attise le goût du voyage. Les deux compagnons marchèrent toute la nuit, chevauchant et causant. Au petit jour, ils atteignirent un *wadi* qui coulait. Il venait de pleuvoir dans cette zone. Il avait dû pleuvoir abondamment ailleurs, car la quantité de l'eau qui était tombée dans la zone traversée par les deux voyageurs n'était pas suffisante pour que le *wadi* coule. Ils le traversèrent et s'arrêtèrent non loin de là. Ils se reposèrent sous un grand arbre et attachèrent les chevaux un peu plus loin pour qu'ils broutent. L'herbe fraîche y était abondante. L'eau de pluie s'y était même déposée. Les chevaux pourront profiter et du foin et de l'eau. Adouma et son compagnon cassèrent la croûte avec du thé et des galettes qu'ils mouillèrent avec de l'eau et pour lui donner un goût plus agréable, ils y ajoutèrent un peu de sucre.

Se partager les tâches était l'une des décisions prises en vue de faciliter leur voyage ; l'un prépare le thé, l'autre apprête la nourriture. En guise de couchage, ils n'avaient que des draps. Ils les étalèrent à même le sol et s'endormirent. D'habitude leurs baluchons leur servaient de coussins, mais maintenant, ils utilisaient les selles des chevaux à cet effet. Ils se reposèrent toute la journée. Avant de continuer leur voyage, ils mangèrent, firent leur prière et se mirent en route. Ils voyagèrent toute la nuit malgré les entraves causées par l'eau de pluie qui avait entièrement couvert la piste. Les chevaux avançaient avec difficulté. Au petit matin, ils atteignirent un endroit où ils furent arrêtés par une sentinelle ou peut-être un éclaireur. Il les salua, reconnut le guide, jeta un coup d'œil furtif vers Adouma et leur fit signe de continuer leur chemin. Peu de temps après, ils arrivèrent à un lieu où on ne voyait aucune présence humaine.

Alors Adouma s'aperçut qu'ils étaient arrivés à destination, car il avait aperçu une personne cachée dans un arbre. L'endroit était situé au pied d'une montagne, et était habité ; des traces des pas trahissaient une présence humaine ; il faisait frais, il y avait beaucoup d'arbres. Il y avait une source d'eau qui provenait probablement du haut de la montagne, en réalité on ne savait pas où elle prend sa source, on la voyait seulement couler vers le bas et en permanence. Le problème d'eau ne se posait pas ici. L'herbe verte et fraîche était aussi présente. Elle constituait une bonne nourriture pour les chevaux.

****

Adouma et le guide contournèrent le rocher. C'est derrière le rocher que s'épanouit la beauté de la nature. Il comprit pourquoi les rebelles ont préféré ce rocher. Adouma s'aperçut que les hommes, formant de petits groupes sont, soit sous les arbres soit sur la montagne. Mais on a l'impression qu'il n'y a personne. Consigne leur avait été donnée de ne pas être visible partout. C'est pourquoi tout paraît calme. Le guide le mena vers le responsable du groupe assis seul sous un arbre. Quand ils s'approchèrent vers lui, ils descendirent des chevaux. Puis quelqu'un vint attraper les chevaux. Le chef était là, assis sur une natte, mais quand les deux hommes vinrent à sa rencontre, il se leva et les salua des deux mains. Il les fit asseoir sur une autre natte qui était en face de lui. On leur présenta de l'eau. Les deux voyageurs en avaient vraiment besoin. Ils se désaltérèrent, car l'eau était fraîche et avait un bon goût. Dans certains endroits l'eau a un goût salé ou quelquefois amer. L'endroit est pittoresque. Pourvu qu'il soit calme. L'eau limpide et fraîche coulait tranquillement le long du ruisseau, scintillant sous l'effet du soleil. Elle semble apaiser l'ardeur des combattants. C'est un lieu de villégiature plutôt que celui de combat. En fait, c'est un lieu de refuge, un rempart, rôle dévolu à la montagne.

Adouma se tourna vers l'homme pour bien le dévisager. C'était un homme de teint noir, avec une forte personnalité. Il était de grande taille. Il devait être âgé d'une quarantaine d'années. Il avait une mine sereine malgré la vie austère du maquis. Il portait une barbe, car au maquis on a rarement l'occasion de se raser. D'ailleurs les rasoirs manquent quelquefois. Le guide présenta Adouma. Le chef lui souhaita la bienvenue et s'enquit sur le voyage. Il ne parlait pas beaucoup, se limitant à l'essentiel, à savoir aux salutations. Le guide les laissa s'entretenir pendant qu'il allait saluer les autres camarades. Il restera deux jours dans le camp et le matin de très bonne heure s'en ira, car d'autres tâches l'attendaient. Mais avant de quitter, il chercha Adouma pour lui dire au revoir. Le guide repartira avec un autre camarade qui était envoyé pour acheter des provisions aux rebelles dans le village d'à côté. Il se tenait, ce jour-là, le marché hebdomadaire.

Après s'être longuement entretenu avec Adouma, le chef décida que ce dernier restera avec lui pour lui servir d'aide de camp, mais avant tout, il faudra qu'il suive une formation militaire qui se résume dans un premier temps au maniement des armes à feu. Mais en réalité, Adouma ne pourra pas assumer convenablement cette tâche d'aide de camp du chef, car les rebelles étaient au front et constamment occupés par les combats. Il avait aimé l'endroit. On l'amena d'abord faire connaissance avec les autres camarades. Il y avait des hommes de tous âges, des jeunes et des plus âgés. Les plus âgés avaient dû certainement passer plusieurs années en brousse. D'ailleurs, on pouvait s'en apercevoir d'après leurs visages endurcis parsemés de barbes hirsutes et grisonnantes. Tous arboraient une mine sereine et déterminée. Personne ne donnait l'impression de regretter d'être venu au front. Adouma fut encouragé par cette atmosphère sereine. Les rebelles savaient qu'à tout moment, tout pouvait basculer, une attaque pourrait survenir et personne ne pourrait prévoir l'issue de ce qui adviendra.

Après la présentation, Adouma voulut faire la reconnaissance des lieux. Il demanda la permission à son supérieur d'aller se promener dans les parages. Sans se faire prier, un jeune du même âge qu'Adouma se porta volontaire pour l'accompagner. Adouma voulut refuser cette compagnie volontaire, mais finit par accepter, car il pensa qu'au maquis il faut avoir un ami ou même un camarade qui, en cas du pire, pourrait apporter la nouvelle. Le jeune homme se présenta sous le nom d'Ahmadaye. Il avait l'air sympathique, mais loquace. Il fait penser à ces gens qui s'invitent partout et qui parlent sans arrêt. Il est l'opposé d'Adouma.

Ensemble ils sortirent pour aller se promener. Tout en marchant, Ahmadaye montrait à Adouma le site beau et magnifique qui vaut la peine d'être visité. Ils marchèrent pendant presque deux heures et son camarade lui proposa d'aller voir une grotte. Ils y entrèrent avec difficulté, car l'entrée était si petite qu'il fallait se courber pour y entrer. Une fois à l'intérieur, ils pouvaient se tenir debout et marcher aisément. Il y avait partout de l'eau qui tombait d'en haut et celle qui coulait en bas tranquillement. L'eau produisait de la fraîcheur agréable. Ils en burent à satiété. Ils continuèrent à marcher dans la grotte pendant quelque temps et puis, ayant vu deux grosses pierres, ils décidèrent de s'asseoir.

Ahmadaye se demandait si son compagnon l'avait vraiment reconnu. Alors il prit soin de rappeler à Adouma qu'il lui semblait l'avoir vu au cours islamique. Adouma lui rétorqua que cela pourrait bien être possible, car il y avait beaucoup d'étudiants au cours religieux. Il expliqua à Adouma qu'ils avaientdû quitter la ville d'Abbassié avec d'autres camarades quand les évènements s'étaient précipités, car des rumeurs inquiétantes circulaient sur d'éventuelles rafles des sympathisants de la rébellion. Ceux qui n'avaient pas eu vent de cette nouvelle et qui étaient restés sur place avaient été pris par la police. Il demanda à Adouma ce qui l'avait poussé à venir au maquis, car il n'était pas du tout soupçonné par la police. Son nom ne figurait pas parmi les gens qu'on recherchait.

Ahmadaye a eu l'occasion constater cela avec certitude, car il se trouvait que son oncle maternel était inspecteur de police de la ville d'Abbassié et quand la liste des gens à rafler était tombée, son oncle lui avait dit qu'il allait l'envoyer à l'étranger chez son petit frère. Ensuite, il insinua à toute la famille qu'il y aura des grincements de dents dans la ville. Comme Ahmadaye habitait chez son oncle maternel, il avait eu la chance de jeter un coup d'œil sur une liste que son oncle avait mise dans son cartable avec une autre pile de paperasses, lorsqu'il l'avait envoyé pour retirer des factures d'eau et d'électricité. Ahmadaye était effaré quand il avait lu son nom sur cette liste et il avait compris tout de suite la décision de son oncle de l'envoyer loin d'ici. Le nom d'Adouma ne s'y trouvait pas. Il y avait des Adoum, des Adam, des Adamou, mais pas d'Adouma. Ahmadaye était outragé par le fait que son oncle ait accepté que son nom soit inscrit sur cette liste. Mais en se référant à l'en-tête et au signataire du document, il se rendit à l'évidence que son oncle ne pouvait pas faire grand-chose pour lui. Cette liste venait de la capitale même. Il devait s'estimer chanceux d'ailleurs. C'était par une simple coïncidence qu'il était tombé sur cette liste. Comme il en était ainsi, Ahmadaye prit la décision de s'en aller, d'aller très loin de là. Ne voulant pas aller à l'étranger, Ahmadaye décida d'aller directement au front. Et sans plus tarder, il joignit l'acte à la parole et regagna le front sans pour autant que ses proches le sachent. Personne ne savait donc où il se trouvait présentement.

Quant à Adouma, il avait pris la décision d'aller en rébellion bien avant que la situation ne se dégrade, que les camarades ne soient dénoncés. Les exactions que les forces de l'ordre avaient commises dans son village et qui avaient causé la mort de son frère l'avaient encouragé à opter pour la rébellion. Adouma voulut alors demander à son camarade comment se présentait la situation au front. Ahmadaye lui répondit que la situation était difficile, car chaque fois que leur position était repérée et attaquée, ils devaient vite changer de lieu, même s'ils gagnaient l'affrontement et malgré la beauté de l'endroit. Comme l'heure de la prière du midi approchait, ils firent leurs ablutions, prièrent et regagnèrent le camp. Arrivé au camp, Ahmadaye présenta Adouma aux autres camarades. Comme les gens ne dormaient pas tous dans le même lieu, Adoum s'était joint au groupe d'Ahmadaye. On avait pris soin de mélanger les âges dans les groupes, pour ne pas laisser les jeunes entre eux. Ils avaient besoin d'être encadrés.

Pour la formation militaire, Adouma fut confié à un chef militaire réputé dur. C'était un militaire de formation. Le chef était assisté d'un adjoint. Cette formation consistait non seulement en des exercices d'endurance, mais également au maniement des armes. Elle se faisait dans un autre endroit situé à une dizaine de kilomètres de là, en allant vers l'est. C'était le centre de formation rapide, pour ainsi dire. Adouma en eut un avant-goût très vite, car il fut réveillé de très bon matin avec d'autres camarades pour y aller. Ils sortirent du camp en courant, munis de leurs balluchons, servant de sacs à dos. Ils étaient accompagnés de deux encadreurs qui n'étaient autres que le chef et son adjoint. Le chef se plaçait en tête de la file et son adjoint restait en arrière pour aiguillonner les lourdauds et les traînards et, en cas d'accident, accompagner le malade ou rester auprès de lui. Ayant démarré en trombe, on ralentit petit à petit le rythme pour engager la course de résistance. Ainsi sur cette lancée, ils atteignirent le camp d'entraînement situé au pied d'une autre colline. Le terrain se trouvant tout autour de la colline était plat, mais la colline elle-même était assez escarpée. Le lieu se prêtait donc mieux aux entraînements.

La formation se faisait en deux phases et en deux temps : la première phase consistait en la formation physique tendant à préparer le corps à l'endurance. Cette phase se passait de très bon matin, jusqu'à 8 heures. Lors de ces entraînements, le groupe des nouveaux combattants pouvait être divisé en deux en vue de simuler une attaque inopinée de l'ennemi, évidemment sans utiliser de vraies armes. La deuxième phase concernait l'apprentissage au maniement des armes ; elle commençait à 10 heures et prenait fin à 14heures. Les après-midi étaient consacrés à la formation psychologique sous forme de conseils qu'on prodiguait aux nouveaux venus. Le tout premier conseil concernait la discipline sans laquelle aucune œuvre d'une telle envergure ne pouvait être réalisée. Le reste des conseils touchait surtout à l'attitude à adopter lors des combats et au pire des cas si on était égaré ou fait prisonnier. Cette formation s'occupait également de l'apprentissage des éclaireurs censés aller chercher des informations sur les positions de l'ennemi.

Le centre de formation possédait un petit arsenal d'armes à feu composé de quatre fusils, à savoir deux fusils militaires et deux fusils de chasse. Les deux armes militaires étaient une Masse 1936, et un A.K.47 communément appelé Kalachnikov. Les deux fusils de chasse se composaient d'une carabine Moser et d'un Calibre 12. On apprenait aux nouveaux combattants à démonter et puis à monter chacune de ces armes et de savoir comment les entretenir. Les combattants étaient tenus de connaître le nom de chaque pièce. Les deux armes de guerre avaient été apportées par des militaires qui avaient rejoint la rébellion pour avoir été soupçonnés d'intelligence avec les rebelles. Les deux fusils de chasse avaient été récupérés lors des attaques des localités.

Après la formation, Adouma et ses camarades furent ramenés au camp. On ne leur donna aucune arme, même pas une arme blanche, à part leurs couteaux personnels. Le matin, ils faisaient des exercices physiques ; ensuite, ils allaient en patrouille. Au retour, ils pouvaient ramener du gibier et des fruits sauvages. Cinq jours après leur formation, on leur apprit qu'on allait attaquer une bourgade.

****

Ce jour, très tôt avant l'appel du muezzin à la prière, le chef du camp réveilla tout le monde et il désigna une vingtaine de combattants qui l'accompagneront au combat. Adouma fut également désigné. Cette bourgade se trouvait à une journée de marche ; le groupe devait arriver à côté de la bourgade à minuit et attendre l'aube avant d'attaquer. Sur la vingtaine des combattants choisis, seule la moitié possédait des armes à feu. Adouma ne détenait aucune arme ; il devait accompagner un autre combattant plus expérimenté qui en possédait une et si ce combattant tombait Adouma reprendrait son arme ; ou bien si son compagnon abattait un ennemi, alors Adouma prendrait cette arme.

Comme prévu, avant que le muezzin n'appelât les fidèles à la prière du matin, les rebelles passèrent à l'attaque de la bourgade de Zouerma. Ils y entrèrent tous ensemble et ouvrirent le feu presque au même moment, créant une certaine frayeur à l'ennemi. Un combat très dur et violent s'ensuivit ; il dura plusieurs heures. Le soleil pointait déjà à l'horizon. Les rebelles avaient eu le dessus et étaient devenus maîtres de la bourgade. Ils avaient réussi à faire sortir les militaires qui la gardaient. Ensuite, ils procédèrent à la fouille du camp. Les combattants s'apprêtaient à le quitter quand subitement l'ennemi contre-attaqua de manière fulgurante. L'ennemi avait repris du poil de la bête et menait le combat avec acharnement. Les militaires l'emportaient maintenant en nombre sur les rebelles ; ils encerclèrent le camp et se mirent à tirer férocement avec des armes de tout calibre. Subitement, un projectile atterrit devant Adouma et son coéquipier soulevant un rideau de poussière qui les aveugla. Peu de temps après, le projectile explosa avec une déflagration si forte et violente qu'elle tua sur le coup la plupart des belligérants qui se trouvaient dans le périmètre. Adouma fut soufflé à une dizaine de mètres ; il se releva sans une égratignure, mais entièrement couvert de poussière. Il voyait partout des morts. Adouma ne put que constater la mort de son coéquipier. Mais les tirs ne faisaient que redoubler d'intensité, créant un véritable vacarme. Adouma pensa un instant enlever le corps de son compagnon pour lui réserver un enterrement honorable, mais le combat était si intense qu'il dut abandonner cette idée ; il chercha plutôt à se protéger. N'ayant pu retrouver l'arme de son compagnon, il ramassa à la hâte celle d'un ennemi qui gisait mort à côté deux, un A.K.47 flambant neuf.

Ne pouvant contenir la contre-attaque des militaires, les rebelles n'avaient pas d'autre choix que de se replier. C'était une véritable débandade. En réalité, ils avaient subi un revers. Les rebelles perdirent beaucoup des leurs et durent abandonner la bataille. Le combat était si assourdissant qu'Adouma faillit perdre l'ouïe. Mais il pensa que cela n'était que passager et qu'il pourrait recouvrer son ouïe. Les militaires s'étaient mis maintenant à pourchasser les rebelles. Adouma parvint à sortir du camp en rasant le mur pour éviter les balles. Une fois hors de vue, il détala. Il courut pendant presque une heure et à bout de souffle, s'arrêta. Il ne vit personne et n'entendit rien non plus. Alors Adouma s'assit sur l'herbe et en plein soleil pour tenter de rassembler ses idées. Ayant retrouvé ses esprits, il remercia Dieu de lui avoir sauvé la vie et se releva. Il venait de passer son baptême de feu.

Adouma ne savait pas où il se trouvait exactement. Il ne savait pas non plus où se diriger. Il resta assis encore quelques instants et en définitive, décida d'aller vers le nord comme le lui dictait son intuition. Il était presque midi passé. Adouma se mit à marcher en direction du nord. Il faisait une chaleur atroce. Après deux heures de marche, il ne rencontra personne. Il se sentait mal à l'aise avec un fusil à la main. Il n'avait pas l'habitude de porter un fusil en bandoulière. De plus, il craignait d'être dénoncé si on le voyait avec une arme. Surtout qu'il avait l'air peu amène. Comme il portait sur la tête un de ces châles masculins étoilés et de couleur rouge que les sympathisants de la cause palestinienne portent, il le détacha, l'étendit sur le sol, ôta le chargeur à moitié vide et attacha le fusil.

Adouma reprit la route, marchant dans la même direction avec son fardeau sur l'épaule. Il marcha encore quelque temps et atteignit un *wadi* entouré d'arbres élancés. Il s'arrêta sous l'ombre d'un tamarinier, déposa son fardeau et s'assit lui aussi. Il fit ses ablutions et pria. Le moment étant indiqué, il dénoua son fardeau. Le fusil et le chargeur étaient couverts de poussière. Il saisit d'abord le fusil, l'épousseta, le nettoya et le posa. Ensuite, il prit le chargeur, le nettoya aussi. Il remit le tout dans le châle et le rattacha. À cet instant, Adouma se rappela le gris-gris que son père lui avait donné. Il tâta son corps pour le chercher. Lorsqu'il toucha son cou, il le sentit. Il l'avait porté sur son cou, mais sous l'effet de l'émotion, il l'avait oublié.

Certains de ses camarades portaient de gros gris-gris si bien qu'ils marchaient péniblement. Parfois, c'étaient des livres saints entiers qu'ils avaient transformés en gris-gris. Pour les porter facilement, ils le faisaient sous forme de croix, de sorte que les côtés passent l'un sur l'autre. Adouma était émerveillé par le miracle produit par ce bout de papier et l'Écriture sainte marquée dessus qui lui avaient évité la mort. Mais il rectifia tout de suite cette réflexion et se dit que ce n'était nullement pour éviter la mort qu'on porte des gris-gris, mais il s'agit d'empêcher tout projectile de les toucher par la grâce de Dieu. Ayant nettoyé son arme et vérifié son amulette, il arrangea une place à même le sol pour se reposer. Le sommeil l'emporta.

Adouma fit un rêve. Il rêva qu'il était parmi les siens dans son village Ambirren auprès de son père, sa mère et de ses frères et sœurs. Sa mère lui avait préparé son mets favori et il était en train de manger en compagnie de ses frères ; ils causaient et riaient. Il éprouvait réellement le bonheur familial. Mais brusquement ses yeux se rouvrirent et il fut ramené à la réalité. Il se rendit compte qu'il était sous un arbre et tout autour de lui se dressait un espace vide. Il faisait presque nuit. Adouma voulut profiter de l'eau du puits que les villageois avaient certainement creusé dans le *wadi*. Une puisette traînait à proximité. Il puisa de l'eau et se lava. Il pria avant de poursuivre sa route. À ce moment, quelque chose, de l'autre rive du *wadi*, attira l'attention d'Adouma. C'était de la lumière qui provenait probablement d'un feu. Il entendait aussi des gens parler et des chiens aboyer.

Le jeune combattant traversa le *wadi* à gué. Une fois de l'autre côté, il marcha quelque temps et s'arrêta un instant pour bien observer l'endroit. Il semblait reconnaître les lieux. C'est un village. Il fit quelque pas pour le regarder de près. Il le reconnut. C'était le village du guide ! Soudain, il eut de l'espoir. L'idée de revoir le guide remplit son cœur de joie. Mais sa joie fut de courte durée, car Adouma se rendit compte qu'il était maintenant devenu un vrai rebelle qui venait d'ailleurs de prendre part à un combat contre l'État ! Il tenait encore une arme entre les mains. Mais l'envie de revoir son ancien compagnon était plus forte que jamais. Adouma ne put se retenir et s'en alla. Il contourna le village et se dirigea vers la maison du guide qui se trouvait fort heureusement à l'orée du village. Il s'arrêta devant la maison, regarda derrière lui et attendit un instant pour écouter s'il y avait des gens dans la maison. En effet, il entendit la voix du guide. Alors Adouma se décida, entra dans la maison et alla droit dans la hutte des hôtes. Les deux chevaux étaient encore là. Heureusement que le guide ne possédait pas de chien. Sinon ce dernier allait ameuter tout le voisinage. Adouma attendit encore quelques instants puis s'éclaira la gorge. Aussitôt l'un des chevaux se mit aussi à hennir, un de ces hennissements intimes que les propriétaires des chevaux connaissent. L'animal avait reconnu Adouma.

Attiré par la voix humaine et le hennissement de l'équin, le guide sortit de sa case et vint à la rencontre du visiteur. Quand il fut à quelques pas de la hutte, il était étonné de voir Adouma devant lui. Il n'en revenait pas, mais le salua tout de même et l'invita à s'asseoir sur la natte. Il se retourna pour bien le voir. Adouma n'affichait pas une bonne mine. Ne voulant pas perdre de temps et craignant surtout que sa présence ne compromette le guide, Adouma s'empressa de lui raconter ce qui venait de se passer. Le guide lui répondit calmement qu'il était au courant de l'attaque, car d'autres combattants venaient de passer chez lui et étaient déjà repartis au camp. Adouma était soulagé par ces propos, car il craignait d'être pris pour un couard par le guide. Celui-ci était plutôt content de le revoir en chair et en os. Soudain, l'hôte d'Adouma se leva, alla dans la case de sa femme et revint avec de l'eau, de la nourriture et du thé. Mais Adouma ne sentait aucune faim. Son hôte le pressa à partager le repas avec lui. Ils mangèrent et burent du thé silencieusement.

Puis le guide dit à Adouma qu'il ne pouvait pas le garder longtemps et qu'il l'accompagnera après qu'Adouma se sera un peu reposé. Adouma partagea cette idée, mais ajouta qu'il préférait regagner le camp tout de suite que de se reposer. Le guide l'accompagna hors du village, lui dit au revoir et le regarda partir avec un pincement au cœur ; il ne souhaitait pas que quelque malheur arrive à Adouma, car parmi les combattants qu'il avait amenés au maquis, il appréciait beaucoup Adouma, parce que celui-ci savait lire et écrire et qu'il était encore jeune et sympathique. Il ferait sûrement un bon cadre de la révolution. Que Dieu le garde pour qu'il puisse récolter les fruits de la lutte armée, souhaitait intérieurement le guide.

Adouma se mit en route et marcha toute la nuit. Dans la brousse sahélienne, il y a des endroits qui ressemblent à une vraie forêt. Les acacias, les tamariniers, les figuiers, etc. poussant dans un même périmètre, deviennent de très grands arbres avec des feuillages touffus. Les oiseaux de toute sorte et les grands animaux en font leur habitat. Le jeune homme pouvait admirer leurs nids de différentes formes et tailles superbement suspendus sur presque chaque arbre. Adouma pouvait constater que ces nids étaient construits avec un certain doigté et une ingéniosité qui surpassent ceux des humains. Cette fois-ci, Adouma traversera cette brousse arborée tout seul. Mais les chants discordants et variés des oiseaux l'accompagnaient, rendant ainsi sa solitude moins pesante. Arrivé à mi-chemin, il s'arrêta, déposa le châle, le détacha, prit l'arme et le chargea. Il tint l'arme au poing, comme s'il allait tirer. Finalement, Adouma se départit de cette idée et décida de ne porter le fusil qu'en bandoulière. Il attacha de nouveau le châle sur sa tête à la manière des pirates et reprit son chemin.

Tout en marchant, Adouma se mit à réfléchir sur la relation émotionnelle qui lie l'homme aux armes, qu'elles soient blanches ou à feu. L'arme à feu en particulier influence la personne qui la détient et lui insuffle des tendances criminelles ou suicidaires, car après avoir commis son forfait, l'auteur d'un acte odieux retourne le plus souvent l'arme contre lui-même. Ainsi l'arme pousse la personne à en faire usage parfois sans raison apparente. C'est pourquoi on a pensé à donner une formation psychologique et morale sur le rapport de l'homme avec l'arme et d'installer un système de sécurité dans certaines armes, car un accident est vite arrivé. Dans certains pays, on ne peut détenir une arme que si l'on a un permis de port d'armes. Toute arme est donc à double tranchant, pensa Adouma ; elle peut servir la personne tout comme elle peut la desservir. Certes, les armes permettent à l'homme d'accomplir un certain nombre de choses : se défendre, se nourrir, tuer et se tuer. Adouma s'émerveilla du progrès technique accompli par l'homme, passant de la pierre taillée à l'arme à feu sophistiquée. Lui ne s'en sert que par nécessité.

Adouma marcha et marcha jusqu'à ce qu'il rencontrât un groupe d'hommes montés sur des chevaux qui se rendaient probablement au village qu'il venait de quitter. Le clair de lune lui permettait de les voir distinctement. Il les salua de loin en faisant un signe de la main et continua son chemin. Ils en firent autant. Il continua sa marche et tomba sur des fauves, il s'agit en fait d'une famille, car le jeune combattant pouvait nettement distinguer un lion, une lionne et deux lionceaux. Les fauves adultes étaient étendus sur l'herbe en train de se reposer, mais les lionceaux, comme de petits enfants, couraient et jouaient çà et là, pas très loin de leurs parents. Les fauves se trouvaient de l'autre côté de la piste. Adouma s'arrêta un instant comme pour se décider sur une attitude à tenir face à cette situation, mais il se mit à les admirer, tout penaud, et reprit sa route, tout en surveillant du regard leurs gestes. Quand les petits sentirent sa présence, ils coururent innocemment vers lui, et tournèrent autour de lui sans le toucher.

Voyant que ses petits s'approchaient d'Adouma, la lionne, dans un élan d'instinct maternel, se redressa brusquement sur ses pattes et surveillait les gestes d'Adouma. Elle était grande et menaçante, car ses yeux rivés sur Adouma ne bronchaient pas et étaient accentués par le reflet de la lune ; ils brillaient. Le jeune homme ne s'arrêta pas, garda son calme et ne changea pas le rythme de sa démarche non plus. Il ne fit aucun geste menaçant qui risque de le trahir. Il le portait toujours en bandoulière. Mais même dans cette position, Adouma pouvait tirer, s'il était menacé. Il se garda de le faire. S'il l'avait fait, la lionne allait certainement bondir sur lui. Ainsi, il poursuivit son chemin sans s'inquiéter outre mesure, laissant les fauves tranquilles derrière lui. Adouma continua sa route et marcha jusqu'à l'aube. À l'heure de la prière de midi, il s'arrêta pour accomplir ce rituel. Il se permit un petit repos. Ensuite, il reprit sa marche et enfin arriva au camp.

Dès qu'Adouma fit son apparition au camp, tous ses camarades étaient ravis de le revoir. Ils se levèrent tous et vinrent à sa rencontre pour l'étreindre, le saluer, lui montrer ainsi leur attachement et remercier Dieu de lui avoir sauvé la vie. Mais c'était surtout son ami Ahmadaye d'être plus reconnaissant envers Dieu que ses camarades, d'avoir sauvé la vie à Adouma. Lui aussi était content de revoir ses camarades. Mais il constata avec amertume que sur les 20 combattants qui avaient participé à l'attaque de la bourgade, seuls cinq, y compris le chef, étaient rentrés vivants. Adouma regagna sa place et déposa son fusil. Il arrivait à point nommé, car le repas venait d'être servi. Il mangea avec ses camarades.

Le lendemain, le chef réunit tous les combattants pour faire le point de la situation. Avant toute chose, il demanda qu'on prie pour les camarades tombés sur le champ de bataille. Puis, il informa ses camardes qu'en pareille circonstance, on devrait changer de camp, car il se pourrait qu'on les ait suivis, mais il ajouta aussitôt que le départ ne se fera pas tout de suite. Les rebelles attendront donc deux ou trois jours pour voir si les forces de l'ordre n'allaient pas procéder au ratissage de la zone. Ce n'est qu'après le troisième jour qu'ils la quitteront. Entre-temps, le chef leur enjoignit de se préparer en conséquence afin de parer à toute éventualité. Pendant ces trois jours, personne ne devait rester dans le camp. En revanche, les combattants seront postés dans différents endroits du camp sur les hauteurs. Des éclaireurs seront envoyés dans trois directions distantes d'au moins trois kilomètres du camp, à savoir au sud, au nord et à l'ouest. En attendant, le chef a pris soin de placer un informateur dans la bourgade de Zouerma en vue de leur glaner des informations.

Revenant sur le combat, le chef dit qu'ils étaient tombés dans un piège, car c'était comme si les forces de l'ordre les attendaient. Il se demanda s'il n'y avait pas eu des fuites ou s'ils avaient été repérés pendant qu'ils étaient embusqués près de la bourgade. Le chef ajouta que l'ennemi avait fait semblant d'être repoussé par les assaillants. C'était un repli tactique, car c'était pour demander du renfort qui ne tarda pas à arriver ; c'est pourquoi la riposte fut foudroyante. Les rebelles ne purent opposer de la résistance. Ainsi, les camarades expérimentés dans le combat se replièrent dès qu'ils sentirent que le combat allait tourner en leur défaveur. Ceux qui restèrent n'eurent pas ce réflexe pensant qu'ils allaient remporter le combat comme ils avaient réussi à repousser les militaires au début de l'attaque. Avant de clore la réunion, le chef demanda à chaque chef de groupe de s'organiser et d'aller dès ce soir-là occuper sa position.

Tôt le matin, on entendit des coups de feu provenant du sud du camp ; aussitôt les combattants occupèrent leurs positions sur le rocher d'où ils pouvaient observer tout ce qui bougeait. C'était une position avantageuse pour qui se trouvait là-haut, alors que l'ennemi était obligé de s'étaler sur la plaine. Les coups de feu devenaient de plus en plus fréquents et se rapprochaient. Tout à coup, un des éclaireurs apparut en courant à toute allure avec son arme à la main. Il appâtait les militaires, courant par-ci, courant par-là et tirait dans toutes les directions comme s'il s'agissait de plusieurs combattants. Il vint trouver le chef et l'informa qu'il avait vu des soldats en patrouille et qui venaient en direction du camp. C'est pourquoi il avait tiré pour désorienter les militaires et avertir ses camarades. Les soldats étaient nombreux et armés jusqu'aux dents. Ils possédaient deux armes redoutables : une mitrailleuse A52, une sorte d'arme automatique qui tire par rafale et qui utilise une bande de cartouches au lieu d'un chargeur. Ils possédaient aussi un Mortier de 60 mm portable. Seul un homme robuste devrait le porter. Il s'agissait de la « section montée », car ils avançaient sur des chevaux. L'éclaireur devait les attirer vers le camp, car l'offensive est la meilleure défense.

Peu après, les militaires apparurent. Ils étaient descendus de leurs chevaux et marchaient à pied doucement tout en traînant leurs chevaux. Ils paraissaient nerveux et portaient leurs armes au poing, prêts à appuyer sur la gâchette. Ils semblaient chercher l'éclaireur qu'ils venaient de poursuivre. Le chef rebelle fit rapidement circuler une information à ses camarades leur intimant l'ordre de ne tirer que quand il leur aura donné le signal. Ils ne tireront que sur les plus zélés, les plus impitoyables et ceux qui portent des armes telles que la mitrailleuse A52 et le Mortier. Comme les rebelles ne disposaient pas suffisamment de munitions, leur chef les conseilla de ne tirer que pour tuer, c'est-à-dire que quand ils sont sûrs de leurs cibles.

Soudain tout devint silencieux. C'est le calme qui précède la tempête. Les forces de l'ordre avançaient tranquillement. Les combattants étaient prêts, attendant le signal de leur chef. Celui-ci savait à quelle distance, il donnera le signal. Ne sachant pas exactement où se cachaient les rebelles, le chef militaire faisait signe de la main à ses éléments d'avancer. Quand ils furent à une distance que le chef rebelle jugea bonne, il donna le signal en tirant un coup de feu, rompant ainsi le silence qui s'était abattu entre eux et l'ennemi. Les tirs des rebelles partirent au même moment, suivis de la réplique des militaires. Alors s'ensuivit un tumulte digne d'un cataclysme aggravé par un vacarme ahurissant ; les rebelles poussaient des cris de guerre, hurlant et ululant pour intimider davantage l'ennemi et encourager leurs camarades. Les chevaux, affolés, couraient de tous côtés, mêlant leurs hennissements au bruit des armes. Les militaires tiraient à l'aveuglette, car ils ne pouvaient pas apercevoir les combattants et ne pouvaient même pas voir d'où provenaient les tirs. Le chef des rebelles cherchait le pointeur du Mortier, un homme robuste et agile ; il changeait constamment de position. Enfin le chef le repéra, le visa et tira sur lui : il s'affala raide. Le porteur du fusil mitrailleur A52 fut également fauché par une balle. Il tomba, mais ne fut pas mortellement atteint. Alors il tenta de se relever, mais s'écroula, achevé par une deuxième balle. Les balles des combattants pleuvaient de toutes parts. Les militaires étaient confus. Ils tombaient l'un après l'autre. C'était un vrai carnage, un combat inégal en somme. En dépit de cela, il y avait des militaires tenaces qui avançaient quand même vers le rocher. Cependant, ils n'eurent guère l'occasion de l'atteindre ni même de l'approcher. Ils furent abattus à mi-chemin. Nonobstant l'acharnement des rebelles, les militaires purent toucher quelques combattants.

Subitement un rebelle se leva, abandonna sa position et se dirigea tout droit vers l'ennemi. Ses camarades étaient surpris de le voir agir ainsi. Il n'était plus possible de le retenir. Il était déterminé et marchait très vite. Arrivé au milieu du terrain, il tira en l'air deux salves. Il fut abattu par l'ennemi. Aussitôt Adouma, exaspéré par ce qu'il venait de voir, se leva, marcha directement vers l'ennemi, s'arrêta auprès du cadavre du camarade, le souleva, le porta sur ses épaules et rebroussa chemin. L'ennemi n'avait pas osé tirer sur lui.

Ahmadaye, l'ami d'Adouma eut le bras droit fracturé ; un autre combattant qui se trouvait à côté d'Adouma était également touché. Adouma ne se rendit compte que lorsqu'il regagna sa place après avoir retiré le cadavre du combattant. Il s'était tellement concentré sur le combat qu'il ne remarqua pas que son voisin était tué. Il était mort, mais avait gardé sa position de tir. Quand Adouma s'en aperçut, il fut bouleversé. Il rapporta directement à son chef la mort de son voisin. C'est ainsi qu'il apprit que son ami était blessé au bras. Le combat prit fin quand les forces de l'ordre se replièrent en un clin d'œil. Ils laissèrent derrière eux beaucoup de morts, des blessés et des vivres. Il y avait également beaucoup d'armes et de munitions abandonnées.

Quand le combat s'estompa complètement, le chef n'envoya pas sur-le-champ ses camarades ramasser le butin de guerre qui jonchait la plaine. Les combattants devaient attendre toujours campés sur leurs positions. Quand finalement l'ordre fut donné, tous les combattants descendirent dans la plaine pour retirer le butin. Ils trouvèrent pêle-mêle sur le sol des objets, des cadavres des miliaires et des chevaux et plusieurs armes et munitions dont la mitrailleuse A52 et le Mortier et beaucoup de vivres. Les chevaux étaient tués par des balles perdues, car personne ne les prenait pour cibles. Les rebelles prirent tout ce qui pouvait être utile et le chargèrent sur des chevaux qui s'étaient attardés sur le lieu du combat, ne sachant où aller, leurs cavaliers étant morts ou ayant fui. Adouma et d'autres combattants furent désignés pour charger les blessés et le butin sur les chevaux. Les rebelles enterrèrent leurs morts et quittèrent les lieux pour une autre montagne plus stratégique et inaccessible aux forces de l'ordre. Là, ils pourront se reposer, soigner leurs blessés avant de préparer une autre attaque comme leur arsenal s'était considérablement enrichi. Les rebelles comptaient dans leurs rangs des marabouts et des infirmiers qui administraient les premiers soins. Mais il arrive souvent que les médicaments modernes fassent parfois défaut. On se rabattait alors sur les connaisseurs des médicaments traditionnels pour lui administrer les premiers soins en attendant d'évacuer le malade là où il pourra avoir des soins appropriés.

Les rebelles demeurèrent longtemps dans leur nouveau repère. Ils continuaient à pratiquer des exercices physiques, partaient à la recherche du gibier et des fruits sauvages. Adouma et son ami Ahmadaye avaient reçu une formation de tireurs d'élite. On leur confiera les nouvelles armes de précision récupérées sur l'ennemi. Les rebelles continuaient à se renseigner sur l'évolution politique et militaire dans leur zone et apprirent que le Gouvernement avait remplacé tous les militaires par de nouveaux éléments bien formés et ayant fait leur preuve même à l'étranger. On fit appel à eux, à plusieurs reprises pour mater des rébellions dans des pays autres que le leur. C'étaient des « commandos », des soldats formés pour des situations spéciales. Ils étaient aguerris, au combat, redoutables et ne reculaient devant aucun danger. Ils étaient dirigés par un commandant qui avait aussi la réputation d'être un homme de poigne et très courageux, mais d'un caractère exécrable, voire hargneux, car marqué par une discipline militaire rigoureuse et par des combats qu'il avait menés. Les commandos avaient pour mission de pacifier la zone. Ils devaient donc chercher les rebelles partout où ils se trouvaient, les traquer et les mettre hors d'état de nuire.

Ayant appris cette nouvelle, le chef des rebelles dépêcha sans tarder dans la bourgade de Daguere deux informateurs pour aller vérifier cette information et bien étudier la position de la bourgade pour une éventuelle attaque. Au lieu d'attendre que l'ennemi vienne les chercher, ce sont eux plutôt qui iront le trouver. Les émissaires s'en allèrent et revinrent trois jours après, ayant accompli leur mission. Ils confirmèrent la nouvelle et rapportèrent d'autres informations très importantes. Aussitôt, le chef rassembla tous les combattants et leur prodigua des conseils sur la conduite à tenir face à un ennemi de taille. Ensuite, ils étudièrent ensemble le plan de la bourgade. Alors, le chef donna des consignes à chaque rebelle sur ce qu'il devait faire le jour de l'assaut. Selon leur chef, ils devaient changer de stratégie et cela consistait à attaquer la bourgade à un moment où les militaires s'attendaient le moins. Entre-temps, ils devaient entretenir leurs armes et vérifier leurs munitions. Les armes lourdes furent confiées aux militaires expérimentés qui avaient rejoint la rébellion. Cette fois-ci, tous les rebelles étaient munis de fusils plus ou moins sophistiqués : en plus de la mitrailleuse lourde A52 et du Mortier, ils disposent aussi d'autres armes de guerre telles que des Fal et des Belgique. Les chevaux transporteront les munitions et d'autres armes.

Les rebelles quittèrent le camp et ne laissèrent qu'une poignée d'hommes pour le garder. Ils prirent la direction de la bourgade empruntant des chemins sinueux, en quelque sorte des pistes. Il y avait des pistes dans la brousse, créées spécialement, soit par les rebelles, soit par les forces de l'ordre et qui ne sont connues que par eux. Ils marchèrent deux jours avant d'atteindre les alentours de la bourgade. Ils campèrent non loin de là et attendirent le lendemain pour donner l'assaut. Les combattants préféraient surprendre les forces de l'ordre pendant la prière du soir ou au moment où certaines personnes prenaient encore le repas du soir ou s'y apprêtaient. Les chevaux transportant les armes, les munitions et la victuaille devaient rester au campement qui servait de base arrière d'où ils pouvaient se ravitailler. Pour l'attaque du soir, le gros du contingent y prenait part. Les autres attendaient la bataille de l'aube. Tous les rebelles étaient prêts pour le combat. Ils avaient également apprêté leurs gris-gris. Adouma et Ahmadaye s'assurèrent qu'ils portaient les leurs.

Dès que la prière du soir prit fin, les rebelles donnèrent l'assaut. Comme à l'accoutumée, ils se mirent à tirer ensemble et en même temps créant un vacarme assourdissant. Les lignes de feu guidées par les sifflantes balles ou par les obus de Mortier se dirigeaient vers leur seul objectif, le camp militaire. Les sentinelles qui étaient au poste de police ne tardèrent pas à riposter, donnant ainsi l'alerte. Aussitôt les militaires débouchèrent de toutes parts et se dirigèrent vers le poste de police pour aller prendre leurs armes et occuper leurs positions. Peu après, on entendit la réplique vigoureuse des armes lourdes en provenance du camp. Tous les deux belligérants, à savoir les forces de l'ordre et les rebelles, tiraient à l'aveuglette, car c'était un combat de nuit où de surcroît il faisait nuit noire. Il était pratiquement impossible de viser avec précision sa cible. Les tirs nourris qui fusaient de tous côtés envahirent la bourgade comme un tonnerre. Les ânes, les chiens et autres animaux domestiques apeurés, vociférant et courant de toutes parts, furent pris pour cibles, car on ne savait pas ce qui pourrait se cacher derrière eux. Personne ne pourra évaluer les dégâts que les tirs auront causés de part et d'autre. Le combat dura presque deux heures et subitement ce fut un silence. Les armes s'étaient tues. Les rebelles battirent en retraite. Ils ont tâté la capacité de l'ennemi.

Pendant cette accalmie, certaines personnes qui s'étaient attardées en ville et prises entre deux feux rentraient maintenant précipitamment chez elles. Malheureusement, dans l'obscurité, les militaires ne pouvant pas faire la différence entre les civils et les rebelles parfois tiraient sur eux, les prenant pour des rebelles. On déplora plusieurs civils morts.

Les rebelles regagnèrent leur retranchement. Ils tinrent une réunion pour faire le point de la situation. Tous étaient rentrés sains et saufs. Il n'y a pas eu des pertes énormes, à part les munitions utilisées. Quant aux militaires, ils constatèrent quelques blessés et deux cases brûlées ; ils n'avaient pas osé poursuivre les rebelles en raison de l'obscurité, car ce serait prendre un risque énorme. Les combattants profitèrent de cette pause pour entretenir leurs armes et apprêter les munitions, car ils ne devaient pas se reposer, mais plutôt se concerter sur le plan de la ville pour peaufiner le plan d'attaque prévu pour l'aube. La réunion fut suspendue pour le dîner.

Après le dîner, le chef rassembla de nouveau tous les rebelles pour leur donner des consignes sur la prochaine bataille. Il leur fit savoir qu'elle sera rude, car ils auront affaire à un ennemi dangereux, puisque redoutable et tenace. Le combat qu'ils avaient livré le soir n'avait pour seul but que de tâter le pouls de l'ennemi. Ils avaient pu justement mesurer la force des militaires et leur façon de combattre. Le chef rebelle dit qu'ils vont réattaquer à l'aube pour surprendre l'ennemi une fois de plus, car les militaires pensaient avoir affaire à une guerre d'usure où les rebelles frappaient et disparaissaient pendant un certain temps avant de réattaquer. Or, cette fois-ci les rebelles n'ont pas l'intention de s'en aller définitivement. Ils vont repartir à la charge en attaquant la bourgade juste quelques heures après le combat qui venait d'avoir lieu. Avant de lever la séance, le chef ordonna à ses camarades de se disperser et d'aller se concentrer sur la prochaine attaque.

À l'heure indiquée, c'est-à-dire au premier chant du coq qui d'habitude coïncidait avec le premier appel du muezzin à la prière de l'aurore, les rebelles quittèrent leur campement et vinrent occuper les points stratégiques de la bourgade, aidés par le plan de ce hameau qu'ils s'étaient procuré auparavant. Ils attendaient le signal de leur chef avant d'attaquer. Celui-ci voulait attendre le deuxième appel du muezzin pour donner l'ordre d'attaque, mais comme il faisait encore sombre ils pouvaient encore patienter, à moins qu'un événement inattendu ne vienne précipiter les choses.

Dès que le muezzin se mit encore à appeler les fidèles à la prière, les rebelles attaquèrent la bourgade. Comme un seul homme, ils ouvrirent le feu. Il commençait déjà à faire jour, car les lueurs annonçant l'aube commençaient déjà à quitter l'horizon et se redéployer dans la bourgade. Les militaires répliquèrent presque au même moment accueillant avec surprise les combattants. Les militaires avaient plutôt reçu des instructions de maintenir leurs positions, forts de l'expérience des guerres qu'ils avaient eu à mener. Les armes de tout calibre crachèrent tout leur feu. C'était comme si un tonnerre s'était abattu sur la ville, accompagné des éclairs formés par des bandes de feux des balles et des obus qui se croisaient dans l'air avant d'atteindre leurs cibles.

Les rebelles n'enviaient en rien les militaires, en matière d'armes lourdes, même si ces derniers en possédaient plus, à entendre les détonations provenant du camp. Les rebelles, quant à eux, occupaient des positions de prédilection, car ils voyaient les militaires courir de tous côtés cherchant à éviter les balles et n'hésitaient pas à les abattre sans coup férir. Les combats redoublèrent d'intensité, car les militaires mettaient la pression tentant de desserrer l'étau dans lequel les rebelles cherchaient à les enfermer. Quelques cases prirent feu, compliquant les choses aux militaires. Mais ceci n'entama pas leur détermination. Ils avançaient obstinément en direction des rebelles. Des hommes tombaient, de part et d'autre, blessés ou morts. Et les militaires, et les rebelles retiraient leurs blessés. C'était un carnage indicible dans les deux camps.

Adouma et Ahmadaye se trouvaient en première ligne et s'acharnaient sans relâche au combat. Ils étaient devenus de grands guerriers. Étant tireurs d'élite, ils ne pouvaient faillir à leur responsabilité. Ils couvraient leurs camarades pour que ceux-ci puissent se frayer un passage pour entrer dans le camp, en abattant les militaires zélés, mais le combat faisait tellement rage que leurs camarades durent renoncer dans un premier temps. Dans cette tentative, l'adjoint au chef des rebelles fut mortellement atteint, mais ses camarades ne pouvaient pas le retirer à cause des tirs nourris provenant du camp. La bataille devenait de plus en plus atroce. Néanmoins, les rebelles tentèrent une seconde fois et réussir à pénétrer dans le camp en tirant sur les soldats qui protégeaient l'entrée. Ils ont abattirent ceux qui leur tenaient tête.

Couverts par leurs camarades qui étaient à l'intérieur, plusieurs rebelles entrèrent dans le camp transformant le combat en une mêlée. Les rebelles parvinrent à éliminer les militaires possédant les armes lourdes, mais durent également payer un lourd tribut. Ils perdirent beaucoup des leurs. Ils s'étaient même rendus maîtres de la situation. Ils occupèrent le camp juste le temps de retirer leurs camarades blessés et morts. Ils s'alimentèrent en armes et munitions du magasin puis se replièrent. Ils regagnèrent rapidement leur campement, se regroupèrent et quittèrent les lieux. Ils chargèrent les morts et les blessés graves sur les chevaux.

S'étant éloignés du lieu du combat, les rebelles enterrèrent les morts et regagnèrent leur refuge. Cette bataille les avait marqués, car ils avaient perdu beaucoup de camarades. Leur effectif s'était drastiquement réduit. Ils vont se reposer dans leur lieu de refuge en attendant qu'on leur envoie d'autres combattants pour les renforcer.

Après cette bataille, les rebelles reçurent la visite des cadres de la rébellion venus de l'extrême nord du pays pour leur apporter de l'argent et d'autres moyens et leur remonter le moral. Car de temps en temps les responsables rendaient visite aux combattants pour les encourager et les sensibiliser en leur rappelant les nobles idéaux pour lesquels ils étaient en train de lutter. Ils étaient arrivés sur des Toyota pick-up. Adouma et Ahmadaye furent convoqués par leur chef qui les informa que les deux émissaires voudraient les rencontrer pour un entretien. Accompagnés de leur chef, ils partirent trouver les deux hommes. Ils les saluèrent et l'un des deux hommes les invita à s'asseoir sur la natte en face d'eux. Apparemment, il devait être le chef de mission. Les trois responsables étaient assis sur une natte. Adouma et Ahmadaye étaient assis sur une autre natte leur faisant face.

Le chef de mission était le premier à prendre la parole pour confirmer qu'ils étaient en mission, venant d'un pays d'Afrique du Nord, envoyés par les autorités du mouvement révolutionnaire. Ils avaient pour mission d'apporter des moyens aux camarades et en même temps les sensibiliser et les encourager, car la lutte doit continuer et la victoire est à ce prix. Il ajouta que lui et son compagnon avaient visité d'autres camps et qu'ils étaient satisfaits de l'avancée de la révolution. Puis, son compagnon le relaya pour leur dire qu'à leur arrivée dans le camp ils avaient appris qu'il y avait deux jeunes camarades qui avaient fréquenté l'école. Le mouvement cherchait justement de tels éléments pour former des cadres qui dirigeront le pays à la victoire. L'homme continua son intervention pour dire qu'il leur propose de les amener avec eux au siège du mouvement, car ils étaient encore jeunes, instruits et avaient subi une formation militaire. De plus ils avaient fait leur preuve sur le terrain. Ils seront d'une grande utilité pour les responsables au siège connaissant les difficultés du terrain. Les deux amis se regardèrent puis Adouma prit la parole, son ami lui ayant fait signe de parler. Il leur dit qu'ils se retireront avec son ami pour se concerter avant de faire connaître leur avis.

Les deux amis se retirèrent pour aller se concerter. Ils allèrent très loin et quand ils furent hors de vue, ils s'assirent sous l'ombre d'un petit arbre. Ils se mirent à discuter la proposition du chef de mission, sur ses avantages et ses inconvénients. Adouma était au début dubitatif et ne voyait aucun intérêt à aller très loin, hors du pays comme semble suggérer l'un des émissaires. Il préférait lutter à l'intérieur jusqu'à la victoire finale, arguant qu'il était désormais devenu un militaire et aimerait le rester. Mais Ahmadaye pensait autrement et croyait le chef de mission. Peut-être allaient-ils recevoir une autre formation à l'extérieur dans le domaine militaire ou civil. Ainsi, ils seront encore plus utiles à la révolution. Adouma se rallia à l'idée de son ami, convaincu par ces arguments et décida d'accepter la proposition des émissaires. Ils repartirent retrouver les responsables. Ils s'assirent et ce fut le tour d'Ahmadaye de prendre la parole. Il les remercia de leur venue, qui, dit-il, encourageait les camarades. Les camarades ne sentiront pas qu'ils sont abandonnés à eux-mêmes. S'agissant de la proposition qui leur était faite, il leur dit qu'ils l'acceptaient. Tous les trois responsables étaient soulagés, car ils craignaient que les deux combattants rejettent cette offre. Alors, le chef de mission leur demanda de s'apprêter pour le lendemain, car le chemin était long.

Le matin, Adouma et Ahmadaye attachèrent leurs bagages et dirent au revoir à leurs camarades du camp réunis tous pour l'occasion. Ils serrèrent la main à chacun d'eux, pour témoigner de la chaleur des liens qu'ils avaient noués. Les deux jeunes combattants avaient forcé l'estime et le respect de leurs camarades. Et ce fut avec un cœur gros qu'ils se quittèrent. Leurs camarades leur souhaitèrent bon voyage et bonne chance pour l'œuvre qu'ils allaient entreprendre. Puis, ils rejoignirent les deux émissaires.

Ils quittèrent le camp en direction du nord. Il y avait 5 personnes dans le véhicule : les deux émissaires, les deux combattants et le chauffeur. Celui-ci filait comme s'il voulait rattraper quelque chose. Au bout de trois heures, ils roulèrent à peu près 200 km, malgré l'état de la route en partie caillouteuse et en parie sablonneuse.

Les voyageurs s'arrêtèrent pour prier, manger et se reposer un peu. C'est le chauffeur qui leur préparait la nourriture. Mais Adouma et Ahmadaye lui offraient leur concours. Après la prière de la tombée de la nuit, ils reprirent la route. Au fur et à mesure que le groupe avançait, le paysage s'éclaircissait. Les arbres et les arbustes qui avaient couvert une distance déjà parcourue et qui commençaient à se faire rares, avaient maintenant complètement disparu. À leur la place une herbe courte touffue dure et rare aussi fit son apparition. Elle n'était visible que dans certains endroits. Cette raréfaction de la végétation devait annoncer le désert qui soudain qui commençait à s'offrir à leurs yeux. Adouma se retrouva maintenant dans le désert, une étendue de sable à perte de vue, sans qu'il y ait un endroit où on pourrait s'abriter. Seul le soleil lançait ses rayons ardents rendant la chaleur plus atroce. Pour lui, habitant de la savane et de la montagne arborée, le désert était comme la mer, une étendue d'eau à perte de vue. Il se sentait perdu, il se sentait désemparé. Le désert et la mer lui inspirent la peur, car il avait la sensation d'être démuni. Quant à la savane, elle pouvait le protéger de tout, des intempéries et des rayons du soleil et en plus lui procurer de l'oxygène. Il se demanda où pouvait bien vivre un être humain dans ce milieu si austère et sans repère. Après avoir roulé quelques kilomètres, ils atteignirent une oasis. Un vieux sortit et les accueillit. Il était aveugle. Un jeune homme vint leur offrir du thé et de l'eau. Puis d'autres personnes sortirent une à une des huttes et vinrent les saluer. Les gens n'avaient pas confiance et ne sortaient de leurs demeures que s'ils étaient sûrs des visiteurs. Ils firent de la provision d'eau et en mirent dans le radiateur.

Quand ils eurent fini de siroter leur thé, le chef de mission confia à Adouma et son ami que le vieil aveugle qui leur avait offert l'hospitalité, allait leur servir de guide. Les deux amis se regardèrent éberlués, ils n'en revenaient pas et se demandèrent si le chef ne blaguait pas ou ne s'était pas trompé de personne. Voyant que les deux jeunes étaient étonnés, il réitéra ce qu'il avait déjà dit. Il confirma que l'aveugle allait leur servir de guide. Ils se demandèrent jusqu'où un guide qui ne voyait pas pouvait les mener. Ils passèrent la nuit dans cette oasis et le lendemain de très bon matin, s'en allèrent. Le chauffeur prit le soin de dégonfler les pneus à une certaine mesure afin de les adapter à la circulation dans le désert. L'aveugle aussi embarqua avec eux. Il indiqua au chauffeur la direction à suivre.

Alors que le chauffeur était concentré dans la conduite de son véhicule, il constata que le guide s'agitait sans cesse. Alors, il s'arrêta et lui demanda ce qui n'allait pas. Aussitôt, le guide lui fit savoir qu'il avait pris la mauvaise direction, pas celle qu'il lui avait indiquée. Au désert, on peut facilement tourner en rond ou prendre une direction opposée. Pour satisfaire sa curiosité, Ahmadaye demanda au vieux comment il savait que le chauffeur avait emprunté une fausse direction. Le vieux lui répondit calmement qu'il avait le flair. Il pouvait sentir la terre et dire tout de suite à quelle région elle appartient et à quelle distance on se trouvait à partir du lieu du départ. Le vieil aveugle montra la bonne direction au chauffeur. Il descendait de temps en temps pour prendre une poignée de terre et la sentir pour vérifier si on était dans la bonne ou mauvaise direction. Ainsi, ils continuèrent jusqu'à ce qu'ils arrivèrent à un endroit où le chef décida qu'ils passent la nuit. Le chauffeur et les deux jeunes combattants devaient préparer le repas et le thé.

Le matin de bonne heure, ils partirent, après avoir pris leur petit-déjeuner. C'était du thé au lait de chamelle qu'ils s'étaient procuré dans le premier arrêt. Ils circulèrent longtemps sans s'arrêter. Quelques heures après le départ, ils virent loin au ciel un petit avion qui les suivait. L'adjoint au chef de mission disait que c'était un avion *djassous*, c'est-à-dire espion. C'était un « Broussard » qui effectuait un vol de reconnaissance. L'adjoint menaçait de le « descendre » s'il s'approchait d'eux. Alors il prit son arme, la brandit et la pointa en direction de l'avion mimant un tir. Il ne tira pas. Les voyageurs continuèrent leur route dans la crainte que des avions de l'armée française viennent les bombarder. Mais rien ne se passa jusqu'à la tombée de la nuit. Dans le désert, il fait très froid la nuit et le jour très chaud. Ces deux températures extrêmes caractérisent le désert qui est un monde des extrêmes.

Les deux jeunes combattants étant étrangers au désert posaient de temps à autre des questions au vieux qui n'était pas du tout avare en paroles. Ils avaient constaté des amoncellements de sable ressemblant à des collines. Le vieux leur expliqua que c'étaient des dunes de sable et qu'elles se déplaçaient au gré du vent. Si l'on revenait à la même place après quelques heures, on ne les retrouverait pas au même endroit. À la question de savoir comment on pouvait vivre dans un climat si austère, le vieux répondit que les gens se sentaient bien chez eux ici. C'est une question d'adaptation, ajouta-t-il. Il élabora davantage en disant que si eux-mêmes restaient là pendant un certain temps, ils finiraient par aimer les lieux. Le vieux continua en disant qu'il avait voyagé dans plusieurs régions du pays et qu'il avait constaté que chaque climat a ses avantages et ses inconvénients et c'est aussi le cas pour le désert. Il avait aimé la pluie, mais pas la brousse arborée. Tout comme les deux jeunes se sentaient perdus au désert, lui il éprouvait également des difficultés à s'orienter dans la brousse, car « *goygoy* » était partout : au désert, en brousse comme dans la montagne. *Goygoy* est une sorte de mauvais esprit qui désorientait les voyageurs et les faisait perdre en brousse. Mais dans les zones arides telles que le sahel et le désert, *goygoy* prend d'autres formes telles que les réverbérations et le mirage qui miroitent la présence de l'eau semblant scintiller au loin. Ces deux phénomènes créent des illusions aux gens assoiffés qui les suivent sans fin, se perdent et meurent. Tout en causant, ils s'aperçurent qu'ils avaient atteint une zone montagneuse, mais c'était une montagne nue, sans herbe et sans arbre et qui n'était pas loin de la frontière. Le vieux descendit et devait rester dans cette zone. Il attendait d'autres voyageurs à accompagner dans le sens inverse.

Le voyage se poursuivit sans le guide jusqu'à la frontière qu'ils franchirent sans peine, car à cet endroit il n'y avait pas de garde-frontières, tels que des policiers de l'immigration ou des agents des douanes. Les gens qu'ils croisaient leur faisaient penser qu'ils se trouvaient désormais en terre étrangère. Adouma et Ahmadaye s'aperçurent qu'ils avaient dû frauduleusement traverser la frontière. Comme ils étaient des rebelles, ils avaient évité les villes ou les postes administratifs où il y a une présence des forces de l'ordre. De leur campement, les rebelles prenaient directement d'autres voies pour arriver à destination. Ils roulèrent environ plusieurs jours et traversèrent plusieurs villes, mais ne s'arrêtant que dans des oasis pour se reposer et passer la nuit dans le souci de ne pas éveiller des soupçons.

Finalement, ils atteignirent des faubourgs qui semblaient annoncer une grande ville aux allures orientales. Celle-ci devait être la capitale de ce pays étranger. Ils roulèrent encore quelque temps et entrèrent dans la cité. Une belle ville où il ferait bon d'habiter. Le chef de mission déposa Adouma et Ahmadaye chez une connaissance pour passer la nuit. Le matin, après le petit-déjeuner, on vint les chercher pour les conduire dans un bâtiment situé dans une autre partie de la ville qu'ils traversèrent en longeant une grande avenue. Les deux combattants profitèrent de cette courte randonnée pour admirer la beauté de la ville. Ils en furent émerveillés. Ils étaient passés du maquis à une ville qui s'étendait à perte de vue. C'était comme s'ils étaient subitement propulsés dans un autre monde. C'est le retour à la civilisation. Tous étaient soulagés, mais éprouvaient quelques regrets pour avoir quitté leurs camarades combattants qu'ils avaient laissés dans la brousse exposés aux aléas de la lutte armée. Ils se calmèrent, réconfortés par l'idée qu'eux non plus n'avaient pas abandonné la lutte armée. Ils y vont se préparer à la direction du pays lorsqu'ils arracheront le pouvoir.

****

Le bâtiment dans lequel ils entrèrent ressemblait au siège d'une grande organisation. Adouma et son compagnon comprirent tout de suite qu'il s'agissait du siège de leur mouvement, car ils voyaient des affiches avec des logos du Mouvement révolutionnaire. Des inconnus qui ressemblaient à leurs compatriotes d'après leurs allures faisaient des allées et venues dans le bâtiment. Adouma et Ahmadaye furent amenés à l'intérieur et on les fit asseoir dans l'antichambre d'un bureau ayant une porte imposante. Ils attendirent quelques instants puis quelqu'un sortit du bureau et les y introduisit. Ils firent leur entrée dans une grande salle superbement meublée dans laquelle se trouvaient deux autres personnes, en plus du chef de mission et son adjoint. Sur le mur se trouvait l'effigie du président du pays hôte et celle du titulaire du bureau. Le chef de mission les présenta à un homme qui se trouvait derrière le seul bureau qui faisait partie du décor de la salle. Celui-ci se leva, vint à leur rencontre, les étreignit à tour de rôle, puis les invita à prendre place. Au lieu du salut des chevaliers, c'est-à-dire à la chaude poignée de main à laquelle s'attendaient les deux combattants, ce fut plutôt à une étreinte qu'ils eurent droit. Autre pays, autres mœurs.

L'occupant du bureau était un homme dont la taille dépassait la moyenne. Il avait un teint métis et parlait correctement français sans un accent particulier. Les deux jeunes connaissaient parfaitement les accents de leurs compatriotes qu'ils soient de teint clair ou noir. Il donnait l'impression d'être jovial, aimable. Il vint se joindre aux autres personnes assises sur les divans formant un rectangle. Il s'assit sur un divan qui, selon les apparences, lui était réservé. C'étaient ces divans soyeux en cuir qui s'enfoncent dès qu'on s'y assoit. Il se présenta en tant que président du Mouvement révolutionnaire. Il enchaîna aussitôt qu'il avait entendu parler d'eux, de leur ténacité et de leur abnégation, car ils avaient fait leur preuve sur le champ de bataille. Il les félicita et les remercia. il avait appris que chacun d'eux détenaient le diplôme de baccalauréat, chose rare parmi les maquisards. Il leur fit savoir qu'il les enverra à l'étranger suivre la formation civile, car le Mouvement aura besoin des cadres pour diriger le pays après la victoire. Il s'empressa d'ajouter que le choix du type de formation leur appartenait. Pendant que le président parlait, un serviteur entra muni d'un grand plateau métallique dans lequel étaient rangés des boissons gazeuses et des gâteaux succulents et délicieux. Les deux compagnons écoutaient attentivement l'homme, jetant de temps en temps des regards vers le chef de mission et son adjoint comme pour leur témoigner leur reconnaissance de les y avoir fait venir. Avant de finir son propos, le chef demanda aux deux combattants de lui fournir des photocopies de leurs diplômes et tout autre document attestant de leur nationalité. Adouma et Ahmadaye se regardèrent quelque peu surpris de la requête du chef. Ils se demandaient s'ils seraient en mesure de lui produire ces documents. Quand le responsable du mouvement eut fini de parler, le chef de mission le remercia et il se retira avec le reste de sa suite. Cette fois-ci le président serra la main aux deux jeunes combattants.

Une fois dehors, les deux compagnons laissèrent éclater leur joie. Ils étaient très contents d'avoir rencontré le chef du Mouvement en personne, car jusqu'ici ils n'ont vu que ses émissaires. Ils étaient aussi ravis à l'idée d'aller ailleurs suivre des formations de quelque nature que ce soit. Ils s'estimaient chanceux, mais comme le dit l'adage la chance ne sourit qu'aux audacieux. Leurs bravoure, courage et ténacité avaient finalement payé. Leurs grands soucis étaient d'aller fouiller dans leurs effets s'ils pouvaient trouver les deux documents qui leur avaient été demandés. L'adjoint au chef de mission les amena dans leur demeure. Ils devaient maintenant s'atteler à chercher les papiers qu'on leur exigeait. Adouma avait pris soin de faire plusieurs exemplaires de ses documents lorsqu'il déposait son dossier de bourse. En quittant Abbassié, il avait également pris une photocopie légalisée de chaque document. Mais cela faisait longtemps qu'il avait complètement oublié ce genre de chose, tant son esprit était occupé par les combats. Il allait fouiller pour voir si ces papiers étaient encore là. Il craignait surtout que les intempéries ne les aient détruits ou que les termites et les rats ne les aient rongés.

Chacun d'eux fouillait fébrilement dans ses affaires cherchant les précieux papiers. Ahmadaye fut le premier à trouver les siens intacts, mais il ne s'agissait que de la photocopie de son diplôme et de la copie conforme de son acte de naissance. Il poussa un cri de joie qui fit sursauter Adouma. Il vint les lui montrer. Mais cela ne fit que monter la tension à Adouma craignant ne pas retrouver les siens. Dans son gros baluchon, Adouma avait soigneusement attaché chaque chose en un lot séparément, les gris-gris, les médicaments, les amuse-gueules et ses paperasses. Il continua à fouiller et puis soudain, il toucha quelque chose comme du papier. Il détacha rapidement ce lot et à sa grande surprise retrouva ses papiers indemnes. À son départ d'Abbassié, Adouma aussi n'avait emporté qu'une copie conforme de son acte de naissance et une photocopie légalisée de son diplôme. Il n'avait à aucun moment pensé que ces papiers lui seraient de quelque utilité. Ils rangèrent soigneusement leurs papiers en attendant de les remettre au chef de mission qui à son tour les remettra au président.

Soulagés d'avoir retrouvé leurs papiers, ils décidèrent d'aller à la découverte de la ville où ils espèrent rencontrer des connaissances installées depuis plusieurs années. Beaucoup de leurs compatriotes avaient émigré dans ce pays à la recherche d'emploi tout comme des études. Peut-être quelques-uns se trouveraient ici. Comme la grande avenue mène vers le centre-ville, ils l'empruntèrent d'abord à pied, ensuite quand ils étaient fatigués de marcher, ils prirent le bus. Ils se rendirent directement au centre commercial. Il y avait beaucoup de gens. C'était comme un jour de marché chez eux. C'était le vendredi et dans ce pays, ce jour était non ouvrable. Les boutiques pullulaient. Quant aux supermarchés, ils offraient presque tout. Des produits de luxe importés tout comme des produits manufacturés dans le pays même. Les prix étaient abordables à toutes les bourses. Les deux jeunes hommes avaient l'embarras du choix. Ils décidèrent tout simplement de faire juste les vitrines. Néanmoins, ils se procurèrent des savons de linge et de toilette. Ils prirent aussi le déjeuner dans la terrasse d'un supermarché. Ils se renseignèrent auprès de quelques personnes sur le lieu où ils pourraient rencontrer leurs compatriotes. On leur indiqua le quartier, mais ils remirent cela à plus tard. Ils regagnèrent leur lieu d'habitation en bus.

Le lendemain on envoya un chauffeur les chercher. Il les amena à la présidence du Mouvement révolutionnaire. Étant familiers des lieux et connus par les collaborateurs du président, on les fit entrer dès qu'ils frappèrent à la porte du bureau du chef. Le président, le chef de mission et son adjoint étaient tous présents. Il y avait aussi une autre personne que les deux combattants ne connaissaient pas. Ils saluèrent d'abord le président puis les autres personnes. Dès qu'ils s'assirent, on leur demanda les documents. Chacun d'eux présenta les siens. On pouvait constater que tous étaient contents que les deux jeunes gens aient pu produire ces documents. On les remit au président qui les regarda de près pour vérifier leur authenticité. Satisfait, il tendit les documents au chef de mission qui demanda au secrétaire du chef d'en faire plusieurs copies.

Ensuite, on remit aux deux combattants des formulaires de bourses. On leur demanda de sortir et de les remplir immédiatement. On pouvait lire leur joie. Quand ils furent dehors, ils se mirent à prendre connaissance des formulaires en leur possession. Ils se rendirent compte qu'ils devaient aller dans des pays différents. Adouma avait obtenu le formulaire de l'Union des républiques socialistes et soviétiques (URSS) et Ahmadaye celui de la République d'Italie. Adouma était pressenti pour étudier les sciences techniques et Ahmadaye devait étudier l'agronomie. Après avoir soigneusement rempli leurs formulaires, ils regagnèrent le bureau du président. Ils les tendirent au chef de mission et puis reprirent place. Celui-ci les donner au président qui les parcourut pour vérifier s'ils étaient bien remplis. Il appela son secrétaire et les lui remit. S'adressant directement aux deux combattants, le président leur dit d'aller attendre pendant quelques jours et dès qu'il aura une suite favorable, il leur fera appel. Il remit une enveloppe à chacun pour leurs besoins.

Les deux amis profitèrent du temps libre pour connaître davantage la ville. C'était justement l'occasion pour eux d'aller chercher des connaissances dans la partie de la ville qu'on leur avait indiquée. L'argent qu'ils avaient suffisait au moins pour le transport et d'autres petits besoins. Ils partirent à la recherche de leurs parents et connaissances qui étaient éparpillés dans différentes parties de la ville. Maintenant, ils savaient là où ils allaient, car on leur avait donné des adresses sûres. Ils prirent un taxi qui les déposa directement à l'adresse indiquée. Ils descendirent du véhicule et par précaution dirent au chauffeur d'attendre au cas où ils se seraient trompés d'adresse. Ahmadaye frappa à la porte et elle s'ouvrit aussitôt. À sa grande surprise, il reconnut l'homme qui se tenait devant la porte. Tout content, il intima l'ordre au chauffeur du taxi de partir.

Cet homme était le cousin d'Ahmadaye. Il avait quitté le pays de longue date. Personne, parmi les siens, ne savait où il était allé. Mais il semblait qu'il avait été attiré par les histoires croustillantes que rapportaient les émigrés qui étaient allés en aventure et à qui la chance avait souri. Il était émerveillé par leurs discours et avait tenté l'expérience. Apparemment, cette expérience était payante. Il devait bien vivre, à voir les objets de valeur dans son appartement : une chaîne hi-fi avec de gros haut-parleurs filtrant une musique douce d'un air oriental, un salon cossu en cuir posé sur un tapis de grande valeur. Il était bien portant et luisait. C'était forcément un signe d'opulence et de bonheur pensa Ahmadaye. Il devait certainement avoir beaucoup d'argent. L'homme invita les deux amis à s'asseoir, puis disparut dans l'une des pièces et ressortit avec des bouteilles de limonade et un bidon d'eau minérale sur un plateau rectangulaire qui brillait et dans lequel il avait pris soin de mettre des verres de haute gamme dont l'apparence, seule, donnait l'envie de boire. Les deux visiteurs se désaltérèrent sans se faire prier. Inquiet de cette arrivée soudaine d'Amadaye et de son compagnon dans cette ville, leur hôte voulut en savoir plus.

Ahmadaye n'a pas voulu faire durer le suspense non plus ; il commença par la présentation d'abord de son compagnon, puis se mit à relater leur aventure. Leur hôte écouta attentivement le récit. Quand Ahmadaye conclut son histoire, son cousin parut plus à l'aise et leur annonça à son tour que lui aussi avait suivi le même cheminement avant de venir s'installer en ville. Il était aussi membre du Mouvement révolutionnaire, mais qu'après son arrivée du front, il avait trouvé du travail et avait décidé de rester dans cette ville. D'ailleurs, il est toujours militant du mouvement. Il voulut aussi savoir là les deux jeunes hommes étaient logés. Il proposa même de les héberger en cas de besoin. Adouma intervint pour le remercier puis l'informer qu'ils étaient pris en charge par le Mouvement. Toutefois, il les retint pour le déjeuner. Il leur prépara un repas copieux bien garni et varié. Ce repas leur rappela leur pays. Ils burent du thé vert à la menthe après le repas. Tard dans l'après-midi, il les prit dans sa propre voiture et les raccompagna chez eux, mais en faisant le tour de la ville pour la montrer à ses visiteurs.

Les deux compagnons n'attendirent pas longtemps pour avoir des nouvelles de leurs bourses, car après une semaine, on les appela pour leur annoncer que des bourses leur avaient été accordées. Sur-le-champ, on leur remit les billets d'avion et d'autres papiers nécessaires pour le voyage. Les choses commencent à se préciser. Ahmadaye ira au pays des artistes comme Leonard de Vinci, de Michel-Ange, de la Tour penchée de Pise, du Colisée de Rome et des chanteurs modernes tels qu'Eros Ramazzotti, Toto Cutogno et Gina Nanini. Il est pressenti pour étudier l'agronomie. C'est pourquoi il eut droit à deux billets : l'un le portera jusqu'à la capitale de ce pays et avec l'autre il poursuivra son voyage vers son lieu d'études. Adouma ira directement au pays de Lénine, de Staline, du marxisme-léninisme, de Dostoïevski, de Tolstoï pour étudier les sciences et techniques. Ils étaient maintenant rassurés et n'attendaient que le jour où ils regagneront leurs universités respectives. Subitement, chacun d'eux eut un pincement au cœur ; ils allaient maintenant devoir se séparer. Cette idée les rendit tristes pendant qu'ils attendaient leur départ. Ils avaient souhaité aller ensemble dans un même pays, mais le destin en avait décidé autrement ; chacun suivra le sien. Ahmadaye partira le premier pour l'Italie. Adouma regagnera son université à Moscou une semaine plus tard.

****

Le jour du départ d'Ahmadaye pour son lieu d'études arriva très vite. Deux responsables du Mouvement révolutionnaire et Adouma l'accompagnèrent à l'aéroport. C'était la première fois qu'Ahmadaye montait dans un avion. Dès son arrivée à l'aéroport, il fit les formalités de voyage et attendit dans la salle d'attente. Il avait le cœur serré pendant qu'il y attendait. Même s'il connaissait la destination finale de son voyage, il savait que c'est un voyage vers l'inconnu. S'étant rassurés de son voyage, les deux responsables du mouvement et Adouma étaient déjà repartis. Ils n'étaient pas autorisés à franchir le périmètre de la salle d'attente. Alors ils lui souhaitèrent un bon voyage, lui dirent au revoir et se retirèrent.

Quand l'heure du départ fut annoncée, Ahmadaye se présenta à l'embarquement comme les autres passagers et monta dans l'avion. Quand l'embarquement fut terminé, il parcourut des yeux l'intérieur de l'avion. Il y avait beaucoup de voyageurs et il s'aperçut qu'il y avait plusieurs nationalités, même s'il ne pouvait pas dire avec précision de quels pays tous ces gens venaient. Il était le seul noir dans l'appareil. Il avait pris place à côté d'un homme âgé, mais apparemment sympathique. Pendant le vol, ils engagèrent une conversation. L'homme confia à Ahmadaye qu'il avait fait la Deuxième Guerre mondiale en Afrique et qu'il était maintenant à la retraite. Il donna son adresse au jeune homme. Mais le vieil homme habitait à Rome, mais pas à Milan. Cette adresse pourrait se révéler utile un jour à Ahmadaye. Après trois heures de vol qui s'écoulèrent très vite, l'avion atterrit à Rome. Ahmadaye se présenta aussitôt au guichet des correspondances pour s'enquérir sur le satellite à partir duquel il pourrait prendre l'avion en partance pour Milan. Il attendit une heure et puis on annonça son avion. Il partit monter dans l'avion et dès la fin de l'embarquement l'avion décolla et prit son envol. Quarante-cinq plus tard, on annonça l'atterrissage à Milan.

Il prit son bagage et se dirigea vers la sortie. Dès qu'il franchit la porte, il vit quelqu'un portant une pancarte dans laquelle était inscrit son nom qu'on avait écorché d'ailleurs. Son nom était mal écrit. L'organisme qui lui a accordé la bourse avait dépêché un agent pour l'accueillir. C'était une demoiselle. Il s'approcha d'elle et se présenta. Elle le salua, lui posa quelques questions sur le voyage et lui demanda de la suivre. Ils sortirent du hall d'arrivée. Dès qu'Ahmadaye pointa son nez dehors, il fut accueilli par un froid dur et glacial. Heureusement, la demoiselle avait pris soin de lui apporter un habit chaud, sachant qu'il venait d'un pays chaud. Elle lui donna le blouson et il le porta. Il se sentait bien. Ils sortirent de l'aéroport et se dirigèrent vers une station de car où ils attendirent quelques instants. Le car arriva.

Ils montèrent dans le car pour aller à la cité universitaire. Ils roulèrent pendant un bon bout de temps puis atteignirent l'arrêt, alors ils descendirent. Ahmadaye fut conduit vers un bureau où était assis un homme à l'anatomie d'un Méditerranéen, trapu, moustachu et de courte taille. À la vue d'Ahmadaye et de la jeune femme, il se leva et les salua. Ne sachant dans quelle langue parler à Ahmadaye, il lui fit signe de s'asseoir. Il prit une pile de papiers, les lui tendit et lui demanda de les remplir et de signer. Les formulaires étaient fort heureusement rédigés en trois langues dont l'une était comprise par Ahmadaye. Ensuite, l'homme se leva, prit un trousseau de clés de son tiroir, se dirigea vers un coffre-fort, l'ouvrit, prit une liasse de billets de banque qu'il compta et recompta, referma le coffre-fort et vint se rasseoir. Il compta encore l'argent devant Ahmadaye, le ramassa et le lui donna. Ces billets de banque étaient nouveaux pour Ahmadaye. C'était la Lira ou livre italienne. Puis l'homme lui remit les clés de sa chambre. La demoiselle confia maintenant Ahmadaye à un autre agent qui devait lui montrer sa chambre. Celui-ci le conduisit vers l'escalier et ensemble ils montèrent au premier étage.

Ils s'arrêtèrent devant la chambre 77. Ahmadaye était émerveillé par un tel concours de circonstances, la double apparition du chiffre 7, car il aime les chiffres impairs, en particulier le 7 et le 3 qui sont des chiffres de perfection. Dans les religions révélées, Dieu a créé le monde en 7 jours. Il a aussi créé 7 cieux superposés. Dans la culture traditionnelle d'Ahmadaye, le chiffre 3 représente le mâle et le 4 la femelle. Pour commencer les moissons, période appelée aussi « lavage de la terre », le rituel prescrit que l'homme qui a un fils aîné coupe trois épis et celui qui a une fille aînée coupe quatre épis. Amadaye était donc très content que sa chambre porte le chiffre 7. Muni des clés, l'agent ouvrit la chambre et fit signe à Ahmadaye d'entrer. Ce dernier entra et posa sa valise. Puis, l'homme, souriant, lui fit encore signe de venir dehors pour qu'il lui montre les toilettes, la cuisine et son compartiment dans le réfrigérateur partagé par tous les membres du palier. Le réfrigérateur est divisé en plusieurs compartiments, selon le nombre d'étudiants vivant dans un palier. L'agent redescendit laissant Ahmadaye tout seul. Ahmadaye essaya son lit ; il s'assit dessus: un petit lit en fer très dur malgré le matelas qui le couvrait. Ahmadaye se mit à scruter la chambre. Elle était toute petite ; elle était faite pour ne contenir qu'un lit, une petite table et une chaise. Sur la table était accrochée une lampe de chevet amovible. Il y avait à peine de la place pour poser son petit tapis de prière. La chambre était très froide. L'agent mis le chauffage avant de partir Il montra à Ahmadaye comment le mettre en marche et l'ajuster selon le degré de chaleur qu'il veut. Ne sachant quoi faire Ahmadaye s'étendit sur le lit ; il voulait se reposer après ce long voyage.

Le sommeil le prit. Il fit un rêve, presque un cauchemar. Il rêva qu'il était en plein combat lorsque l'ennemi eut le dessus. Il se mit à fuir, poursuivi par des soldats; ils allaient à peine le capturer, il entendait comment on le sommait de s'arrêter sinon on allait tirer sur lui. Dans sa course folle, tout à coup une tente s'offrit à ses yeux et il entra. Dès que les occupants de la tente le virent, ils s'enfuirent à leur tour pensant avoir affaire aux forces de l'ordre. Seul à l'intérieur de la tente, Ahmadaye vit une silhouette. C'était une jeune fille très belle aux yeux d'un vert clair, tels ceux d'une chatte. Alors les deux instincts qui sommeillent surtout dans l'homme se mirent en branle chez Ahmadaye. Il luttait intérieurement contre son instinct animal et son instinct humain. Il était tiraillé entre les forces du mal et les forces du bien. Qu'allait-il faire d'une si belle créature ? La posséder ou lui venir en aide de la manière la plus humaine? Il tenta de s'approcher de la fille, lui tendit la main pour la saluer. Dès qu'il la toucha, elle disparut. Soudain, les yeux d'Ahmadaye se rouvrirent. Le chauffage qui était en pleine marche le rappela qu'il se trouvait très loin du front et qu'il était tout seul dans sa petite chambre bien chauffée.

Le matin à son réveil, Ahmadaye constata qu'il y avait beaucoup d'étudiants de différentes nationalités. Son voisin de chambre n'était pas du pays d'accueil, il était originaire d'Amérique latine et plus précisément du Guatemala. Après avoir pris le petit-déjeuner que son voisin lui avait gentiment offert, il prit ses documents et se rendit à l'université pour s'inscrire. Il n'eut pas de peine à s'orienter, car tous les étudiants allaient dans la même direction c'est-à-dire au service d'inscription. Il en fit autant. Comme c'était la réouverture de l'université, les étudiants allaient pour s'inscrire ou se réinscrire. Il rencontra quelques étudiants de sa faculté avec qui il fit connaissance.

S'étant acquitté de cette tâche, Ahmadaye pensa à sa propre personne ; il ira faire des emplettes. La reprise effective des cours n'aura lieu qu'une semaine plus tard ; il aura tout le temps de connaître les lieux névralgiques de la ville, à savoir l'université et ses environs, le centre commercial et la gare.

Une fois installé dans son université, Ahmadaye se mit à écrire au chef du mouvement révolutionnaire pour lui témoigner de sa gratitude pour leur avoir trouvé les bourses, même si cela s'inscrit dans le cadre de la formation des cadres du mouvement dans l'optique d'une victoire. Il demanda que son adresse soit donnée à Adouma pour que les deux camarades puissent rester en contact. C'est ce que ce dernier fera quand il arrivera à sa destination finale. Chacun d'eux fera l'expérience de deux systèmes idéologiques. Ahmadaye vit dans un pays capitaliste et Adouma dans un pays communiste. Cependant il est communément admis que pour faire un bon capitaliste, il faut le soumettre à un système communiste et vice versa. Comme toute chose de création humaine, chacun de ces systèmes a des avantages et des inconvénients.

Après le départ d'Ahmadaye, Adouma resta seul. Pour occuper son temps, il rendait visite à des parents et des connaissances qu'il avait pu rencontrer dans la ville. Il passait aussi son temps dans les bibliothèques ou centres culturels qu'il avait découverts pendant ses randonnées. N'étant pas résident, il ne pouvait pas emprunter des livres. Cependant, il pouvait lire sur place. C'était une très bonne idée, car il avait rencontré beaucoup d'autres personnes avec lesquelles il avait noué des relations et échangé des adresses. Dans les centres culturels, il assistait à des manifestations culturelles et aussi à des débats organisés par des intellectuels autour des thèmes brûlants de l'heure, par exemple sur la nouvelle forme que prenait la colonisation dans les anciennes colonies appelée le néocolonialisme. Parfois pour se refaire les idées, il se promenait à pied sur de longues distances. Quand il était fatigué, il rentrait en taxi. Mais étant seul, l'attente était plus longue et pénible.

Adouma n'a pas dû attendre trop longtemps, car le jour de son départ pour Moscou arriva. Il fit sa valise. Les deux représentants du Mouvement révolutionnaire qui avaient accompagné Adouma et Ahmadaye depuis le maquis le déposèrent à l'aéroport. Après avoir fini avec les formalités de voyage, il vint les saluer avant d'entrer dans la salle d'attente réservée uniquement aux voyageurs. S'étant rassurés que toutes les formalités étaient terminées, ses deux accompagnateurs lui remirent des cadeaux, sortirent de l'aéroport et repartirent en ville. Adouma les regardait partir le cœur gros. Il se sentait redevable à ces gens qui étaient allés le chercher en brousse, l'amener en ville et le mettre dans un avion pour qu'il aille étudier. Il se promit qu'il ne les décevrait pas.

À l'heure indiquée sur l'écran incrusté sur le mur programmant et annonçant les départs et les arrivées des vols, on annonça le départ de l'avion d'Adouma. Aussitôt les autres passagers qui attendaient comme lui dans le salon se levèrent, se dirigèrent vers l'embarquement et se mirent en queue devant le comptoir. Quand le tour d'Adouma arriva, l'hôtesse qui embarquait les passagers prit sa carte d'embarquement, la coupa en deux et lui remit le coupon qui devait lui donner l'accès à bord de l'avion. Puis, suivant les autres, il entra dans l'avion, chercha le siège qui lui est attribué et s'assit. Quand il fut confortablement assis, il profita de l'occasion pour bien regarder l'intérieur de l'avion. Il paraissait très vaste, vu le nombre des gens qui s'y trouvaient. Adouma pouvait de par les teints des gens deviner de quelles parties du monde ces gens venaient. Il devait avoir aussi une dizaine de ses compatriotes dans l'avion. Adouma se demanda si ceux-là venaient directement du pays ou d'un pays tiers comme lui.

Lorsque l'embarquement fut terminé et que les toboggans furent réarmés, l'avion décolla immédiatement, prit son envol et mit le cap en direction de Moscou. Après plusieurs heures de vol, l'hôtesse annonça qu'on s'approchait de la ville de Moscou. Mais ce n'est presque trente minutes plus tard après cette annonce que l'avion atterrit effectivement. Quelques minutes après l'arrêt effectif de l'avion, les passagers commencèrent à descendre. Ils passèrent par les douanes puis la police avant de sortir dans le hall d'arrivée où d'habitude attendaient les gens venus accueillir les leurs. Quand les passagers débouchèrent au hall, il y avait plein de monde. Adouma et ses compatriotes qu'il avait rencontrés dans l'avion se dirigèrent tous vers la pancarte les accueillant, portée probablement par un personnel de l'université d'accueil. Les nouveaux venus furent accueillis par un groupe de compatriotes résidant sur place à Moscou comprenant le personnel de l'Ambassade et des responsables de l'association des étudiants et un autre groupe composé uniquement des officiels du pays d'accueil qu'Adouma apprendra plus tard que c'était le comité d'accueil du ministère de l'Enseignement supérieur local. L'accueil prit une tournure solennelle. Les nouveaux venus se sentirent rassurés.

À leur sortie de l'aéroport, ils furent accueillis par un froid implacable malgré qu'ils fussent dans les véhicules les transportant en ville dans l'hôtel d'accueil où ils devraient être hébergés en attendant leur acheminement dans leurs universités respectives où ils pourront suivre dans un premier temps les cours de langue russe. La température était retombée. Il faisait très froid ; c'était le moins qu'on puisse dire. À l'hôtel, on leur remit des habits contre le froid. Il faisait très froid. Pour lutter contre le froid, les habitants de ce pays prenaient de la Vodka, le vin local. On conseillait à tous ceux qui arrivaient d'en faire autant, car malgré les habits qu'on portait contre le froid, on avait l'impression que rien ne changeait, le froid pénétrait et attaquait le corps. Certains compatriotes d'Adouma n'ont pas tardé à imiter les habitants du pays et se sont laissés entraînés dans l'alcool, même ceux qui étaient de la même confession religieuse que lui. Quant à Adouma, il s'est dit qu'il n'allait pas permettre au diable de prendre sa revanche sur lui. Etant fils de marabout, les tentations vont le mettre à l'épreuve. Malgré ce froid accablant, il priait régulièrement. Adouma ne tardera pas à constater que, le froid aidant, ses camarades se trouvaient en de belles compagnies.

****

Ahmadaye poursuivait ses études avec enthousiasme comme un écolier, de sorte qu'il ne connut aucune déperdition. Les quatre années passèrent si vite. La quatrième année était consacrée au stage dans une ferme. Il suivit un cours d'italien très intensif. Il assimila rapidement la langue de Dante. Comme il se trouvait parmi les locuteurs de la langue même, il n'avait pas éprouvé des difficultés pour l'apprendre. Il avait constaté une certaine similitude entre le français et l'italien. La majorité des mots se ressemblait morphologiquement à quelques exceptions près, mais avec une intonation différente. Il arrivait déjà à suivre les cours et consulter les bibliothèques pour parfaire la langue et lire les ouvrages se rapportant à sa discipline. Ayant maîtrisé la langue italienne, il visita plusieurs villes telles que Pise où se trouve la Tour penchée et Florence, capitale du grand génie de l'art Michel-Ange, sans oublier Rome où se trouve le Colisée.

Pendant les vacances, il pratiquait de petits boulots à Milan ou ailleurs en Italie. Il allait parfois dans les vendanges pour cueillir des vignes et parfois des tomates. Ahmadaye visait ainsi un double objectif : se faire de l'argent de poche, connaître le pays et rencontrer des gens. Ce fut justement lors de ces vendanges qu'il fit la connaissance d'une jeune Italienne étudiante comme lui. Une blonde très belle. Elle avait des cheveux dorés et des yeux verts émeraudes. Elle était d'une taille moyenne et avait une belle corpulence. Elle s'appelait Margarita Moreno. Elle étudiait la psychologie. Après avoir approfondi leur amitié pendant presque un an, ils avaient commencé à envisager une vie commune, un avenir ensemble. Un jour, mal lui en prit. Il se rendit avec son amie dans une boîte de nuit huppée de la ville. Tout le monde avait accès à cette boîte, mais quand Ahmadaye et son amie se présentèrent, ils constatèrent un certain malaise du portier. Après moultes tractations, on les laissa entrer.

Elle en parla à ses parents qui acceptèrent de le recevoir. Elle le leur présenta. C'était une famille d'agriculteurs, riche, catholique et de droite. Ils lui posèrent beaucoup de questions sur son pays, sur ses parents, sur lui-même, sur sa religion. Ils étaient très curieux, car ils voulaient en savoir davantage sur lui.

Ahmadaye était étonné de leur comportement compréhensible, car il pensait que généralement les familles riches étaient conservatrices et hostiles envers les étrangers. Son étonnement était dû au fait qu'il avait fait l'objet d'attitudes et de comportements racistes plus ou moins voilés de la part de certains habitants de ce pays. Cependant, il était surpris surtout de la rapidité avec laquelle les parents de son amie avaient accepté le choix de leur fille. Il pensait qu'en tant que musulman, on allait le rejeter. Mais après plusieurs visites chez les parents de son amie, et après que les parents de son amie l'aient bien connu, Margarita et Ahmadaye finirent par se présenter devant monsieur le maire de leur commune.

Après avoir fini ses études avec succès et son diplôme d'ingénieur agronome en poche, il rentra au pays, laissant sa femme derrière, car il devait d'abord aller au pays pour voir comment se présentait la situation avant qu'elle le rejoigne. Mais arrivé dans le pays, il fut confronté à d'énormes difficultés sociopolitiques. Une véritable confusion politique y régnait, un méli-mélo en quelque sorte. Le Mouvement politique avait périclité et donné naissance à onze factions politico-militaires. Chaque région était administrée par une faction. Ahmadaye n'hésita pas à choisir son camp. Il se rallia à ce qui restait du mouvement initial. Cette faction faisait partie du Gouvernement d'union nationale de transition (GUNT). Le président de ce gouvernement était choisi de sa faction. Ses parents firent pression sur lui pour qu'il se marie avec une fille du pays. Il ne put que céder à leurs pressions. Honnête, il écrivit à sa femme restée sur place en Italie pour lui expliquer la situation dans son pays et l'informa de la nouvelle donne, à savoir son nouveau mariage. Il lui fit savoir que si elle acceptait la polygamie qui est pratiquée dans son pays, il la ferait venir quand le pays sera calme.

****

Adouma a fini ses études universitaires. Il vient de soutenir brillamment un doctorat en Sciences Techniques si bien que les autorités universitaires lui firent la proposition de lui offrir un poste d'enseignant dans son université même. Ces autorités arguaient du fait que la situation dans son pays était encore hypothétique, le pays étant divisé en plusieurs tendances politico-militaires qui se livraient encore bataille. Quant à Adouma, il estimait qu'il devait, advienne que pourra aller, revoir ses parents. Il n'a pas eu de leurs nouvelles depuis plusieurs années.

Adouma voulait profiter des vacances et surtout qu'il était libre de tout engagement, rendre visite à ses parents déplacés par les événements que vivait son pays. Il n'avait pas la moindre idée de ce qui leur était advenu. Il ne savait pas exactement où ils se trouvaient. Il prit quand même la ferme décision d'aller les chercher. Mais avant tout il devait braver les tracasseries consulaires pour l'obtention des visas des pays qu'il traversera pour rejoindre son propre pays. Il fit le tour des différentes chancelleries et obtint non sans difficulté, les visas requis. Le visa d'entrée allait lui être refusé par son pays d'accueil, en raison justement des agitations politiques qui faisaient que son pays est devenu un Etat néant. Après plusieurs visites et plusieurs entretiens avec les responsables du département chargé de la délivrance des visas, il obtint finalement le visa d'entrée. Visiblement, il les avait convaincus. Il devait également retirer ses diplômes des services de l'université en charge des diplômes.

Mais pendant ces va-et-vient, il avait perdu beaucoup de jours ; de plus, il ne savait pas combien de temps le voyage lui prendrait, car il devait, vaille que vaille, chercher l'endroit où se trouvaient les siens. Tout de même, il se sentait soulagé à l'idée de pouvoir retrouver ses parents après plusieurs années d'absence. Peu importe où.

Ayant réuni tous les documents nécessaires pour le voyage, il partit informer ses compatriotes, ses amis, et ses autres camarades de son intention de rendre visite à ses parents. Il ne tarda pas à avoir les réactions quelque peu mitigées de ses compagnons qui tentèrent de l'en dissuader, en raison de l'état dans lequel se trouvait son pays, et des nouvelles alarmantes qui en provenaient. Mais il leur fit savoir que sa décision était déjà prise et qu'il partirait quelque soient les conséquences. Il acheta son titre de voyage, fit les réservations et attendit impatiemment le jour du voyage.

Enfin le jour tant attendu arriva. Adouma fit ses adieux à ses amis et se fit déposer à l'aéroport par l'un d'entre eux. Il passa les formalités de départ et se sépara de son ami qui repartit dare-dare en ville, rassuré que son ami voyagera. Quant à Adouma, il partit au salon d'attente se joindre aux autres voyageurs. Après presque une heure d'attente, une voix féminine annonça l'embarquement des passagers. Il se leva et se mit dans la queue avec les autres, en attendant d'être invité à embarquer dans l'avion. Son tour arriva, il tendit sa carte d'embarquement à l'hôtesse qui contrôlait les passagers. Il prit le coupon qui en resta, se dirigea vers l'avion. A l'entrée de l'avion, les hôtesses lui indiquèrent son siège. Quelques membres de l'équipage étaient déjà dans l'avion pour accueillir les passagers. Il entra, on lui montra son siège à côté du hublot. Une fois que l'équipage a fini d'installer tous les passagers et que tout semblait prêt pour le décollage, le capitaine se présenta, salua les passagers et les informa que l'avion était sur le point de décoller. Quelques secousses faites par l'appareil montrèrent qu'il était en mouvement. Il se dirigea lentement vers la piste de décollage, on sentait qu'on accélérait le moteur. Après quelques secondes, l'avion décolla.

Adouma sentit que l'appareil se détachait du sol, qu'il prenait de l'altitude et montait vers les nuages qu'il traversa etse trouva soudain au-dessus d'eux. Chaque fois qu'il prenait l'avion, Adouma ne cessait de penser à cette merveille, qui vole et qui atterrit tel un oiseau. Des tonnes de métal qui s'élèvent tout seuls. Quelle force quelconque se dissimulait-elle derrière ce mystère? En tout cas, pour le moment s'offraient à lui deux explications : l'une religieuse et l'autre scientifique. L'explication religieuse invoque la force divine sans laquelle aucune chose, aucun être, ne pourrait bouger. Dans le cas des véhicules à moteur, selon l'explication des érudits musulmans, Dieu aurait confié la tâche aux anges. Ce sont eux donc qui mettraient en marche les moteurs, feraient décoller et atterrir les avions. L'explication scientifique se passe de commentaires. Ensuite, il réfléchit à sa sécurité en l'air. Il se disait que du haut de l'avion, il était considéré comme mort, car tant que l'avion n'aura pas atterri, il n'est pas comptabilisé parmi les vivants. Tout en cogitant sur la locomotion des véhicules et le vol des avions, il fut pris par le sommeil. Une hôtesse le réveilla pour lui présenter un choix de repas. Il choisit un plat qui lui fut présenté aussitôt. Il mangea et la digestion aidant, il se rendormit. L'avion vola ainsi pendant plusieurs heures sans escale, survolant plusieurs pays avant d'arriver à destination. Une hôtesse le réveilla et lui présenta une carte de débarquement qu'il devrait remplir pour la police des frontières. Lorsqu'Adouma descendit de l'avion, il fut accueilli par une chaleur atroce.

L'avion atterrit. Adouma effectua les formalités d'arrivée, retira ses bagages, passa par les douaniers pour leur signifier qu'il n'avait rien à déclarer. Puis, il sortit de l'aéroport. Il prit un taxi qui l'emmena en ville. Adouma passa la nuit dans un hôtel. Le lendemain, il poursuivra son voyage, soit par voie routière, soit par voie aérienne, auquel cas il empruntera les lignes aériennes intérieures de ce pays. La frontière avec son pays se trouve à l'est et distante d'environ deux mille kilomètres. Il opta pour la voie routière, car il espérait rencontrer des connaissances, lors des arrêts que le chauffeur aura sûrement à faire le long du trajet. Après la détérioration de la situation du pays, il a appris que ses compatriotes se seraient disséminés dans les pays voisins. Mais dans quel pays exactement, il ne sait pas. Quand les gens fuient, ils partent dans toutes les directions comme des animaux. Sont-ils vraiment différents des animaux dans une situation de sauve-qui-peut ? De plus, son pays est limitrophe à six pays. Il a aussi appris qu'en quittant la capitale, chacun a pris la direction de son village. Adouma n'a pas d'autre choix que de partir à la recherche de ses parents.

****

Le matin, un taxi le déposa à la gare routière pour la suite de son voyage. Portant ses bagages à la main, Adouma luttait pour se frayer un passage parmi la foule dense, pour aller vers le guichet afin d'acheter le ticket qui lui donnera accès au véhicule qui va dans sa direction. Il y avait des gens pêle-mêle: des voyageurs, des accompagnateurs, des vendeurs à la sauvette, et des commerçantes qui proposaient des aliments à l'intérieur de la gare routière. Les enfants, portant leurs marchandises sur la tête, se faufilaient entre ces gens. D'autres personnes avaient l'air affairé, sans qu'on sache ce qu'ils faisaient exactement, car ils ne cessaient de discuter, de vociférer. À cela s'ajoute le vrombissement des moteurs qu'on échauffe ou qu'on démarre pour quitter la gare routière. En plus du bruit, on sentait aussi l'odeur de l'essence et l'odeur du gaz oil qui remplissent les poumons. D'ailleurs, personne ne se souciait de cela. De toute manière ceux qui étaient présents dans la gare étaient là, soit pour faire des affaires, soit pour voyager. Adouma ne comprenait aucun mot de la langue de ces gens. La ville était cosmopolite. Adouma s'attendait à rencontrer quelqu'un qui pourrait balbutier quelques mots de français. Peu importe, il n'a pas réellement besoin de tout cela. Il suffit qu'il prononce le nom de son pays ou de la ville frontalière pour qu'on lui indique les véhicules qui partent dans cette direction.

Il y avait des véhicules de toute sorte. Il avait le choix entre les bus et les berlines Peugeot 504. Ces véhicules étaient alignés selon les destinations, et les départs se font par ordre d'arrivée. Il décida de monter dans une Peugeot 504 pensant qu'elle pourrait rouler plus vite que le bus. Les chauffeurs de ces véhicules roulent à tombeau ouvert. Ils voyagent à tout moment, la nuit comme le jour. Il paya les frais de transport et on lui remit un bout de papier où étaient griffonnés le numéro du reçu, le prix du trajet et son nom. En attendant le départ, il se promena à l'intérieur de la gare avec l'espoir de rencontrer une connaissance ou d'entendre des phrases familières à son ouïe. Il jeta de temps en temps des coups d'œil à son véhicule, car des klaxons ne cessent de sonner appelant les voyageurs errants. Quand le tour de son véhicule arriva, Adouma et les autres passagers s'y engouffrèrent.

Le véhicule sortit de la gare routière et prit la direction de l'est. Il roulait doucement en raison de l'embouteillage provoqué par les bicyclettes, les mobylettes, les voitures et les camions. Il y en avait également de toutes les marques : japonaise, française, britannique, allemande, américaine, italienne, russe, etc. Après que la circulation fut redevenue fluide, le véhicule déboucha sur l'autoroute où il pouvait se permettre de rouler plus rapidement. Bientôt il atteignit le premier péage qu'il traversa rapidement après qu'on en eut réglé les frais. Juste avant la sortie de la ville, Adouma aperçut des hommes en treillis qui règlent la circulation.

Passé le péage, la voiture s'élança à l'instar des autres, à toute allure. Tout le long de la route, on pouvait apercevoir des étals sur lesquels étaient exposées des marchandises, tels que des fruits, des tubercules, du charbon ou des fagots que les commerçants de la place proposaient aux passagers. Certaines de ces marchandises sont étalées à même le sol. Les passagers habitant dans les parages pourraient s'approvisionner lors des brefs arrêts. À la sortie du péage qui marque également la fin de l'autoroute se situant à presque 200 kilomètres du lieu du départ, la route, bien que bitumée, s'était subitement rétrécie. Un gros véhicule, à lui seul, pouvait l'occuper entièrement. Après avoir circulé pendant plusieurs heures, dépassé plusieurs villages et villes et doublé plusieurs véhicules, on s'arrêta à mi-chemin dans une grande localité pour que les voyageurs puissent se dégourdir, s'acquitter de leur prière, prendre un repas. Le chauffeur profite de l'occasion pour vidanger son véhicule.

Tout cela prit environ deux heures, après quoi ils se remirent en route. Le véhicule semble s'être remis d'aplomb, car il donnait l'impression de rouler avec plus de vitalité que d'habitude. Ainsi ils roulèrent jusqu'à la tombée du jour, moment pendant lequel le chauffeur leur accorda quelques instants de répit avant de reprendre la route. Il commençait à faire sombre et bientôt il fera nuit noire. Adouma était à la fois curieux et inquiet de voir comment le chauffeur pourra circuler sur une route aussi étroite. Comment évitera-t-il les camionneurs qui ne se soucient aucunement de la vie des passagers. Ils filent à toute vitesse, comme pour montrer qu'ils sont maîtres de la route. Ils braquent les phares, allument les feux de croisement et sonnent à fond les klaxons juste au moment où ils arrivent au niveau d'un autre véhicule. Jusque-là, Adouma avait apprécié la conduite du chauffeur, même s'il roulait trop vite. Le chauffeur avait hâte d'arriver à destination et Adouma avait hâte de retrouver les siens. Néanmoins, il était inquiet quant à la suite du voyage.

C'est avec un tel pressentiment que le véhicule se remit en route. À la grande surprise d'Adouma, le chauffeur ne changea pas sa façon de conduire. Il roulait rapidement comme d'habitude, mais ralentissait tout de même lorsqu'il croisait des gros porteurs, ces camions qui passaient à toute vitesse. Ils roulèrent toute la nuit jusqu'au petit matin où ils atteignirent la ville frontalière. Tout le long du trajet, il eut le temps de dormir malgré l'inconfort de sa position, car le sommeil s'impose toujours quand le moment de dormir arrive.

Quand il fit pleinement jour, il se renseigna sur l'endroit où étaient installés les réfugiés. On lui dit qu'on les avait logés dans une école, non loin de la douane, c'est-à-dire à la sortie de la ville en direction de son pays. Muni de ses effets, il se rendit au camp des réfugiés au moyen d'un taxi. Depuis plusieurs années, c'est maintenant qu'il rencontre des compatriotes qui viennent fraîchement du pays. Leur habillement, leur langage lui rappelaient des souvenirs du terroir. C'est donc avec le cœur gros qu'il entra dans le camp. Il ne savait même pas par où commencer et à qui s'adresser. Heureusement qu'au camp on avait mis en place un comité d'accueil dont le rôle était de s'occuper des nouveaux venus. On avait mis à la tête de ce comité un inconnu, c'est-à-dire un habitant du pays d'accueil assisté de quelques réfugiés.

On indiqua à Adouma la bâche du surveillant du camp. Il jeta des regards de tous côtés, espérant détecter un visage familier. En entrant dans la bâche des surveillants, il fut surpris de trouver une connaissance. C'était l'oncle d'un de ses amis. Ils se saluèrent chaleureusement. Il fut accueilli. On lui offrit à manger et à boire. Son plat est composé du thé et un morceau de *Brodi*, pain local de forme rectangulaire. On lui offrit également une place parmi de jeunes réfugiés. Le responsable du camp lui demanda s'il venait directement du pays. Adouma lui rétorqua qu'il venait de très loin et qu'il était à la recherche des siens et qu'il n'avait pas l'intention de demeurer longtemps dans le camp. Adouma à son tour demanda à ses compatriotes qui aidaient le responsable du camp s'ils avaient vu ou avaient des nouvelles de ses parents. Au lieu de répondre à la question d'Adouma, les deux hommes se mirent, à tour de rôle, à lui raconter les événements qui s'étaient produits dans leur pays et qui étaient la cause de la dispersion de leurs compatriotes dans les pays voisins. Ils lui dirent que, vu la manière dont les gens avaient quitté la ville, ils doutaient fort qu'il pût trouver quelqu'un qui pourrait lui donner des informations fiables sur l'endroit où se trouveraient les siens.

Néanmoins, Adouma continua à se renseigner auprès d'autres personnes. Il trouva une personne qui lui dit vaguement qu'elle aurait aperçu ses parents traverser le fleuve à gué, mais elle ne saurait lui dire dans quelle direction ils se seraient dirigés. Dans quel camp pourraient-ils bien se trouver, se demanda Adouma. Certains réfugiés qui avaient trouvé un emploi avaient préféré habiter en ville, dans les quartiers, plutôt qu'au camp des réfugiés. On lui fit tout de suite savoir que ses parents ne se trouvaient pas dans cette ville. Les autres personnes déplacées ayant des connaissances ou des parents dans d'autres localités avaient jugé opportun d'aller habiter avec les leurs. Ses parents seraient-ils allés dans une de ces localités, mais laquelle, se demanda-t-il. Nul ne le savait. En définitive, il n'avait pas d'autre choix que de continuer à chercher les siens.

On le présenta à un autre camp des réfugiés qui se trouvait à 135 kilomètres de là. Sans plus attendre, il se jeta dans un taxi qui le transporta dans la ville frontalière. Là également, il n'eut aucune information précise concernant ses parents. On les aurait vus dans la ville contiguë à la capitale de son pays et sur laquelle avaient déferlé tous les réfugiés avant qu'ils ne se dispersent dans d'autres localités. Adouma devait donc continuer son périple. Il apprit aussi que lors de la fuite de la capitale certaines personnes avaient préféré rentrer directement dans leurs régions d'origine, pensant que les troubles n'allaient pas perdurer. Ses parents seraient-ils aussi rentrés directement au village? se demanda-t-il.

Il commençait à se poser des questions sur l'effet que feraient ces déplacements sur les gens, car il avait constaté dans les deux camps qu'il avait visités, que les gens avaient l'air malheureux. Partout des visages pensifs, des regards hagards, certainement ils portent la marque des horreurs que ces gens auraient vécues, des atrocités qui se seraient passées sous leurs yeux, pendant l'évacuation de la ville, pendant la fuite : des corps déchiquetés, fauchés par des obus dont des parties étaient projetées et incrustées sur les murs ; des personnes qui s'affalaient brusquement, atteintes par des balles perdues ; des blessés à qui personne n'osait porter secours ; des chiens, des chats, des reptiles ou même des rats qui dévoraient les corps abandonnés ; une odeur pestilentielle se répandait partout. Du jamais vu. Ces corps qui gisaient là n'étaient autres que ceux d'un frère, d'un ami, d'un voisin, d'une connaissance, bref d'un être humain. Un spectacle inimaginable, surréaliste. Ils avaient observé tout cela pendant le déferlement, le départ brusque et massif de toute une ville vers l'inconnu. La panique. Pour les personnes qui n'avaient jamais mis les pieds hors du pays et qui se voyaient tout d'un coup obligés de le quitter, pour aller vivre ailleurs, sans aucun espoir de le retrouver, cela pouvait jouer certainement sur leur moral, pensa Adouma.

Pourquoi toutes ces personnes devraient-elles souffrir ainsi ? se demanda-t-il. Tout ceci par la faute des politiques, de leur incapacité à s'entendre, de leur intransigeance et de leur égoïsme. À cause d'eux, tout un pays, tout un peuple, doit souffrir. Des gens, qui subitement, sont contraints à l'errance, au vagabondage, à la mendicité, qui seront l'objet de mauvais traitements, qui seront soumis aux caprices de n'importe quel agent des forces de l'ordre des pays d'accueil ; ils subiront des humiliations de toute sorte. Ils se trouveront dans l'obligation d'adopter des coutumes et des modes de vie contraires aux leurs. Ils perdront finalement tout : leur repère, leur personnalité, leur honneur, etc. En un mot, ils deviendront des apatrides : sans pays, sans identité, sans âme. Une image désolante de son peuple se dressa devant lui. Après avoir plaint le sort des réfugiés qui se trouvaient devant lui, il repensa tout de suite à ses propres parents qui pourraient aussi subir le même sort. Cette pensée le motiva davantage à poursuivre la recherche des siens.

Après avoir accompli les formalités de sortie au poste de police, il traversa à pied la frontière qui ne se trouvait qu'à quelques mètres de là. À peine arrivé, il alla tout droit à la gare routière et se joignit aux autres passagers déjà installés dans la voiture où ne manquait qu'un seul passager pour compléter le nombre exigé avant de quitter. Il entra dans la voiture. Le chauffeur aussitôt se mit en route, en direction de la prochaine ville de Koussou-Barra qui n'était distante que de 105 kilomètres, mais c'était le tronçon le plus pénible, car il n'était pas bitumé. Il fallait donc circuler doucement. De plus, il fallait traverser plusieurs barrières : celles des policiers, des douaniers et des gendarmes, évidemment avec toutes les tracasseries que cela comporte. Avant de voyager, il fallait faire les formalités d'entrée dans le nouveau pays. Mais ici, cela peut parfois prendre des heures parce que le commissaire ou le commandant de Brigade est absent et il faut l'attendre, car c'est lui qui détient le cachet qui sera apposé sur votre visa. C'est une route où chaque chauffeur fraye son propre chemin, s'il veut rouler plus rapidement et éviter les nids-de-poule.

Étant partis le matin, c'est vers l'après-midi qu'ils arrivèrent à destination. À l'entrée de la ville, Adouma pouvait de loin apercevoir les toits des grands immeubles de sa propre ville située de l'autre côté du fleuve. Son cœur se mit subitement à battre plus fort. Il ne comprenait rien à cela. Était-ce un signe prémonitoire ? Quelque chose de grave allait-il se passer ? Allait-il rencontrer ses parents ? Était-ce la peur d'apprendre de mauvaises nouvelles des siens qui l'émouvait ? Alors qu'il tentait de trouver une cause à l'émotion qui l'avait brusquement envahi, le véhicule entra dans la gare routière située au marché de la ville. C'était presque comme sa propre ville se trouvant de l'autre côté de la rive ; la ville grouillait de monde venu de la ville voisine.

C'était exactement comme chez lui, y compris le décor. Il voyait des gens qu'il croyait avoir rencontrés, mais qu'il ne connaissait pas assez. La confiance commençait à renaître en lui. Son cœur a repris son rythme normal. L'émotion passée, il se remémorait les scènes de vie qui se déroulaient dans sa propre ville. Il revoyait les personnes qui vaquaient tranquillement à leurs occupations et les enfants qui jouaient paisiblement. Tout cela s'était tout d'un coup effondré, pensa-t-il.

Il était plongé dans une si profonde réflexion qu'il oublia qu'il devait encore aller au camp des réfugiés. Il s'informa. On le lui indiqua. Ce lieu était assez loin pour y aller à pied et trop court pour emprunter un taxi. Il se résolut à faire quelque chose tout de même. Il appela un porteur avec une poussette. Ici, il n'y avait aucun problème de communication, car la langue parlée dans la ville jumelle de l'autre rive du fleuve Chari s'y était imposée, avant même l'arrivée des réfugiés. Il posa ses bagages dans la poussette et marcha en direction du camp des réfugiés. Au fur et à mesure qu'il s'approchait du camp, Adouma pouvait apercevoir de loin des rangées interminables de bâches qui s'étendaient à perte de vue. C'était comme si on y avait transposé tout le contenu de sa ville. Ils marchèrent pendant une trentaine de minutes et les voilà devant l'entrée du camp. L'homme de la poussette qui semblait connaître le milieu, à force d'y conduire les gens, l'emmena directement chez le gérant du camp des réfugiés.

Le gérant était une connaissance d'Adouma. Ils se saluèrent chaleureusement. Puis, il conduisit Adouma dans une tente qui avait déjà un occupant. Celui-ci avait l'air d'être nouvellement arrivé comme lui, car il ne donnait pas l'impression d'être maître des lieux. Apparemment, c'était la tente des hôtes. Elle était initialement donnée au responsable du camp qui l'avait mise à la disposition des nouveaux venus. Quand ils firent la connaissance l'un de l'autre, Adouma apprit en fait que son camarade de bâche venait juste d'arriver, lui aussi, et serait à la recherche de sa mère. Ils échangèrent quelques informations. Étant épuisé par le voyage marathon qu'il venait d'effectuer, Adouma préféra dormir toute la nuit. Le lendemain, il se mit à chercher ses parents. Il dormit profondément et se leva très tôt le matin, remis de sa fatigue.

Le gérant du camp leur offrit un petit-déjeuner fait de bouillie et du thé au lait. Cela lui rappela le petit-déjeuner que sa mère lui offrait avant d'aller à l'école. Il se croyait dans son pays natal. Autour de lui, tout concourrait à le lui rappeler, mais se rendit compte, tout de suite, qu'il n'y était pas effectivement. Ce n'était qu'une illusion.

Après le petit-déjeuner, il devait partir à la recherche de ses parents. Il sortit de la tente, se tint longuement devant la porte et parcourut des yeux tout le camp, comme s'il voulait prendre sa mesure. Le camp était en effet très vaste. Il lui fallait toute une journée pour le visiter. Adouma ne savait par où commencer sa recherche. Même le responsable du camp ne pouvait pas lui être d'une grande utilité ; il ne pouvait pas connaître tout le monde et encore moins ses parents. Adouma voulait maintenant compter sur la chance ou le hasard qui pourrait lui être favorable pour retrouver les siens ou du moins glaner quelques informations sur l'endroit sûr où ils pourraient se trouver. D'un pas incertain, il commença à marcher et prit le chemin à sa droite. Il continua à déambuler. Il marcha pendant plus d'une heure sans rencontrer aucune connaissance. Le spectacle qui s'offrait à ses yeux lui était familier, celui d'une ville digne de ce nom, mais en miniature. Cette petite ville vivait à son propre rythme. On pouvait tout y trouver : des échoppes, des restaurants, des marchés, des vendeurs à la sauvette, des grillades en plein air, bref le spectacle quotidien qui lui était familier dans son pays s'était transposé ici. Il décida de prendre un verre de thé dans le restaurant qui était en face de lui. Il s'assit sur une chaise en plastique et attendit le serviteur. Sans tarder, celui-ci se présenta.

Il commanda un verre de thé noir. Après avoir siroté son thé, il reprit un peu de force et ses esprits. Il se risqua et demanda au serviteur s'il pouvait le renseigner sur ses parents, ne serait-ce qu'un membre de sa famille. Le serviteur lui demanda le nom de son père et de sa mère. Dès que le serviteur entendit les noms des parents d'Adouma, il lui donna une chaleureuse accolade et lui fit savoir qu'il était son cousin, fils de l'une de ses tantes maternelles. Quelle ne fut la joie d'Adouma de tomber sur une telle surprise! En tout cas, il était sûr et certain de recevoir des nouvelles des siens. Son cousin était également très content de voir Adouma dont il avait entendu parler, mais qu'il ne connaissait pas. Il se hâta d'aller informer son patron de cette nouvelle et lui demanda la permission de conduire chez lui son hôte. Il obtint cette permission.

Il demanda à Adouma de ramasser ses effets, car il ne pouvait le laisser habiter là. À sa grande surprise, son cousin le conduisit en ville où résidait sa mère à lui, mais non pas à l'intérieur du camp. Adouma se garda de poser toutes questions sur ses parents et se laissa conduire chez sa tante maternelle. Il voulait laisser cette opportunité à sa tante. Elle va sûrement lâcher quelques informations, lorsqu'elle le verra.

Comme il l'avait fait à la garde routière, son cousin appela un propriétaire de poussette pour transporter ses bagages. Il y posa les bagages d'Adouma et ils se dirigèrent, tous les deux, vers la maison de sa tante. Son cousin était curieux et loquace. Pendant le trajet, il lui posait des questions. Adouma répondait de manière évasive à son interlocuteur. Il était distrait par la fatigue du voyage. L'idée de rencontrer sa tante l'angoissait également. Ils marchèrent une heure avant d'atteindre la maison et, par un coup de chance, elle était là.

La tante aussi était d'abord très étonnée de voir Adouma devant elle ; elle n'en croyait pas ses yeux, elle pensait qu'il était très loin dans le pays des *Nassara* et non pas dans ce pays en train de végéter dans la misère comme les autres. Elle se ressaisit, accourut vers lui et lui donna une chaude accolade. Elle le fit asseoir sur une natte en plastique sur laquelle elle étala elle-même un tapis. Elle n'arrêta pas de le regarder, tant il avait grandi. Il était devenu un homme, car elle ne l'avait pas revu depuis plusieurs années. Elle le salua à plusieurs reprises. Entre-temps, son cousin prit soin de déposer ses effets dans une chambre et prit congé d'Adouma le laissant avec sa tante. Elle lui offrit de l'eau fraîche et de la limonade. Ensuite, elle se mit à lui poser des tas de questions sur son voyage, elle lui demanda d'où il venait, et où il allait. Comme il s'y attendait, elle lui dit que sa mère serait certainement très contente de le revoir comme toute mère après une longue absence. Il était soulagé que sa tante eût abordé ce sujet avant lui. Mais il s'empressa de poser une question à ce sujet. Elle le rassura que ses parents étaient bel et bien vivants et qu'ils se portaient tous bien, mais qu'ils se trouvaient dans un autre camp des réfugiés situé dans une autre localité à environ 200 kilomètres. Toutefois, elle lui conseilla de se reposer quelques jours, pour reprendre un peu de force, avant de poursuivre son voyage. Il approuva cette idée, car avant de rencontrer sa tante, il était physiquement et psychologiquement épuisé. L'absence d'informations sur la position exacte de ses parents et l'état des réfugiés qu'il voyait commençaient à agir sur son moral. Tout de même, il put dormir tranquillement cette nuit.

À son réveil, il prit le petit-déjeuner. Sa tante se joignit à lui. Elle lui raconta des histoires se rapportant au drame que vivait leur pays, devenu État néant, car déchiré par onze tendances politico-militaires, c'est-à-dire onze gouvernements auto-proclamés qui s'étaient imposés par la force des armes. Tout en écoutant sa tante, il se demandait ce qu'il allait faire toute la journée. Il pensa tout de suite aux réfugiés, car bien que l'atmosphère au camp des réfugiés était démoralisante, Adouma commençait à s'y habituer. Il voulait rencontrer les réfugiés, causer avec eux, vivre ces moments pénibles, partager leurs peines et écouter de vive voix ce qu'il s'était passé exactement. Comment en était-on arrivé à une telle situation ? Il était particulièrement curieux de savoir comment l'être humain vit de tels moments, comment il réagit devant une situation de dénuement total. C'était un retour en arrière. Ces gens doivent recommencer à zéro.

Il repartit au restaurant où travaillait son cousin, s'assit sur l'une des chaises en plastique placées devant le restaurant. Il regardait les passants en partageant quelques boissons avec les clients. C'était un de ces restaurants appelés localement hôtels ou cafés dont le contenu n'a rien à voir avec le contenant. On y propose beaucoup de choses, mais on offre peu. Le garçon vous récite le menu par cœur en citant toute une suite de mets fantaisistes à consonance étrangère et qui n'ont rien à voir avec la réalité locale. Le tout dit d'une manière distraite et nonchalante, comme si ce n'est pas à vous que le garçon s'adresse. Malgré cela, il est parfois difficile d'y trouver du café, comme le nom semble l'indiquer. On n'y sert que de la nourriture. C'est une habitude qui vient d'ailleurs, de l'est, semble-t-il, d'une coutume anglo-arabe. C'est une de ces conséquences de l'histoire. On vous fait avaler n'importe quoi.

Adouma se leva et quitta le restaurant. Il décida de se promener pour connaître davantage le camp. Sur son chemin, il croisa un homme qui ressemblait parfaitement à quelqu'un qu'il connaissait. Il voulut continuer son chemin, mais touché par la mine renfrognée de l'homme, il s'arrêta et se risqua à prononcer un nom. L'homme s'arrêta net à son tour, puis s'approcha d'Adouma pour voir de près la personne qui avait prononcé son nom. Il regarda Adouma d'un regard vague. Ce regard dévoila un visage marqué par la souffrance, la désolation, l'amertume, bref un visage marqué par la misère. La misère de tout un peuple qui se lit dans le visage de cet homme. Adouma le reconnut. C'était en fait une connaissance du quartier. Il avait de la peine à le reconnaître, tant il avait changé. Cela était imputable aux difficultés de tous ordres qu'il avait rencontrées pendant les événements l'ont marqué : perte des siens, dénuement, famine, dépaysement, etc. Tous ces malheurs avaient fini par le marquer. Adouma avait pitié de lui. Mais il ne pouvait rien faire pour lui non plus. Il avait même regretté de l'avoir appelé. Adouma pensait qu'être réfugié, c'est devenir la proie du désespoir, de l'indigence et de la dépendance. Il quitta l'homme.

Adouma marcha vaguement pendant quelque temps, touché par ce qu'il venait de voir en cet homme. Puis levant la tête, il vit quelques hommes d'un âge avancé qui se reposaient assis sur des nattes placées à l'ombre d'un grand arbre au feuillage touffu. Il les salua avec respect et leur demanda s'il pouvait se joindre à eux. Malgré l'atmosphère triste qui semblait régner dans le camp, ses locataires affichaient une mine sereine et causaient tout bonnement. Ils semblaient résignés. À force d'attendre sans aucune bonne nouvelle qui vienne de l'intérieur, ils perdirent tout espoir. Leur quotidien manquait d'entrain. Adouma s'assit sur la natte à côté d'eux, écouta beaucoup d'histoires et apprit beaucoup de choses de la vie d'une société en perdition.

En effet, les hommes réagissent différemment devant des situations. Parmi ces réfugiés, il y avait des personnes de tous bords : des cadres supérieurs, notamment des directeurs généraux, d'anciens ministres, des préfets, des enseignants, des médecins, etc. Tout ce beau monde se voyait subitement dépossédé et réduit à la mendicité, car démuni de tout. Il fallait d'abord sauver sa peau. Comportement compréhensible, car inné. Sauve-qui-peut ! Mais une fois qu'on a la vie sauve, on se rend compte tout de suite qu'on doit survivre. Tout d'un coup, on devient entièrement dépendant des dons et autres aides des organismes et des gouvernements bienfaiteurs. Mais avant que l'aide ne s'organise, les gens, désemparés, ne savent à quel saint se vouer. Il faut s'attendre donc à voir certains comportements incarnés par les humains ressurgir. L'homme à l'état naturel, c'est-à-dire livré à lui-même comme un animal sans des lendemains meilleurs. Il y a d'un côté ceux qui se ressaisissent en faisant appel à l'instinct, c'est-à-dire à une stratégie de survie et de l'autre, ceux qui perdent carrément le moral.

Ainsi, quelques-uns avaient accepté de s'adonner à n'importe quelle besogne, accepter de faire n'importe quelle activité qui leur permette de sortir de cette galère: porteurs, bûcherons, charbonniers, serveurs, blanchisseurs, manutentionnaires, etc. Des travaux qu'ils n'avaient jamais imaginé faire dans leur vie, tant ils avaient confiance à la stabilité de leur pays. Mais c'était compter sans l'imprévisibilité des soi-disant politiciens. Les diplômes et les bagages intellectuels n'étaient d'aucune utilité ici. Il fallait, pour l'instant, en faire table rase. Seule la force physique comptait. Quand on réfléchissait ici, c'était uniquement pour chercher à survivre, à sortir de la galère.

Par contre, ceux qui avaient pratiquement démissionné ne voulaient plus croire en l'avenir, car pour eux tout s'était à jamais écroulé, c'était la fin du monde. Psychologiquement affaiblis, ils avaient même perdu la faculté de réfléchir et s'étaient laissé entraîner vers le pire. Ils sombraient dans la dépression, devenaient fous et se donnaient tout simplement la mort. Ils avaient cédé à la panique qui les avait entraînés à leur perte, victimes des circonstances qu'ils ne pouvaient contrôler.

Ceux qui voulaient encore garder l'espoir avaient obstinément refusé de céder à la panique, en usant de tous les moyens pour survivre et se relever. Leur leitmotiv était qu'il fallait se battre, ne jamais se laisser abattre. Le refus de la fatalité ou la démission totale dépend-elle de la nature de chaque individu, du caractère de chacun ? Il y a trois catégories d'individus : ceux qui font tout ce qui est en leur pouvoir pour changer leur condition ; ceux qui attendent qu'on y les pousse avant d'agir et ceux qui ne font rien du tout pour conjurer le sort et attendent qu'il vienne les frapper. Est-ce la loi de la sélection naturelle qui veut que seuls ceux qui sont forts s'en sortent et les faibles périssent ? Ou bien la loi de l'évolution qui procède par élimination ? L'homme a souvent considéré que l'adversité est une malédiction, et la lutte pour la vie est une calamité, mais elles sont au cœur du processus de l'évolution. L'adversité fournit l'envie de lutter pour changer la situation et sans changement il n'y a pas de progrès possible. Mais le comportement de chacun pourrait être dicté par l'éducation reçue, par la culture inculquée.

Quand l'aide fut finalement organisée et que les choses sont rentrées dans l'ordre, les gens ont commencé de nouveau à vivre normalement. Car au moins l'essentiel était disponible. Si les gens continuaient encore à se débrouiller, c'était pour apporter un petit à leur quotidien. Les gens avaient déjà appris à se débrouiller au lieu d'attendre qu'on leur apporte de l'aide.

La visite du camp des réfugiés avait inspiré tout un tas de réflexions qui trottaient dans la tête d'Adouma sur le comportement de l'individu. L'homme naît-il avec un comportement inné selon lequel son organisation psychologique est programmée d'avance et transmise génétiquement ou bien l'individu vient-il au monde et acquiert son comportement à travers la vie en société ? Sinon comment expliquer le fait que les individus se comportent différemment. Sur le plan religieux, Adouma n'avait-il pas appris que Dieu a laissé la latitude à l'être humain d'organiser sa vie comme il l'entend. Mais les gens ne cessent de s'en remettre à Lui et affirment que tous leurs problèmes émanent de la volonté de Dieu et donc ne pourront être réglés que par Lui. Il passa toute la journée au camp des réfugiés. Le temps passa également très vite. Il fut invité par les personnes qui l'avaient accueilli à partager le repas. Ensuite, il but du thé, prit congé d'eux, puis rentra chez sa tante.

Le matin, Adouma prit un taxi-brousse, un autobus de marque Toyota Hiace, localement appelé « car », pour continuer son voyage en direction de la ville de Bodi où devraient se trouver ses parents. Les passagers étaient entassés comme des sardines. La route était mauvaise, cahoteuse, faite d'innombrables nids-de-poule. Le chauffeur n'arrêtait pas de lutter avec le levier de vitesse qu'il changeait fréquemment, passant sans cesse de la première à la deuxième et vice versa, rarement à la troisième, encore moins à la quatrième. Les passagers étaient secoués continuellement. Il n'y avait pas un seul instant où le véhicule pouvait rouler calmement. D'ailleurs, cette route n'était pas différente de celle qu'il avait empruntée pour venir à la ville de Koussou-Barra. Ils avaient quitté vers 10 heures et étaient arrivés à Bodi à18 heures, car en plus de son mauvais état, la route était parsemée de barrières policières et militaires où il fallait chaque fois s'arrêter et descendre pour présenter, soit les papiers du véhicule, soit ceux des passagers, soit pour fouiller le véhicule. Tout dépendait de qui l'on avait en face et de la chance qu'on pouvait avoir. Si on tombait sur un agent compliqué, on avait tous les problèmes du monde, même si les papiers étaient en règle. Et si on tombait sur un agent compréhensif, il faisait signe de la main au chauffeur, lui signifiant qu'il pouvait continuer. Le comportement du chauffeur et ses relations avec les policiers comptaient beaucoup. Parmi les papiers qu'il tendait aux policiers, il prenait soin d'insérer un billet de banque dont la valeur était laissée à la discrétion pour qu'ils ferment les yeux sur le reste.

Dès qu'ils atteignirent Bodi, Adouma se rendit aussitôt au camp des réfugiés à la recherche de ses parents. Le camp Bodi est situé en dehors de la ville, à une distance de 4 km. Il devait emprunter un autre bus pour s'y rendre. Arrivé au camp, il se dirigea tout droit chez la personne en charge du camp auprès de laquelle il espérait avoir une information sûre concernant ses parents. Il voulait savoir dans quel abri se trouveraient ses parents. Les camps des réfugiés qu'il avait jusqu'ici visités se ressemblaient. Les bâches étaient alignées et chacune portait un numéro pour faciliter la distribution des vivres et l'identification de ses occupants. Il se présenta chez le responsable du camp pour demander des renseignements sur ses parents. On l'informa que ses parents ne se trouvaient pas dans ce camp. Il ne sut quoi faire. Il resta là perplexe pendant quelques instants, contrarié. Adouma se demanda s'il y avait un autre camp dans cette ville. Mais cette question, il ne la posa pas à l'homme du camp. Il lui demanda plutôt s'il pouvait lui confier ses bagages afin qu'il pût aller chercher des gens qui pourraient le renseigner sur l'endroit exact où se trouvaient ses parents. Celui-ci acquiesça et lui dit qu'il pouvait lui attribuer une place dans la bâche des célibataires. Il pensa que cette idée n'était pas mauvaise, l'accepta. Étant exténué par le voyage, il pourrait profiter de cette occasion pour se reposer.

Le responsable du camp le plaça dans une grande bâche qui était presque inoccupée. Il n'y avait que trois personnes. Il vint trouver trois jeunes hommes qui l'accueillirent et lui cédèrent la place. Il y prit place. Ensuite, ils lui offrirent de l'eau à boire. Il y avait une grande natte en plastique qui était étalée. Il y mit ses bagages, les défit et comme il était fatigué, il s'étala à même la natte et s'accorda un somme. Après s'être reposé, Adouma se leva, se lava, se changea et sortit pour explorer le camp. Lorsqu'il sortit de la tente, il s'aperçut qu'il faisait déjà nuit, mais il pouvait apercevoir de la lumière qui éclairait au loin. C'étaient des lanternes des commerçants qui proposaient des marchandises autour desquelles se regroupaient des clients réguliers, tels des insectes attirés par la lumière.

Adouma se dirigea vers une de ces lanternes. Quand il arriva tout près, il s'aperçut que c'étaient en fait ces restaurants où l'on annonçait un menu riche, mais où l'on n'offrait presque rien. On pouvait aussi de temps en temps prendre de la limonade, du thé, du café ou du lait. Il s'assit et un garçon vint à lui pour prendre sa commande. Adouma commanda un sandwich et du café. Le garçon les posa devant lui. Malgré l'obscurité, il promena ses yeux pour dévisager les clients. Il constata qu'il y avait beaucoup plus de gens dans ce restaurant que dans les autres. Ils causaient gaiement et donnaient l'impression d'être des habitués du coin. On pouvait s'en rendre compte par la façon familière dont ils se saluaient et s'adressaient aux serveurs. Adouma leva les yeux pour lire le nom du restaurant. C'était le « Restaurant Patience ». Un client vint s'asseoir à côté de lui et le salua. Il lui rendit son salut. Une conversation s'enchaîna entre eux pendant quelque temps, puis son voisin lui offrit une bouteille de limonade que le serveur lui apporta. Après s'être renseigné sur l'identité de son voisin, Adouma lui demanda le nom du propriétaire du restaurant. Son voisin accéda aussitôt à sa demande. C'était en fait une femme du nom de Hadjé Nawira. Ce nom attira son attention. Sa voisine dans son pays avait aussi un nom pareil. Elle faisait du commerce. Était-ce elle ? Il demanda de plus amples informations sur cette dame, il s'avéra que c'était bien elle.

Il chercha à la rencontrer, car elle connaissait bien ses parents et pourrait lui être d'une certaine utilité. Elle habitait à l'intérieur du camp même. Adouma demanda aux garçons du restaurant si quelqu'un pourrait le conduire chez la dame. On lui chercha un jeune garçon qui l'y conduisit. Sa tente se trouvait sur la dernière rangée. Ils marchèrent une quinzaine de minutes et arrivèrent chez Hadjé Nawira. Elle était chez elle. Le jeune homme qui l'accompagnait, l'annonça. Adouma entra et se présenta. La femme le reconnut tout de suite et l'invita à s'asseoir sur le tapis étalé sur la natte. Elle demanda qu'on lui apporte de l'eau. On lui présenta de la limonade. Elle était surprise de le voir dans cette ville. Elle lui posa quelques questions et s'empressa de lui dire qu'elle avait voyagé dans le même véhicule que ses parents pour arriver à Bodi, mais que ses parents avaient décidé de continuer directement au village. Ils avaient passé une seule nuit là, ne supportant pas la vie du camp. Ses parents étaient rentrés au village à pieds. Ils ont marché deux semaines pour y arriver. En entendant cela, Adouma fut complètement déçu, voire désespéré. Il resta silencieux pendant quelque temps sans prononcer un mot. Son vœu le plus ardent était au moins de rencontrer sa mère, car cela faisait une dizaine d'années qu'il n'avait rencontré ni l'un ni l'autre de ses parents. Que ses parents fussent vivants et en bonne santé avait, quelque peu, atténué son désespoir.

En raison de l'insécurité qui prévalait à l'intérieur du pays, aucun transporteur ne pouvait se risquer à voyager. Alors, les gens avaient décidé de s'organiser pour voyager à pied et en groupe, car ils n'avaient pas le choix. Ses parents étaient quand même arrivés en bon état, car des personnes revenues du pays avaient rapporté cette information. Voyageant la nuit et dormant le jour, le voyage leur avait pris deux semaines. Adouma eut un pincement au cœur. Ses pensées allèrent directement vers sa mère à qui on avait imposé le supplice, à savoir parcourir des centaines de kilomètres en pleine brousse. C'était prendre des risques immenses, l'on pouvait facilement attraper des maladies à cause des intempéries, ou même être attaqué par des fauves. Il se posa beaucoup d'autres questions. En pensant au calvaire qu'on avait fait subir à ses parents, Adouma était furieux contre ceux qui avaient créé cette situation, en l'occurrence la classe politique qui n'avait que mépris pour les populations. Pour lui, c'était un échec cuisant, quand les politiciens jettent les populations dans l'errance à l'intérieur du pays, puis à l'exode et à l'exil dans les pays voisins. Adouma pensait qu'en fait les problèmes de son pays étaient d'ordre matériel, c'est-à-dire qu'ils relevaient uniquement du partage du gâteau. Il aurait suffi qu'un de ces soi-disant chefs de guerre comprenne cela et il n'y aurait plus de 'mécontents' en brousse et des morts inutiles. Il était flagrant qu'aucun des chefs de guerre qui s'étaient succédé au pouvoir jusqu'ici ne soit parti au maquis pour l'intérêt du pays, c'est-à-dire avec un objectif politique clair et bien défini, bref un projet de société en bonne et due forme. La soif du pouvoir, l'égoïsme et bien d'autres mesquineries avaient toujours été leurs mobiles. Mais tout cela pour quoi faire? s'interrogea Adouma. Sûrement pour amasser autant d'argent qu'il n'en faut, pour soi-même, pour son clan et pour le carré des thuriféraires. Peuple tu meurs! Il faut que l'on comprenne, que l'on soit intelligent pour arrêter la souffrance de ses compatriotes et s'atteler à ressouder l'unité nationale et ensemble reconstruire le pays !

Il se calma et sa pensée alla vers sa mère, car il savait qu'elle est une femme pleine d'énergie et qu'avant de venir en ville, elle avait vécu au village. Elle devrait faire appel à son réflexe de villageoise qui sait comment se prendre en brousse. Elle connaissait donc bien la brousse et savait comment s'y prendre. Cette pensée le rassura davantage. Il prit congé de la dame et repartit au restaurant, car il ne voulait plus penser à quoi que ce soit, même pas à sa propre situation qui, soudain, devint incertaine.

Suite aux accords signés dans les pays voisins, les chefs de guerre ont réussi à concocter un gouvernement d'union nationale de transition. Mais la composition hétéroclite de ce gouvernement et le comportement quelque peu amène de ses membres lui rappelèrent un conte que lui avait raconté sa grand-mère quand il était tout petit. Ce conte semble parfaitement refléter la situation qui prévalait dans son pays. Une cohabitation impossible entre les membres de ce gouvernement de chefs de guerre, avides de pouvoir. Ce conte s'intitule d'ailleurs «cohabitation impossible». Il met en présence des animaux dont le caractère n'est pas compatible avec une vie en communauté. Il s'agit du lion, de la panthère, de l'hyène, du chien et du chacal.

Lorsqu'Adouma revint, le restaurant grouillait de clients que d'habitude, mais son voisin était déjà parti. Il décida de regagner sa tente. La fatigue aidant, il dormit profondément cette nuit-là. Quand il se réveilla le lendemain matin, il s'était entièrement remis. Il décida de rester dans le camp, puis d'aller voir le responsable pour lui demander de lui attribuer une bâche à lui seul. Pour ce faire, il devrait être enregistré officiellement comme réfugié par une organisation de tutelle. Or, le bureau de cette organisation se trouvait à quelque 400 km. Adouma rebroussa chemin et se résolut à s'y rendre. Il sauta dans le premier taxi-brousse qu'il trouva et arriva vers 18 heures quand les bureaux de l'organisation étaient déjà fermés. Adouma passa la nuit dans une sorte de local qui n'avait d'auberge que de nom. Il n'y avait qu'un petit lit dans la chambre, et rien d'autre. Un lit crasseux.

Le matin de bonne heure, Adouma se rendit au bureau de l'organisation et déposa une demande de titre de réfugié. On lui exigea des photos. Il partit au marché et trouva un de ces kiosques appelés photo-minute où le polaroid sort des photos en 30 minutes au lieu d'une minute comme le montre la publicité. Après avoir obtenu les photos, il revint aussitôt vers l'organisme et les tendit à la personne chargée de lui établir la carte. On lui dit d'attendre quelques instants, le temps de l'établir. Il négocia difficilement un strapontin parmi les autres visiteurs assis sur la banquette placée dans le couloir servant de salle d'attente. Après presque une heure d'attente, on l'appela, et lui tendit sa carte de réfugié indiquant le camp où il devait être admis.

Adouma sortit précipitamment de ces bureaux et se rendit à la gare routière pour repartir à Bodi. Il voudrait arriver un peu tôt. Il trouva un car qui était presque plein et dès qu'Adouma y entra, le chauffeur démarra et les voilà en route. Le chauffeur avait l'air plus pressé qu'Adouma puisqu'il filait à toute vitesse comme s'il voulait rattraper quelque chose. Ils arrivèrent à destination vers 19 heures, mais Adouma, lui, devait encore louer un autre bus pour arriver effectivement au camp Bodi non loin de là. Aussitôt arrivé au camp, Adouma présenta tout de suite ses papiers au responsable du camp qui aussitôt lui affecta une bâche plus grande que la première. Désormais, il était officiellement enregistré comme un réfugié, qu'il pouvait prétendre aux vivres et à une protection. Mais Adouma était tenté de repartir sur la ville de Koussou-Barra, traverser le fleuve pour aller vivre les événements personnellement, car jusque-là, on n'avait fait que lui relater les faits. Il voulait les vivre lui-même. Après avoir séjourné deux semaines dans le camp, le temps de se familiariser avec ses responsables et avec quelques-uns de ses habitants, Adouma demanda l'autorisation de se rendre la cette ville d'à côté. On la lui accorda. Le lendemain matin, il partit et vers la fin de l'après-midi, il arriva dans la ville, y passa la nuit avec la ferme décision de traverser le fleuve dès le lever du jour. Peu importe de quel côté ! De toute façon, les nouvelles provenant de l'intérieur n'étaient pas rassurantes. L'eau du fleuve commençait à monter, la saison des pluies ayant commencé depuis presque un mois.

****

Quand il se réveilla, Adouma regarda le ciel et constata qu'il était clair du côté est de la ville ; il se décida donc d'aller de ce côté. Il ne jugea même pas opportun de déjeuner à la maison et se dit qu'il pourrait le faire au bord du fleuve. Il vint effectivement au bord du fleuve et prit son petit-déjeuner chez les vendeurs de boissons chaudes. Il commanda un verre de lait et quelques beignets. Ensuite, il loua une pirogue qui le déposa de l'autre côté de la rive. Lorsqu'il accosta, il vit des combattants armés jusqu'aux dents. En plus des armes légères qu'ils tenaient dans les mains, il y avait aussi des armes lourdes posées à côté d'eux. Certains étaient assis sous une sorte de hangar de paille fabriqué à la hâte, d'autres étaient debout. Les uns contrôlaient les papiers des voyageurs, les autres surveillaient l'accès au fleuve pour empêcher les gens de passer inaperçus. Le contrôle était plus strict avec les personnes qui sortaient qu'avec celles qui entraient. Pour sortir, il fallait avoir des raisons valables. On contrôla rapidement les papiers d'Adouma et on le laissa entrer en ville. Il marcha environ 15 minutes et se retrouva sur la voie bitumée qui allait vers son quartier. Au moment de traverser, il n'a même pas eu un pincement au cœur, tant l'envie de s'aventurer était plus forte que tout.

Cela faisait déjà un bon bout de temps qu'il marchait dans la rue lorsqu'Adouma constata qu'il en était le seul usager. Il n'y avait pas la moindre silhouette, ni devant lui, ni derrière lui, ni à gauche, ni à droite. Où sont les gens ? Il promena ses yeux partout. Il n'y avait que des impacts de balles qui s'offraient à ses yeux. Ces impacts qui témoignaient de l'intensité et de la férocité des combats lui rappelèrent qu'il se trouvait dans une ville fantôme. Des trous béants, visibles sur la chaussée, au beau milieu du bitume, des déflagrations des obus. Des bâtiments en ruines complètent ce décor triste et lamentable.

Adouma continua à marcher seul dans la rue bitumée ; il déambula environ une trentaine de minutes et arriva au niveau de la ruelle qui menait vers son quartier. Avant de traverser la rue, il regarda de tous les côtés. Bien que la largeur de la rue ne fût pas grande, il lui était pénible de la traverser. Elle lui parut très longue et donnait l'aspect d'une route abandonnée. Malgré tout, il la traversa et se retrouva de l'autre côté de la rue. Il aperçut un obus qui, apparemment, n'avait pas explosé, traînait au coin de la ruelle. Il s'éloigna précipitamment du projectile, emprunta la ruelle qui conduisait chez lui. Adouma marcha encore et enfin arriva à la maison. Il s'arrêta devant le portail pour reprendre son souffle. Puis, il frappa. Il n'y eut pas de réponse. Il frappa de nouveau et attendit. Cette fois-ci, il entendit un remue-ménage dans la concession, suivi des pas qui s'approchaient du portail. Puis, le portail s'ouvrit un peu avec un crissement. Adouma voyait à peine la personne. Ayant senti une présence humaine, on ouvrit grandement le portail.

Quelle ne fut pas la surprise du gardien de voir Adouma en chair et en os devant lui! En fait, c'était un sentiment mitigé, fait plus de questionnement que d'étonnement. Le gardien se demandait ce que pouvait bien faire Adouma en ces temps-ci et en ces lieux-ci ? Derrière le gardien se tenait sa femme aussi perplexe que son mari, à la vue d'Adouma. Le gardien attira Adouma vers l'intérieur de la concession et l'invita à prendre place sur la natte. Puis, suivirent les salutations ininterrompues, car il fallait faire le tour de tous les membres de la famille. On lui présenta de l'eau à boire. Adouma scrutait des yeux la concession et surtout les chambres ; il n'y avait pas beaucoup de changements à part le fait que certaines chambres avaient vieilli. Elles portaient des craquelures. Adouma jeta également un regard sur le gardien et sa femme. Ils avaient également pris de l'âge, mais n'avaient rien perdu de leurs gestes habituels ; lui avec son regard vif et malicieux, et elle avec ses gestes agiles.

Pour s'épargner des questions sur la raison de sa présence avec eux, Adouma se mit à leur raconter son périple, depuis l'Europe jusqu'au moment où il était venu frapper au portail. Pendant ce temps, le gardien avait vite apprêté le matériel pour la préparation du thé, tandis que sa femme avait commencé à leur préparer le repas du midi. Leur conversation était de temps en temps interrompue par des obus ou des balles perdues qui sifflaient et allaient s'écraser dans le voisinage. Aussitôt tous les voisins sortaient pour constater les dégâts et en cas de besoin, porter secours. Il y avait une solidarité agissante entre les voisins. Ceux qui en avaient donnaient à ceux qui n'en avaient pas. Pour le gardien et sa femme, cela était devenu une routine. Pour Adouma, tout cela est nouveau.

Leur stock de vivres n'était composé que d'aliments secs : viande boucanée, gombo sec, piment sec, poisson séché, ail, oignons et mil. Chaque fois que l'heure d'un repas approchait, la femme du gardien se démenait pour apprêter le repas. À force d'absorber de la fumée, cette cuisine était devenue complètement noire. Les toiles d'araignée noircies par la fumée avaient entièrement recouvert le plafond de suie. Malgré cette obscurité, la femme pouvait aller directement prendre n'importe quel ustensile qu'elle avait soigneusement rangé. Ensuite, elle allait allumer le feu avec le bois récupéré des meubles qui n'étaient plus utiles que pour servir de bois de chauffage. Car après sept mois de siège, les réserves en bois et en charbon étaient épuisées. Pour ce qui était des aliments frais, le gardien pouvait envoyer les combattants avec qui il s'était lié d'amitié, pour lui en procurer. Eux, au moins, pouvaient traverser le fleuve pour se ravitailler en victuailles dans le marché de l'autre côté rive. La femme du gardien entra dans cette cuisine devenue son atelier quotidien et arriva en si peu de temps à leur concocter quelque chose à mettre sous la dent.

Leur vie s'était réduite à cette routine. Elle tournait autour de manger, boire du thé, dormir, se réveiller puis attendre que la valse des obus reprenne et s'arrête ; si par bonheur aucun obus ne tombait sur eux. En temps de guerre, il faut compter avec cette éventualité. Tout peut arriver et à tout moment. Le seul avantage dans cette situation, c'est que le gardien et Adouma avaient pris l'habitude de prier régulièrement. Après avoir accompli leur prière réglementaire, ils continuaient à égrener leurs chapelets invoquant la clémence divine par la récitation de quelques versets destinés à cet effet. À la longue, le gardien et sa femme s'étaient résignés, ils n'attendaient que la fin de leur vie,

163

puisque tous leurs voisins avaient été fauchés par des obus ou des balles perdues et ils les avaient enterrés eux-mêmes. D'ailleurs, ils s'étonnaient qu'ils soient encore en vie.

Toutefois, cette lassitude commençait à peser lourdement sur le moral d'Adouma. Malgré le danger des projectiles, Adouma voulait à tout prix sortir. Poussé à la fois par la fatigue et la curiosité, il décida d'aller se promener dans les alentours. Il habitait le quartier Marada. Adouma sortit par la ruelle de droite et tomba sur l'avenue principale goudronnée qui mène vers le sud-est de la ville. Il marchait lentement et de temps à autre jetait des regards autour de lui. Avec la même allure, il arriva au carrefour des lycées et de la radio. De l'angle est de la radio, il pouvait apercevoir du côté sud, c'est-à-dire vers Sabagani, des gens qui ressemblaient à des combattants et qui avaient l'air affairé. Il alla de ce côté. Au fur et à mesure qu'il progressait dans cette direction, il pouvait distinguer les gens. C'étaient des combattants armés jusqu'aux dents. Leurs véhicules, des Toyota Land Cruiser étaient garés pêle-mêle devant la concession. Il observait un mouvement interminable de véhicules qui chargeaient des combattants partaient rapidement.

Certains combattants étaient assis à terre, d'autres étaient montés sur des Toyota dont les moteurs étaient constamment en marche. Ils entraient dans la concession et en sortaient munis de divers objets militaires. Adouma voulut s'approcher des combattants, mais ces derniers lui firent signe de se tenir à distance. La sentinelle lui fit signe de s'arrêter. Puis, elle demanda à l'un des combattants d'aller à la rencontre d'Adouma et lui demander ce qu'il venait chercher ici. Un combattant se dirigea vers Adouma et lui fit signe de le suivre. Il le mena à l'intérieur de la concession. Cette demeure devait appartenir à une personnalité très importante, remarqua Adouma. Il y avait de grands *caïlcedrats* qui déployaient leur ombre rafraîchissante. Cet endroit contrastait tout à fait avec l'extérieur. À part les combattants et les armes qui lui rappelaient qu'on était en guerre, tout le reste semblait calme. Un vieux dindon lâchait, par moments, un cri déchirant.

Le combattant introduisit Adouma dans une salle d'attente et lui intima l'ordre d'attendre. Ensuite, il alla frapper à une porte capitonnée qui devait certainement être celle du chef. La personne qui se trouvait à l'intérieur autorisa le combattant à entrer. Quelques minutes passèrent et le combattant ressortit. Il fit entrer Adouma le laissant seul avec l'homme. Apparemment, le monsieur devait être le responsable de la zone ou peut-être même un chef de guerre. Il demanda poliment à Adouma de s'asseoir. Adouma observa la salle. Elle était spacieuse et superbement meublée. Elle était rafraîchie par un climatiseur silencieux. L'homme dévisageait Adouma sans arrêt. Puis, il commença à l'interroger. Au début, c'était une sorte de conversation engagée avec calme et respect, mais Adouma s'aperçut très vite que c'était en fait un interrogatoire, car il arrivait que son interlocuteur insiste pour avoir une réponse et parfois élevait la voix. Adouma se rendit compte que l'interrogatoire devenait interminable. Un interrogatoire de type kafkaïen dont le but était d'impliquer d'avance le jeune homme. Dès qu'on est soupçonné par le chef, on n'a plus la chance de sortir de là, on est directement conduit au cachot. On ne veut pas que la personne échappe de quelque manière que ce soit. Il semblait que le boss était d'obédience communiste. Ce qui ne fit que compliquer davantage le cas d'Adouma. Il lui posa des questions inattendues, à savoir son identité complète, son ethnie, la faction politico-militaire à laquelle il appartenait, était-il envoyé par quelque puissance ? Pourquoi se trouvait-il ici ? Serait-il un espion ? Rien que des questions qui devraient enfoncer davantage Adouma. Toutes les réponses données par Adouma n'ont pas convaincu son interlocuteur. Énervé, il appuya brusquement sur une sonnerie qui était cachée dans les tiroirs de son bureau. Aussitôt, un combattant entra. Il lui fit signe d'amener Adouma. Adouma commençait à se poser des questions sur l'absurdité de la situation qu'il était en train de vivre. Il se doutait que quelque chose se tramait, qu'un danger se profilait. D'ailleurs, bientôt, il va se rendre à l'évidence de l'inhumanité qu'il trouvera devant lui.

Le combattant sortit de la salle, accompagné par Adouma qui marchait devant lui. Au lieu de diriger Adouma vers le portail, ils allèrent plutôt vers une autre bâtisse qui n'avait pas l'air d'un bureau, moins encore d'une salle d'attente. Quand ils arrivèrent devant le bâtiment, le combattant sortit de sa poche une grosse clé, ouvrit la porte, poussa Adouma avec force vers l'intérieur et referma la porte. Adouma fut aussitôt accueilli par une odeur de transpiration, une odeur pestilentielle, une odeur de cadavre humain mêlée d'une chaleur humide insupportable. Il avait envie de vomir. La salle était bourrée de gens de sorte qu'il était impossible de s'asseoir. On ne pouvait que se tenir debout. Adouma comprit alors qu'on venait de le jeter en prison, mais dans quelle prison ? Et pourquoi ? Tout un tas de pensées commençait à le hanter. Personne ne savait où il se trouvait. Comment allait-il informer le gardien et sa femme ?

Il s'arrêta un instant de se poser des questions et regarda autour de lui. La chambre était pleine à craquer. Il n'y avait que des hommes. Des plus âgés aux plus jeunes. Aucun visage ne lui parut familier. Les visages exprimaient tous les états d'âme qu'on pouvait imaginer : il y avait des visages impassibles qui n'exprimaient rien du tout, comme si ces hommes avaient prévu et intégré ce qui allait leur arriver. Il y avait également des visages qui exprimaient clairement l'état dans lequel tous ces gens se trouvaient : des visages angoissés et même apeurés. Certains prisonniers étaient si amaigris qu'ils donnaient l'impression de n'avoir que la peau sur les os. Leurs yeux étaient exorbités. Le sol était humide et couvert de toutes sortes de déjections humaines. Inutile de dire qu'on ne leur donnait ni à manger ni à boire. On les laissait mourir à petit feu. Une tuerie savamment programmée. Tous les trois jours, on venait retirer des cadavres.

Ce jour-là, on en avait déjà enlevé le matin, juste avant qu'on n'amène Adouma. Tous n'étaient donc que des cadavres potentiels, y compris lui-même, s'il ne faisait rien pour en sortir, reconnut Adouma. Mais comment sortir de là ? N'est-ce pas qu'on venait de le pousser dans l'enfer même ? pensa-t-il. Adouma se dit qu'il fallait, sans tarder, réfléchir sur ce qu'il devait faire pendant qu'il en avait encore la faculté, pendant que ses idées étaient encore claires. Alors, il eut la présence d'esprit de penser tout de suite à la prière. Après tout, il ne lui restait aucune autre alternative que celle de prier Dieu. Il passa en revue toutes les prières que lui avait enseignées son père pour choisir celle qui pourrait l'extraire de ce guêpier. Les paroles de son oncle maternel qui lui avait dit que des défis de tous ordres se dressent toujours à l'homme, lui revenaient à l'esprit. Adouma devait les relever.

Maintenant, il se trouvait devant un défi insurmontable. Il ne perdit donc pas de temps et commença à prier, à réciter des versets susceptibles de fléchir la miséricorde divine. Pendant qu'Adouma récitait, des détenus exténués et affaiblis s'affaissaient. Certains mouraient sur le coup, d'autres tombaient dans le coma, mais pour ne plus en sortir. Adouma pensait que ne pas boire et ne pas manger est une bonne chose, car on pourrait mettre cela sur le compte du jeûne, quoique forcé et interminable. Cela ne pourrait que renforcer la prière. Il pria et pria pour doubler sa chance de s'en sortir. Ainsi, il passa sa première nuit en prison.

La nuit était tombée. Adouma n'était toujours pas rentré. Le gardien et sa femme commençaient à s'inquiéter. Puis de l'inquiétude, l'on était passé à l'angoisse. Le gardien ne savait quoi faire. Il ne savait même pas où était allé Adouma. À qui fallait-il donc s'adresser ? Comment s'y prendre ? Pourtant, depuis qu'Adouma était sorti, il n'y avait pas eu une salve d'obus ni de combat. Angoissé, il sortit dans la rue, regarda de chaque côté. N'ayant rien aperçu, il fit le tour du Carré espérant voir Adouma déboucher de quelque part. Comme il ne voyait personne, le gardien rebroussa chemin. Dès qu'il entra dans la concession, quelque chose lui trotta dans la tête.

Soudain une idée lui traversa l'esprit. Il pensa à son pouvoir divinatoire. Avant la guerre, il était très sollicité pour l'oracle. Il donnait des consultations. Les visiteurs défilaient régulièrement chez lui pour des consultations pour savoir ce que leur réservait leur destin et s'ils pouvaient infléchir le cours des choses non fameux. Le refus de la fatalité anime tout être humain désireux d'inverser le cours non brillant des choses. Mais le gardien avait appris dans les prêches et dans les cours islamiques ouverts au public que le Tout-Puissant a laissé une ouverture à ceux qui voudraient changer leur destin. Ils peuvent le faire pendant le mois de Ramadan, le mois du jeûne, surtout pendant les dix derniers jours où intervient la nuit du destin. Mais on n'était pas au mois de ramadan. On était au mois de novembre, le ramadan avait déjà eu lieu depuis plusieurs mois.

Le gardien avait pourtant depuis longtemps cessé de donner des consultations, depuis qu'il est entré dans une certaine confrérie musulmane ; on lui avait fait savoir que l'activité de divination était un travail de diable. Mais pour lui, le diable en tant que tel n'existe pas physiquement. C'est l'être humain lui-même qui incarne le diable par des actes qui le détournent du comportement normal. De plus, la folie, qu'on a parfois tendance à associer au diable, n'est que de la démence due à un choc psychologique ou physique ayant affecté le cerveau. Tout se passe donc dans la tête de l'homme, nulle part ailleurs. On incarne le diable de manière volontaire, mais on ne devient pas fou volontairement, conclut-il. Le devin se trouva donc devant un vrai dilemme. Pour lui, reprendre cette activité n'était pas un retour au passé, mais un moyen d'affronter les difficultés du moment. Or, maintenant, il était question de venir en aide à un membre de la famille qui était en danger de mort. Fallait-il le laisser périr ?

Il se décida et demanda à sa femme de lui apporter du sable. Il allait tenter « d'interroger » l'oracle et voir où et dans quelles conditions se trouvait Adouma. Sa femme s'exécuta avec célérité. Elle sortit dans la rue, ramassa du sable dans un grand van et vint le verser devant son mari. En guise d'offrande aux ancêtres, elle alla également ramasser une poignée de sorgho et le lui apporta. le gardien versa le sorgho sur le sable, ceci pour que l'opération se fasse sans complication. Après avoir mélangé le sable avec un peu de sorgho, il commença d'abord par aplanir le sable avec les gestes d'un connaisseur. Même si cela faisait longtemps qu'il n'a pas manié le sable, il ne tarda pas à retrouver rapidement ses réflexes. Quand le sable fut fin prêt, il entama l'opération. Celle-ci se fait en trois phases. Elle consistait d'abord en un alignement de traces appliquées sur le sable et dont le nombre n'est connu que de l'opérateur lui-même. L'alignement des traces se fait de haut en bas. Les traces sont rangées par groupes de quatre et de six. Ensuite vient la soustraction des traces par rangée et par groupe de trois lignes ; ne restera que le nombre des lignes qui entrera dans les combinaisons qui vont suivre peu après. Ces lignes sont tracées juste à côté. Cette opération doit être répétée au moins quatre fois avant qu'elle ne puisse livrer un résultat définitif.

Sa femme resta à côté pour l'observer. Elle mourait d'impatience de savoir ce qui était exactement arrivé à Adouma. À la première opération, le visage du gardien s'était brusquement assombri. Était-il sous l'émotion ou est-ce que l'oracle disait la vérité ? se demanda intérieurement le devin. À la deuxième opération, son visage devint serein, mais ne dévoila rien. Il se calma tout simplement. Il essaya l'opération une troisième fois et ne dit rien encore, car il fallait d'abord qu'il finisse de faire la combinaison des quatre opérations. Il répéta l'opération une quatrième fois. Quand il eut fini avec la combinaison, le devin laissa paraître un sourire. Sa femme, toujours inquiète et impatiente, voulait connaître le verdict de l'oracle. Le devin lui dit tout simplement qu'Adouma était en vie, il ne serait pas très loin de là, mais que sa vie était dangereusement menacée par des hommes en treillis. L'atmosphère se détendit un peu, mais juste pour se crisper par la suite, car il fallait vite sauver Adouma. Mais comment? se demanda-t-il. La même question se posait sans arrêt. Nul ne savait où se trouvait exactement Adouma.

Et puis le gardien eut une idée. Il se leva, porta sa djellaba, se chaussa et prit son bâton qui lui servait de canne et même d'arme. Pour calmer sa femme, il lui dit qu'il partait chercher de l'aide. En fait, il avait l'intention d'aller voir les combattants pour leur demander d'aller voir du côté de leur Quartier général, si Adouma n'était pas par hasard arrêté par leurs hommes, parce que des nouvelles très alarmantes provenaient de cet endroit. Tout inconnu qui passerait à côté du quartier général serait arrêté et exécuté sommairement. Muni de son bâton, le gardien sortit précipitamment et se dirigea vers le fleuve espérant rencontrer une connaissance parmi les combattants. Lorsqu'il sortit dans la rue, il n'y avait personne. Il ne s'y attarda pas et s'en alla sans se préoccuper de ce qui se passait. Il arriva au bord du fleuve qui n'était pas très éloigné de sa maison et alla directement vers les combattants. Mais avant même qu'il ne vînt à eux, l'un d'eux l'ayant reconnu, se leva et vint à sa rencontre. C'était d'ailleurs celui-là même qu'il cherchait à voir.

Les deux hommes se saluèrent. N'ayant jamais vu le gardien venir au bord du fleuve, le combattant s'empressa de lui poser la question sur la raison qui l'amenait. Voulait-il traverser pour aller à la rive sud. Le gardien lui donna tout de suite la raison de son déplacement. Il voulait savoir si par hasard Adouma n'aurait pas été arrêté par leurs hommes. Le combattant était quelque peu perturbé par ce que venait de lui raconter le gardien. Il savait que si Adouma était arrêté par leurs hommes, il y a très peu de chance qu'il soit en vie. Le combattant lui rétorqua que si Adouma était arrêté au Quartier général, il ne pouvait pas faire grand-chose, car il est très difficile pour lui, simple combattant, d'avoir accès au chef de guerre qui, seul, pouvait décider de la libération d'un détenu. Toutefois, il allait tenter d'intercéder en faveur d'Adouma, au cas où ce dernier se trouverait au Quartier général. Alors, sans attendre, il prit congé de ses camarades et raccompagna le gardien à la maison. Il lui dit d'attendre. Il ira tout seul au quartier général se renseigner si Adouma était effectivement arrêté, ensuite entreprendre les démarches pour sa libération.

Le combattant se rendit précipitamment au Quartier général dans l'espoir de demander la libération d'Adouma si ce dernier s'y trouvait réellement et s'il était encore en vie. Il ne savait par où commencer et comment se prendre, puisque s'il intervient en faveur d'un détenu, il risque d'être considéré comme étant en intelligence avec la partie adverse. Pour le chef de guerre, tout suspect arrêté est coupable et passible de peine de prison ou de mort sans aucun jugement. D'ailleurs beaucoup de ses camarades combattants s'étaient retrouvés dans le mouroir pour avoir osé. Voir le chef de guerre qui se faisait appeler « Boss » était un véritable parcours de combattant pour quiconque. Le combattant devrait dans ce cas voir son chef hiérarchique qui était soit un proche ou un parent du Boss, généralement un « officier assimilé ». C'est un grade militaire arbitraire attribué aux combattants n'ayant suivi aucune carrière militaire, mais qui avaient excellé dans les combats. Ce grade était une manière de les récompenser.

Il alla tout de même voir son chef hiérarchique et lui expliqua, de fond en comble, le problème. Le combattant se fit annoncer et on l'introduisit. Dès qu'il entra, il exécuta un salut militaire auquel répondit également son chef. Ce dernier l'invita à prendre place. Le combattant dévoila l'objet de sa visite. Il expliqua en détail la situation comme le lui avait brossé le gardien. À la grande surprise du combattant, son chef lui dit qu'il était disposé à l'aider, mais la première chose à faire était de vérifier si effectivement Adouma était arrêté et qu'il se trouvait dans les geôles du Quartier général. Comme tout se faisait de manière informelle, sans qu'aucun registre ne soit tenu, le chef hiérarchique demanda à voir le combattant qui était de garde ce jour-là. On lui fit comprendre que le combattant en question était envoyé au front. Il insista qu'on trouve au moins quelqu'un qui aurait pu remarquer quelque chose. Après quelques recherches, on trouva des combattants qui étaient présents au poste ce jour-là et qui affirmèrent avoir vu un jeune bien habillé qu'on avait conduit chez le chef de guerre, mais que l'on n'avait pas vu ressortir du Quartier général. Le combattant pensa que cela pourrait bien être Adouma, mais rien ne permettait encore de dire avec certitude que c'était lui. Le dur restait encore à faire, c'est-à-dire voir le Boss. Cette tâche était laissée à l'officier assimilé qui, seul, pouvait lui parler. Celui-ci pensa que cela tombait à point nommé, car le Boss venait de convoquer tout son staff militaire pour une réunion. Il semblait que la situation au front était devenue de plus en plus intenable. Il pourrait profiter de l'occasion pour lui demander une entrevue à ce sujet.

Adouma croupissait toujours en prison. Il y avait déjà passé deux jours. C'était l'enfer. Tout ce qu'il voyait autour de lui n'était qu'horreur. En plus de l'obscurité, la salle était très chaude et dégageait une odeur insupportable. Des hommes agonisaient sous le poids des souffrances. Ils déliraient et quand ils cessaient d'émettre un son, c'était un signal qu'ils avaient rendu le dernier souffle. Ils mouraient ainsi tous, les uns après les autres. Deux des voisins d'Adouma sont déjà tombés, raides, morts. Pourtant, quelques instants auparavant, ils respiraient, ils bougeaient encore. Puis subitement, tout s'est arrêté. Quant à Adouma, il continuait à prier malgré le spectacle malsain qui était devenu son lot quotidien et malgré la faim et la soif qui tenaillaient ses intestins. Il sentait que ses forces l'abandonnaient petit à petit. Mais il ne pensait plus à cela. Il ne pensait plus à la vie. Il se préparait lui aussi à mourir comme les autres, mais dignement, en ayant constamment entre ses lèvres le nom de Dieu. C'était tout ce qui lui restait à faire. En temps de guerre, l'individu ne compte pas, il est néant, il est victime du plus fort, c'est-à-dire de celui qui possède une arme à feu. Ce dernier devient un bourreau pour son prochain. L'homme sort subitement de son humanité pour rentrer dans son animalité, tel celui qui se métamorphose en un loup-garou. Il devient méconnaissable. Même le voisin que vous connaissez très bien, avec qui vous aviez partagé un repas ou un pot, si lui-même ne devient pas votre bourreau, il est prêt à vous livrer à un autre bourreau. La vie devient incompréhensible, insensée. Seuls les belligérants comptent en temps de guerre.

Ne voyant pas revenir le combattant chargé de leur apporter une nouvelle d'Adouma, le gardien et sa femme s'impatientaient. Que le combattant ne revienne pas du tout commençait à les inquiéter. Ils pensaient déjà au pire, car en période de guerre, il ne faut rien écarter, tout est possible. Le combattant avait-il été envoyé au front ? Les nouvelles qui en provenaient étaient inquiétantes. N'avait-il pas retrouvé Adouma auquel cas il devrait revenir et leur en faire part. Serait-il arrêté lui aussi ? Ils décidèrent de ne rien entreprendre jusqu'au retour du combattant. Les nouvelles en provenance des fronts faisaient état de durs combats au front interne comme au front externe.

Le gardien fut réveillé un grand matin par des bruits de moteur inhabituels. Il se leva et eut la curiosité de sortir dans la rue. Il remarqua un mouvement suspect de véhicules militaires. Un véritable ballet de véhicules qui allaient et venaient et qui formèrent finalement un convoi d'une dizaine de véhicules. Le gardien aperçut ensuite un combattant à l'air décidé, sûr de lui portant une casquette. Il pourrait être le chef du convoi, car dès qu'il donna le signal de départ, les véhicules démarrèrent presque en même temps et quittèrent les lieux. Puis vint un autre convoi, cette fois-ci plus réduit. Il prit une direction opposée vers le sud, traversa le pont et disparut en trombes. Quelques heures plus tard, au lever du jour, le gardien aperçut des militaires portant des brassards différents de ceux qu'il voyait habituellement. Le gardien comprit la tournure que les événements prenaient. Les maîtres des lieux les avaient rapidement vidés et comme la nature a horreur du vide, d'autres maîtres étaient venus les réoccuper.

Effectivement, avant qu'il ne fît jour clair, on entendit au loin des cris de joie provenant du côté sud-est de la ville. En quelques minutes, ces cris atteignirent le centre-ville. C'étaient les militaires victorieux qui exprimaient ainsi leur joie. Le gardien se rendit à l'évidence qu'il y a eu un changement dans la ville. Mais cette entrée de nouveaux combattants ne s'était pas faite sans casse. Il y a eu des pillages et d'autres mauvais comportements que ces nouveaux maîtres des lieux infligèrent aux personnes qu'ils rencontrèrent sur leur passage. Parfois, ces combattants faisaient des visites impromptues dans les maisons et en ressortaient les bras pleins. Le gardien pensa tout de suite à Adouma. Il se dirigea rapidement vers le Quartier général qu'il atteignit en peu de temps. La cour était pleine de gens. C'est la première fois qu'il mettait les pieds dans cette villa transformée en Quartier général du chef de guerre. Il voyait partout des gens affairés : ceux qui pillaient les vivres abandonnés par le Boss et ceux qui comme lui semblaient chercher autre chose. Alors, quand dans l'un des bâtiments, ils entendirent qu'on frappait faiblement à la porte, ils s'y ruèrent tous. Arrivés tout près du bâtiment, ils entendaient de faibles bruits à l'intérieur. Des soupirs clairement audibles. Mais la porte était fermée ! Que fallait-il faire ? Alors, un homme, parmi ceux qui étaient fébrilement regroupés devant le bâtiment, eut l'idée d'aller dans le voisinage chercher quelque chose pour défoncer la porte du bâtiment. Quelques minutes plus tard, il revint avec une grosse hache à la main. Sans plus attendre, d'un coup très fort, il cassa le cadenas. Ils se hâtèrent d'ouvrir ensemble la porte. Quelle ne fut pas leur stupeur, leur indignation de découvrir l'horreur dans sa plus exécrable expression. La bêtise humaine. ils furent repousser par une odeur insupportable. Mais comme ils voyaient des gens bouger à l'intérieur ils entrèrent dans le cachot .Des cadavres mêlés à des hommes agonisants jonchaient la salle. Le gardien tenta de chercher calmement Adouma dans cet amas de carcasses humaines. Il chercha Adouma partout des yeux. Finalement, il le vit au loin adossé au mur, complètement amaigri, méconnaissable et chancelant. Il enjamba les cadavres, vint à lui et le souleva sans attendre pour le sortir de la villa. Adouma sentait le cadavre. Il le déposa à côté de la porte et courut chercher une poussette pour le transporter. Il revint avec une, la gara tout près d'Adouma, le souleva et l'y déposa. Il ne pesait pas lourd. Il ne lui restait que les os sur la peau. C'était pratiquement un squelette qu'il ramenait à la maison, pensa le gardien.

Sur le chemin de retour, le gardien rencontra des gens désemparés qui semblaient chercher les leurs également. Il transporta Adouma dans la poussette jusqu'à la maison. Dès que la femme du gardien reconnut Adouma, elle ne put se retenir et poussa un cri de frayeur qui se transforma tout de suite en pleurs hystériques. Le gardien n'en pouvant plus, éclata lui aussi en sanglots.

Le gardien se ressaisit aussitôt et dit à sa femme qu'ils devraient plutôt remercier Dieu d'avoir retrouvé Adouma vivant. Ils feraient mieux de s'occuper de lui que de se lamenter. Dieu l'a ôté de l'enfer, mais il reste le cauchemar ! Il faut maintenant s'occuper d'Adouma, lui préparer des aliments à même de lui redonner la force. Alors, sa femme le conseilla qu'avant tout, il faille lui administrer des aliments légers comme de la bouillie de céréale ou de la soupe très légère. La femme du gardien se mit donc à l'œuvre. Elle prépara de la bouillie légère que les intestins d'Adouma pourraient facilement supporter. Elle chauffa également de l'eau pour que le gardien puisse laver Adouma qui traînait avec lui l'odeur des cadavres. Comme il n'y avait pas de parfum dans la maison, la femme du gardien se contenta d'encenser Adouma après l'avoir lavé.

Chaque jour, Adouma reprenait des forces, son état s'améliorait, car le gardien et sa femme s'étaient bien occupés de lui ; le gardien le rééduquait d'abord en le tenant par la main puis petit à petit il apprit à marcher dans la concession à l'aide d'un bâton. Quant à sa femme, il lui incombait la responsabilité de son alimentation. Avec la reprise du marché, suite à l'entrée triomphale des nouveaux maîtres du pays, elle pouvait acheter les aliments appropriés pour permettre à Adouma de se remettre rapidement. Au bout de quelques semaines, il avait réappris à marcher sans aide. Il commençait déjà à penser à son avenir.

Qu'allait-il faire maintenant que le régime avait changé de mains et surtout que ceux qui venaient de rentrer se comptent parmi ses connaissances. Quelques semaines après l'entrée des nouvelles forces, Adouma put se rendre au nouveau Quartier général installé cette fois-ci dans une autre partie de la ville pour prendre contact avec les nouveaux maîtres du pouvoir et voir dans quelle mesure il pourrait être utile.

****

À chaque changement de régime et à chaque entrée triomphale des rebelles, la population accueillait avec liesse les nouveaux maîtres du pouvoir. Tout changement est bon pour celui qui est désespéré, exaspéré et qui en a ras-le-bol. D'abord le changement, pour le reste on verra, même s'il s'agit de faire du neuf avec du vieux, car généralement on prend toujours les mêmes et on recommence. Ce sont toujours les mêmes qui vont au maquis et qui reviennent triomphants. Pour gagner les faveurs du nouveau régime et préserver leurs acquis, les membres du régime déchu s'empressent de former des comités d'accueil pour souhaiter la bienvenue aux nouveaux maîtres. C'est généralement une période où on assiste à des volte-face subites et sans vergogne de la part de ceux qui sont pressés de se placer ; chacun s'empressant à faire allégeance aux nouveaux chefs. Mais quelque temps après, les gens commenceront à déchanter avec les nouvelles mesures que les nouvelles autorités vont rendre publiques. Une fois bien en selle et rassuré, le nouveau régime tente de faire sortir ses griffes et bientôt il montrera ses muscles aussi.

Lorsqu'Adouma arriva au Quartier général, sa surprise fut grande ; il rencontra Ahmadaye qui était devenu un cadre influent du régime. Il reconnut aussi d'autres personnes : des camarades du lycée, du maquis et de l'université. Tous étaient surpris de le voir dans un aussi piteux état et tous plaignaient son sort. Lui qui était bien bâti et plein d'entrain, était réduit à sa plus

176

simple expression : maigrelet, faible et inspirant de la pitié. Tous éprouvaient de la compassion pour lui. Il leur raconta, en détail, sa mésaventure, en concluant qu'il était venu au mauvais endroit et au mauvais moment. Toutefois, il remercie Dieu de lui avoir sauvé la vie. Il devait son salut à sa foi. C'était son destin et comme tout destin il était incontournable. En tout cas, dans la situation qu'il avait vécue, il ne fallait pas se résigner. Il fallait à tout prix chercher une issue, soit s'évader, soit laisser carrément son sort à Dieu, en priant nécessairement. En ressassant les souvenirs du cachot, il s'estimait heureux et pensait que la chance existe réellement. En attendant qu'il se rétablisse entièrement, il resta à la maison et se mit de nouveau à lire pour raviver son esprit qui était, jusque-là, totalement occupé par une autre préoccupation, la survie. Il lisait tout ce qui lui tombait entre les mains. Il n'allait au nouveau Quartier général que de temps à autre. Ce premier jour, Ahmadaye le déposa à la maison avec sa voiture. Une voiture d'un cadre haut placé, luxueuse. Adouma commençait à rêver, croyant que ses camarades penseraient à lui et qu'il serait bientôt en possession d'un tel véhicule. Parmi ses camarades, il y en a qui venaient aussi le voir à la maison et lui rendaient visite régulièrement. Ils ne manquaient pas de lui envoyer de temps en temps de l'argent.

Petit à petit, Adouma se remit complètement et pouvait même aller faire soi-même ses courses. Il pensait déjà aller rendre visite à sa mère et ses frères et sœurs qui se trouvaient au village. Mais il remit cela à plus tard, car on lui avait fait savoir qu'on aurait besoin de lui. Il était quelquefois invité à prendre part aux réunions du parti. Même s'il ne s'était pas encore fait intégrer dans la fonction publique, son diplôme le classait au rang de cadre supérieur. On avait besoin de son expertise, de ses connaissances. Les nouvelles autorités n'avaient pas encore mis en place un gouvernement. Il fallait avant tout instaurer la sécurité, être maître de la situation, asseoir son autorité avant de penser à installer un gouvernement. Pour l'instant, une sorte de gouvernement provisoire appelé conseil d'État avait été mis en place pour expédier les affaires courantes. Amadaye occupait le poste de Secrétaire Général du Gouvernement. Il était très influent, car consulté fréquemment par le Président.

La révolution avait enfin triomphé, pensa Adouma. Le peuple en avait épousé les idéaux. Il fallait maintenant mettre en pratique ces idéaux contenus dans les dispositions des textes fondamentaux du Mouvement révolutionnaire. Adouma pensait que cela allait être une chose facile, car pour lui, l'essentiel était d'arracher le pouvoir et le reste devait aller comme sur des roulettes. Ce qu'Adouma ne savait pas, c'est qu'une révolution, comme son nom l'indique, ne bouleverse pas seulement l'ordre établi par des régimes dictatoriaux, injustes et corrompus, mais elle implose aussi à l'intérieur d'elle-même. Bientôt Adouma se rendra à l'évidence que des divergences de tous ordres commenceront à naître au sein des camarades; certains tenteront d'imposer leurs points de vue aux autres, déviant de plus en plus des lignes directrices de la révolution et glissant lentement vers la dérive dictatoriale. Alors pour couronner le tout, interviendront des intimidations qui finiront par des assassinats. Les camarades s'entretueront sans merci. C'est le chaos qui s'installe !

Seulement voilà, la révolution mange ses enfants et aussitôt elle se met en gestation pour en enfanter d'autres : les mécontents ; ceux-ci s'organisent pour de nouveau reconquérir le pouvoir, usurpé, diront-ils. Ils savent maintenant comment s'y prendre, surtout qu'ils connaissent bien le maquis. Adouma se mit à méditer sur le comportement bizarre des hommes : ils s'entendent très bien pour conquérir le pouvoir, mais dès qu'ils l'obtiennent, ils s'entredéchirent tout de suite. Ils oublient les nobles idéaux pour lesquels ils se sont sacrifiés et aussi pour lesquels ils ont bravé toutes les souffrances du monde. L'égoïsme, voire l'ambition des uns et des autres, ressurgissent de nouveau. Le refus du partage du pouvoir les gagne aussitôt. C'est cette attitude qui va perpétuer l'injustice sociale et avec elle l'instabilité va continuellement s'instaurer. Beaucoup de camarades qui n'approuvent pas ce changement d'humeur de leurs camarades dirigeants entrent subitement dans la clandestinité. On ne constatera que leur absence. Ils ont opté de reprendre le maquis pour redresser les choses, diront-ils. La tournure des événements les dégoûte. Quant à Adouma, il envisagea de ne pas repartir au maquis, il estimait avoir accompli son devoir : avoir mené la révolution jusqu'à la victoire. Il restera, dira-t-il, pour tenter de recoller les morceaux, c'est-à-dire de réconcilier les uns avec les autres, afin que la victoire de la révolution puisse profiter au peuple tout entier, ce peuple au nom duquel, on a combattu. Mais il sait pertinemment que s'il reste il doit tout accepter. Car ce qui va se faire sera fait aussi en son nom et contre son gré. Il doit faire avec, un point c'est tout.

Continuant sa réflexion, Adouma se demanda finalement si la révolution avait servi à quelque chose. Il est vrai que la révolution s'était fixée de nobles idéaux : renverser le gouvernement fantoche à la solde de l'impérialisme. C'était au nom d'un tel idéal que les camarades avaient mené la lutte jusqu'à la victoire. Mais une fois que le pouvoir en place était renversé, les nouveaux maîtres du pouvoir avaient du mal à s'entendre. Le seul mouvement qui avait mené la lutte à terme s'était démultiplié en une dizaine de tendances ou factions visant toutes, à peu près, le même objectif : reconquérir le pouvoir. L'histoire des révolutions reflète les humeurs des hommes qui les dirigent. Tout au début, il n'y avait qu'un seul mouvement qui s'appelait Front de libération comme partout ailleurs et auquel il suffit de coller le nom du pays qu'on voulait libérer ou le qualificatif « National ». Mais celui-ci s'était d'abord scindé en deux tendances qui s'étaient mises à disputer le pouvoir. Maintenant on se retrouvait avec une multitude de factions. Les camarades qui avaient autrefois combattu côte à côte s'entretuaient sans merci aujourd'hui. Des luttes âpres éclatèrent dans tout le pays ; on ne savait plus qui se battait avec qui. Les populations étaient les premières à payer les frais de ces luttes fratricides. Les pertes se comptaient en vies humaines, en nature et en espèces. Ne sachant à quel saint se vouer, les populations décidèrent de partir n'importe où. L'essentiel était de sauver sa peau.

C'est pendant ces moments difficiles que les parents d'Adouma décidèrent d'émigrer vers la capitale, car les provinces ne garantissaient plus la sécurité. Les descentes impromptues et musclées des forces de l'ordre dans les villages et les exactions qui s'ensuivaient choquaient les villageois. Chaque fois que les forces de l'ordre passaient, elles semaient la terreur. Les populations étaient soumises à des exactions inimaginables. C'est ainsi que le père d'Adouma était obligé de vendre son bétail et de déménager pour les centres urbains et pour s'installer définitivement à la capitale. Il acheta une concession qu'il réaménagea et y fit construire plusieurs chambres. Il s'essaya au commerce et y réussit parfaitement. Mais paradoxalement, quand les troubles atteignirent la capitale et quand l'ordre fut donné à la population d'évacuer la ville pour laisser la place aux belligérants, certaines personnes qui ne voulaient pas aller dans des contrées lointaines et partant inconnues, n'eurent pour seul choix que de regagner leur terroir. Le sort ayant décidé ainsi, on revint à la case départ. Ce fut le cas des parents d'Adouma qui se retrouvèrent au village. Quelque temps après leur retour à Ambirren, le père d'Adouma tomba gravement malade, visiblement déçu par la tournure des événements. Cette maladie finit par l'emporter. La nouvelle de sa mort se propagea comme une traînée de poudre dans le voisinage. Peu de temps après, les gens se rassemblèrent dans le village Ambirren. Tout le village grouillait de monde. Compte tenu de son audience, ses obsèques attirèrent beaucoup de gens, car il était un des plus grands marabouts de la région. En plus des villages avoisinants, les villages les plus reculés avaient aussi fait le déplacement. Les gens n'arrêtaient pas de venir présenter leurs condoléances à la famille éprouvée.

Décidément, la nature humaine est ambiguë dans son essence. Elle porte en elle les germes du mal et du bien. L'un ou l'autre peut se manifester à tout moment et selon les circonstances. Tout le monde, il est bon. Tout le monde, il est mauvais. Adouma voit carrément les signes de l'échec de la révolution. La révolution a échoué de manière cuisante. Elle a remplacé une dictature par d'autres plus implacables qui se sont succédé, au point de devenir de véritables machines infernales qui vont brouiller les citoyens avec eux-mêmes avant de les broyer. Le pays passe d'un extrême à un autre. Il n'y a donc aucune raison de jubiler.

Puis, comme pour recoller les morceaux, une dictature implacable est remplacée par une sorte de dictature soyeuse teintée d'un semblant de démocratie et de velléité unipartiste. C'est une démocratie caractérisée par une indifférence totale à l'égard du citoyen, et surtout de la presse non griotte qui est le porte-voix du citoyen mais qui est considérée comme faisant partie de l'opposition. On lui crie au nez que « le chien aboie et la caravane passe »

Quant à la justice, on l'a corrompue dans son essence même, de sorte qu'elle fait tout simplement semblant de juger, car elle ne croit plus en elle-même, n'y arrive plus. Et les jeunes qui constituent l'avenir du pays se sont laissé aller à ce jeu dangereux. Comment donc envisager l'avenir d'un pays dont la jeunesse a perdu le repère. Mais tel pays, tel peuple. La corruption, on la voit, on la sent et on la vit. Personne n'y échappe d'une manière ou d'une autre. Ah corruption, quand tu nous tiens ! Un pays corrompu, un pays sans une justice juste et sans une presse libre, n'est plus un État régalien dans le vrai sens du terme. On assiste à un véritable folklore. Même le jeu d'enfant a plus de sens.

Comme d'habitude, des hommes se sont donc servis des autres pour arriver à leurs fins. En définitive, la révolution a connu un échec retentissant dans la mesure où elle n'a pas pu apporter au peuple le salut et le bien-être tant promis. Entre-temps elle a endeuillé tout le monde. Chacun a au moins perdu quelqu'un : un parent, un ami, un voisin ou une connaissance tout court. Pour rien.

Dans d'autres contrées qui ont eu le même sort que celui du pays d'Adouma, à savoir rébellion ou velléité de sécession, pour en découdre définitivement, l'on a bien combattu, puis l'on a arrêté la guerre ; les belligérants se sont retrouvés autour d'une table, pour proclamer qu'il n'y a eu ni vainqueur ni vaincu pour l'intérêt de la nation. Ceux-là ont sûrement la faculté de raisonner et de pardonner. Mais Adouma constata avec amertume que cette faculté manque cruellement à ses compatriotes. De sorte qu'une histoire qui a commencé depuis 40 ans perdure encore. Peut-être que l'intelligence politique manque. C'est ainsi que ce vide est comblé par une culture de violence. Parmi les enfants qui étaient nés dans la guerre, certains y ont grandi, d'autres y sont morts et d'autres continuent encore de faire la guerre.

Pourtant, Dieu a béni ce peuple avec des ressources naturelles de toute sorte. Mais l'homme étant égal à lui-même, il a transformé cette bénédiction en une malédiction ! Dorénavant, des rébellions et non pas des révolutions, car il n'y en a plus, se feront sur fond de pétrodollars devenus un fonds de commerce, bref un mode de vie. Paradoxalement, de nos jours, les rébellions sont dirigées par des personnes ayant dilapidé des deniers publics et qui veulent être aux commandes de l'État pour en détourner davantage. Tout cela concourt à consacrer la mort définitive de la rébellion et partant de la révolution, car on les a vidées de leur sens.

Comment en est on arrivé là ? Se demanda Adouma. Tout a commencé par une révolte des populations de la sous-préfecture la plus déshéritée du pays qui, ayant eu ras le bol des recouvrements abusifs de la taxe civique par ceux sensés la percevoir, se sont soulevées. Cette révolte devenue rébellion a été récupérée par quelques individus et transformée en une révolution. Mais cette rébellion était mal partie dès le début. Elle avait été récupérée par une poignée d'individus qui n'avaient aucun objectif révolutionnaire ou politique précis, aucun projet de société à part celui de se venger des affronts causés par les agents de l'État. Ils n'avaient non plus aucune formation intellectuelle qui devait leur permettre de diriger valablement la révolution. Il n'y avait donc pas d'idéologues dans le vrai sens du terme pour la guider, même si par la suite on a envoyé des militants dans des pays étrangers pour subir une formation militaire couplée des rudiments d'idéologie.

Arracher le pouvoir ne figurait pas initialement dans leurs préoccupations. Une fois le pouvoir arraché, que faut-il en faire ? Ils n'y ont pas pensé, car rien n'était prévu à cet effet. On n'avait pas dépassé le stade de la vengeance. De plus, les puissances voisines avec lesquelles ces individus flirtaient, voyaient là une occasion de nourrir leur velléité expansionniste.

Quand les intellectuels ont rallié la révolution, ils ne pouvaient que se soumettre au diktat des chefs de guerre qui d'ailleurs recevaient leurs financements et leurs ordres de ces puissances. Ayant pris goût à cette activité, ces chefs de guerre étaient, par ailleurs, conscients des avantages que la rébellion leur procurait. Ils n'acceptaient pas de se laisser supplanter. Ne voulant pas être marginalisés, ces intellectuels se mettront à fomenter des dissensions au sein du mouvement qui finira par péricliter. Des tendances issues du même mouvement verront le jour, dirigées justement par eux. Les germes de division ne manquaient pas, car la rébellion était minée par des contradictions internes telles que le tribalisme. Les militants se regroupaient par région, par ethnie, voire par clan. Il y avait trop de méfiance, de suspicion. Bien que les camarades soient tous des compatriotes, c'est-à-dire enfants de la même patrie, les ressortissants d'une région donnée s'arrogent le droit d'être les seuls chefs de la rébellion. Les camarades étaient incapables de suivre un seul chef. Chacun voulait en être le chef. D'où l'éclatement du mouvement en plusieurs tendances. Une telle entreprise ne pouvait être que vouée à l'échec, conclut Adouma. Il pensait qu'il avait lutté inutilement, mais il s'est dit qu'il a appris beaucoup de choses sur le comportement des hommes. Toutefois, il se console du fait qu'il a contribué à ramener la paix dans son pays.

****

Ce soir, Adouma se reposait comme à l'accoutumée à la maison. Il venait de s'acquitter de la prière du coucher du soleil en compagnie du gardien. A la maison, c'est lui qui dirige la prière en tant qu'imam. Les deux hommes attendaient patiemment le dîner. Quelques instants plus tard, la femme du gardien leur présenta le repas dans un plateau. Ce repas est fait de pâte de mil appelée « boule » et de sauce de viande séchée, moulue avant d'être préparée, portant le nom de *sharmout*. Le gardien et Adouma étaient en train de siroter le thé qu'ils prennent comme digestif, quand ils entendirent à la radio que la femme du gardien venait juste d'allumer, la nomination des membres du nouveau gouvernement. Le gardien demanda à sa femme de leur apporter la radio plus près. Elle la leur apporta. En réalité, Adouma n'avait pas l'air de s'y intéresser. Et puis comme par enchantement, soudain on entendit passer un nom à consonance similaire au sien, à qui on a attribué le poste de Secrétaire d'Etat aux Transports. Adouma n'était pas convaincu qu'il s'agissait de lui, jusqu'au moment où il vit venir des camarades le féliciter. Les visiteurs ont commencé à défiler chez lui dès cet instant et ont continué, de plus belle, toute la journée, et même le lendemain. Pour l'occasion, il égorgea un gros mouton et acheta beaucoup de sucre et du thé pour agrémenter les visites de ceux qui viennent lui souhaiter du bien.

Bien qu'Adouma n'ait à aucun moment imaginé être appelé au gouvernement, les visites, les félicitations des proches, des amis et des connaissances lui ont remonté le moral. Il commençait à se sentir dans la peau d'une très importante personnalité, un VIP en quelque sorte. On ne l'appelait plus par son nom, mais par son titre de ministre. Il est devenu « Monsieur le Ministre » avant même qu'il n'ait pris service. On ne s'adressait à lui que par ce sobriquet. Subitement on a constaté une certaine distance entre lui et le gardien et sa femme. Cette distance est due aux égards dûs au nouveau rang qu'il vient d'acquérir. Adouma leur fit tout de suite savoir qu'ils ne devraient pas changer d'attitude à son égard dans la maison qui n'a rien à voir avec son bureau de ministre. De toute manière, il devra un jour céder ce poste à quelqu'un d'autre, même si le titre lui collera à jamais à la peau. Une fois ministre, on le reste pour toujours.

Le jour de la passation de service, une voiture neuve, brillante, luxueuse et de couleur noir brillant est venue se garer devant la maison d'Adouma. Sur la plaque minéralogique sont inscrits de gauche vers la droite les couleurs du pays suivies du numéro du véhicule en jaune doré. A côté du chauffeur était assis un homme en kaki portant une arme de type AK47. C'est son garde de corps sensé assurer sa protection. Généralement, c'est soit un militaire, soit un gendarme qu'on désigne pour servir de garde rapprochée aux membres du gouvernement. Pour entrer dans un véhicule aussi luxueux Adouma doit également porter des habits de classe, en l'occurrence des costumes griffés ou des grands boubous de basin riche c'est-à-dire de très bonne qualité, en attendant de percevoir la prime d'équipement pour s'acheter des costumes de son rang et meubler son salon. Sans se faire prier, des commerçants se sont empressés de lui apporter, deux beaux costumes et deux grands boubous à sa taille. Il doit être présentable. La liste des membres du gouvernement a été rendu publique un vendredi pour donner du temps aux amis et autres connaissances de les congratuler pendant le weekend, à savoir samedi et dimanche.

Pour la cérémonie, Adouma enfila un grand boubou de couleur bleu clair. Il porta un calot de la même couleur que le grand boubou. Le tout lui sied bien. Il sortit dans la cour, il était vraiment élégant ; il salua les curieux qui se trouvaient dans la cour. L'homme en kaki l'ayant vu, sortit de la voiture, lui ouvrit la portière arrière, Adouma s'y engouffra, puis le véhicule démarra et partit. Presque tout le quartier était sorti pour voir l'enfant du quartier devenu le Ministre comme si on ne le connaissait pas auparavant. Le pouvoir attire. Il a de la chance murmurait un vieux. Mais la chance est l'alliée des braves et qu'elle ne sourit qu'aux audacieux. Sa bravoure et son audace, c'est d'avoir pris part à la rébellion qui vient de conquérir le pouvoir et aussi d'avoir poursuivi avec succès des études poussées.

Lorsqu'il arriva au ministère, son prédécesseur était déjà là. Il avait apprêté le procès-verbal de la passation de service. Tout le personnel convoqué pour la cérémonie attendait debout dans l'enceinte du ministère. Adouma entra dans le bureau du ministre, un bureau spacieux où, d'un côté, était rangé un grand pupitre en bois massif de couleur marron sombre et, de l'autre, un canapé complet, c'est-à-dire composé de quatre sofas de dimension différente, sentant le cuir neuf. A côté du salon se trouvait une tablette. Tout ce mobilier était posé sur une moquette sur laquelle un grand tapis de valeur a été étalé. Adouma salua le ministre sortant qui l'invita à s'asseoir dans l'un des fauteuils. Il s'assit sur le fauteuil qu'on lui a indiqué puis parcourut rapidement des yeux la salle. Sur le mur se trouvait l'effigie du Président de la République et deux climatiseurs de marque Split filtrant de l'air très frais altérant ainsi la température de la salle. Sur la tablette étaient rangés des dossiers importants et urgents. Son collègue sortant lui présenta le projet du procès-verbal établi par les services compétents du ministère et dans lequel étaient mentionnés le personnel, le budget et les matériels du département ministériel. Les deux hommes s'enfermèrent et s'entretinrent pendant presque une heure d'horloge. Ils sortirent ensemble souriant et se dirigèrent vers le lieu de la cérémonie.

Dès que les deux ministres apparurent, tout le personnel convergea sur le lieu de la cérémonie. Aussitôt l'organisateur de la cérémonie, en l'occurrence le Secrétaire Général du ministère dit quelques mots dont le haut-parleur fit échos immédiatement, pour expliquer le déroulement de la cérémonie. Le ministre sortant qui prit la parole le premier pour donner le bilan de sa gestion du département, les problèmes qui se posent avec acuité au ministère et les perspectives, c'est-à-dire ce qu'il envisageait accomplir, si on l'y avait encore laissé quelque temps. Adouma prit par la suite la parole en louant les efforts de son collègue sortant et surtout pour demander au personnel de l'aider à mener à bien la mission qu'on lui a confiée. Il compte sur eux. Ensuite les deux ministres devaient saluer le personnel qui passera un à un serrer la main des ministres. Pour le ministre sortant c'est pour dire au revoir et pour le ministre entrant c'est pour faire la connaissance du personnel. La cérémonie fut clôturée par un cocktail mais bien garni : méchouis de moutons et des boissons de toutes sortes.

Après la cérémonie de passation de service, le nouveau ministre raccompagna le ministre sortant devenu désormais ancien, jusqu'à son véhicule comme le veut l'usage. Puis, il revint dans son bureau pour en prendre littéralement possession. Il s'assit à son pupitre et commença à éplucher les dossiers pour en prendre connaissance. Voulant déjà exercer sa fonction de ministre, il profita de la présence de ses proches collaborateurs pour improviser une réunion du directoire dans la salle réservée à cet effet. Comme c'est la toute première réunion, chaque responsable devait se présenter et lui présenter son service. La réunion prit deux heures. Adouma revint au bureau et y resta jusque tard dans la journée. Pendant qu'il était dans son bureau, Il pensa tout d'abord à son dossier d'intégration qui moisit dans les services de la Fonction Publique, car il ne compte pas beaucoup sur l'éphémère poste ministériel. Son souci majeur était sa carrière.

Il rentra à la maison et pensa à organiser sa vie maintenant qu'il a un emploi qui lui permet de se prendre personnellement en charge. Il se sent moins dépendant. Mais il va devoir prendre en charge sa famille élargie. Cette charge lui incombe forcément. Bientôt, les parents lointains, de n'importe quel coin du pays, viendront se faire connaître, dans la perspective de lui demander à l'avenir de l'aide en espèces ou son appui pour toute affaire nécessitant son intervention. Contrairement à certains de ses collègues ministres qui abritent toute une horde de personnes, des proches ou de simples connaissances dans leurs concessions, pour montrer au pouvoir combien ils sont populaires, Adouma ne veut pas un attroupement dans sa maison. Il reçoit chez lui tous ceux qui viennent pour des problèmes sociaux. Les questions d'ordre technique se règlent au ministère où il pourra avoir accès aux dossiers ou à ses proches collaborateurs.

Il pensa à faire venir sa mère chez lui. Il l'a d'ailleurs déjà envoyée chercher. Quand le village Ambirren apprit la nouvelle de nomination de leur fils comme membre du gouvernement, ce fut la joie. Le village qui vivait dans la tristesse a soudain retrouvé l'allégresse. Leur fils a encore gravi les échelons. Il est devenu ministre ! Presque tout le village se précipita à la maison de la mère d'Adouma pour la féliciter. Elle aussi a retrouvé son énergie d'antan. Elle sentait ses forces lui revenir. Pour rendre grâce à Dieu d'avoir élevé son fils à ce rang, elle organisa des sacrifices. Elle immola un bœuf dont la viande fut partagée dans tout le village. En plus, elle demanda à des *mahadjirin* de venir lire quelques *sourates* du Coran.

La mère répondit à l'appel de son fils. Elle s'est fait accompagner par ses enfants, la petite sœur et le grand frère d'Adouma. L'oncle d'Adouma s'est également joint à eux. Cela fait longtemps qu'il ne l'a pas vu et il aimerait bien le revoir. La petite sœur d'Adouma est devenue une femme épanouie ; elle s'est mariée et a deux enfants. Son grand frère aussi s'est marié et a eu 5 enfants. Tous avaient envie de le revoir car cela fait longtemps qu'ils se sont séparés. Ils ont tous appris sa mésaventure et sa bonne fortune, c'est-à-dire son emprisonnement dans la concession du Boss et sa nomination en tant que Ministre. Avant de quitter Ambirren, ils prirent le soin d'apprêter des vivres du village, en l'occurrence des produits agricoles. Ces vivres sont destinés à Adouma. Ils quittèrent

Ambirren et arrivèrent le même jour à la capitale ainsi que le permet l'état de la route.

Quand ils arrivèrent à la maison, Adouma était encore au travail. Mais le gardien et sa femme les reçurent et les installèrent. La chambre de la mère d'Adouma était réservée et bien rangée. Elle s'y installa immédiatement. Elle devait partager sa chambre avec sa fille. En revanche, le frère et l'oncle d'Adouma furent logés dans une autre chambre qui était aussi prête. Après avoir installé tout le monde, le gardien vint aux usages ; il salua de nouveau tout le monde et demanda qu'on prie à la mémoire des disparus et en particulier à la mémoire du père d'Adouma. Un émissaire fut envoyé pour informer le ministre de l'arrivée de sa mère et de sa suite. A la fin de l'heure Adouma rentra à la maison et retrouva les siens. Après avoir changé ses habits de travail, il se précipita pour aller tomber dans les bras de sa génitrice. Tous les deux éclatèrent en sanglots. Ces pleurs exprimaient plusieurs choses en même temps : la longue séparation et la disparition de son petit frère, puis de son père. Mais Adouma devait vite sécher ses larmes et réconforter sa mère, car elle n'arrêtait pas de pleurer. Adouma réussit à la calmer ; c'est à ce moment qu'elle leva la tête pour bien le regarder ; il était grand, fort et ressemblait parfaitement à son père. Elle était surprise, contente et fière. Son regard semblait exprimer tous ces sentiments. Les gestes de sa mère étaient restés les mêmes malgré son âge ; ils lui rappelaient son enfance.

Ce fut la joie et la tristesse. On versa des larmes de joie et de tristesse. La joie de rencontrer ceux qu'il n'a pas revus depuis plusieurs années et la tristesse de constater l'absence de son père. On pleura et pleura. On pria encore à la mémoire du père et du petit frère d'Adouma. Il brisa cet instant douloureux en changeant de sujet. Il s'enquit des nouvelles de ceux qui sont restés au village, de la situation des récoltes au village d'une manière générale. Il demanda des nouvelles de chaque personne qui se trouvait à Ambirren. Le soir, il resta avec eux jusque tard dans la nuit parlant davantage de ce qui s'est passé au village pendant les moments difficiles et des activités diverses du village, culture, chasse, mariage, décès, etc. Il rentra se coucher tard. Très tôt le matin, après la prière, il revint saluer ses visiteurs avant d'aller au travail.

Après la fin de la période de grâce où elle ne se sentait plus comme une nouvelle-venue, la mère d'Adouma pensa qu'il était temps d'aborder les choses sérieuses ; Adouma doit se marier, fonder un foyer et avoir des enfants pour la continuation de la lignée. De plus, elle aimerait voir ses petit-fils avant de mourir pensa-t-elle. Elle profitera du moment où Adouma vient chez elle le soir pour causer, pour lui poser le problème, car la nuit porte conseil. Il aura toute la nuit pour y réfléchir. Il est vrai que ses autres enfants lui ont produit déjà des petits-enfants, mais du fait de ses études et de la mauvaise fortune qu'il a eue, Adouma n'a pas pensé un seul instant à se marier. Elle ne connaît pas encore les vraies intentions de son fils. Lorsqu'il a obtenu le poste de membre du gouvernement, il avait laissé entendre qu'il allait s'occuper de lui-même. Insinuait-il le mariage ?

Adouma revint du travail. Il se reposa quelque temps, puis on apporta la nourriture. Il mange avec les siens et autres visiteurs. Le repas est amené dans de larges plateaux où on trouve un peu de tout, les entrées, le plat de résistance et le dessert. Pour ne pas salir le tapis on étale des coupons de plastique sur lesquels on pose les plateaux. On mange assis sur le tapis et tout le monde plonge la main dans le même plat. Généralement, on se regroupe par trois par plateau mais tout dépend du nombre des personnes qui sont présentes. Dans les domiciles des ministres il y a toujours un attroupement constitué des visiteurs et autres badauds qui viennent uniquement pour manger. On en prépare donc suffisamment. Ces mêmes personnes seront les premières à vider les lieux dès qu'ils apprennent à la radio qu'il y a eu un remaniement ministériel annonçant des allées et des venues des membres du gouvernement. Le ministre n'étant pas marié, ne pouvait donc pas prétendre à ce qu'on appelle dans ce pays *gaar sarir*, ou

Amwarraniyé littéralement « sous le lit » ou « l'après repas » respectivement. C'est une sorte de mets spécial et bien vitaminé que l'épouse réserve uniquement à son mari et qu'elle ne lui présente que quand il vient se coucher. Evidemment, en dehors du repas qu'elle sort à tout le monde. C'est un terme de l'arabe local, qui certainement provient des langues autochtones. Cette pratique relève de la culture locale qui a trait à la tradition des populations négro-africaines et que toutes les autres communautés pratiquent aussi. Pour l'instant, Adouma doit se contenter du repas qu'on sort à tout le monde.

Ce soir Adouma est libre. Il est resté à la maison tout l'après-midi. Parfois, il peut être retenu longtemps par ses multiples occupations et il rentre très tard : il doit assister au Conseil des ministres, au Conseil de Cabinet, présider le directoire, présider le conseil d'Administration, ouvrir une conférence ou un atelier, assister à une cérémonie par-ci, une cérémonie par-là, des centaines des dossiers à étudier, des signatures à apposer sur des centaines d'actes, ainsi de suite. Ce soir, il est détendu. Comme d'habitude après le dîner, il alla voir sa mère pour échanger des idées. Elle constata qu'il était détendu. Elle déduisit qu'il était prédisposé et qu'elle pouvait introduire un sujet inattendu lors de leur conversation. Leurs sujets de conversation tournaient autour des activités au village, et des histoires que sa mère lui racontait sur des événements passés dont elle-même était témoin ou qu'elle avait appris quand elle était petite. Elle n'a pas eu l'occasion de lui en parler, étant occupé par ses études. Le moment est propice. Elle avait hâte d'introduire ce thème de mariage qui lui tenait tant à cœur. Ainsi, comme sujet de transition, elle aborda le mariage traditionnel ; elle lui expliqua de long en large comment ce mariage se faisait autrefois. Elle conclut en disant que la différence entre le mariage actuel et le mariage traditionnel c'est que des travaux champêtres au bénéfice de la belle famille étaient compris dans la dot. Sur ces entrefaites, elle risqua et glissa la question du mariage à son fils.

En guise de réponse, Adouma esquissa un large sourire. Sa mère comprit que la partie était jouée, qu'elle avait choisi le bon moment. Adouma ajouta pour les oreilles de sa mère qu'il pensait à cela depuis quelque temps. Sa mère s'empressa de lui dire qu'il existe des filles de bonne famille à Ambirren et qu'elle pourrait lui faire quelques propositions. Adouma lui répondit que c'est une question à étudier et qu'il lui donnera son avis plus tard. Mais elle insista et commença à lui citer des noms de famille et surtout des filles qu'elle a en tête. Adouma ne voulait pas offusquer sa mère et lui fit savoir qu'ils en parleront à son retour du travail et ne pouvait pas sur le champ lui donner une réponse nette.

Adouma ne voyait aucun inconvénient de se marier avec une fille du village mais se demanda si celle-ci était compatible avec son statut de ministre. Elle pourrait certes s'y accommoder mais se gênerait avec le mode de vie de la ville, le savoir faire, le savoir être et le paraître de la vie citadine. Elle aura trop de concurrentes qui lui rendront la vie invivable. Il préfère épargner tant de soucis à la fille de la campagne. Adouma avait plutôt à l'esprit d'autres filles de familles respectables qu'il a rencontrées à la capitale. Il connaît les filles des amis de son père qui sont des érudits dans la religion islamique et des grands commerçants. Tous ceux-là connaissaient bien son père. La tâche ne serait donc pas compliquée. Adouma sait bien que dans cette société, il y a deux choses pour lesquelles on scrutine de fond en comble votre famille et votre passé : le pouvoir traditionnel et le mariage; on cherchera à connaître votre famille et même la lignée. Si vous passez brillamment cette étape on cherchera également à savoir si vous êtes de part et d'autre irréprochable. Avec le modernisme et surtout dans les grandes villes, on fait parfois fi de ces préalables pour ce qui est du mariage. L'essentiel est pour les familles de trouver un mari pour leur fille.

Adouma partit au travail mais désormais son esprit était occupé par l'idée du mariage. Il voulait absolument faire plaisir à sa mère, afin qu'elle ne se fasse plus de soucis, quand elle le verra finalement marié. Il a l'intention d'épouser la fille de l'ami de son père qui est commerçant, un vendeur de pièces d'or. Il n'est pas un orfèvre, mais un bijoutier. La chose la plus importante à laquelle Adouma est astreint, c'est d'avoir l'assentiment de la fille, de celle qu'il veut prendre comme épouse. Il profita du weekend pour aller chez une vieille connaissance, une amie de sa tante paternelle qui habite à côté de sa famille C'est une famille qu'il fréquentait depuis longtemps. Il connaissait bien tous les enfants de la concession aussi et surtout la fille sur laquelle il jeté son dévolu. Parmi les filles de la maison, celle-ci a un comportement qui lui plaît. Elle a un caractère qu'il apprécie. Elle s'appelle Rawda. La dame la lui appela. Elle vint. Elle était surprise de trouver Adouma là. Elle le salua poliment et prit place sur une natte étalée en face de la sienne. Comme elle le connaissait, elle était confiante mais était curieuse de trouver monsieur le Ministre assis sagement sur la natte. Après les civilités, il engagea d'abord une conversation qui n'avait rien à voir avec l'objet de sa visite pour créer un climat de confiance et de détente entre eux. Mais Rawda se doutait de quelque chose. L'intuition féminine. Ensuite, Adouma entra directement en matière et aborda le sujet. Il lui fit savoir qu'il était venu pour des choses sérieuses qui les concernent tous les deux. Il lui dévoila son projet de la prendre comme épouse. Ils se concertèrent pendant quelques instants et Rawda lui répondit que personnellement elle ne voyait aucun inconvénient et qu'elle lui donne son aval. Cependant, elle lui fit clairement savoir que tout dépend de ses parents, en l'occurrence de son père et surtout de sa mère. Pour une fille, c'est l'attitude de la mère qui compte. Les gens étudient le caractère de la mère avant de se résoudre à se marier. Le caractère de la mère détermine, tant soit peu, celui de ses filles. Les mères influencent plus leurs filles que les pères leurs garçons, peut-être du fait de la proximité des filles avec elles. Les garçons observent leurs pères et les imitent. Quant aux filles, elles doivent être constamment rappelées à l'ordre par leurs mères.

En plus des raisons personnelles qui poussent l'homme à choisir une fille comme épouse, cette dernière doit savoir cuisiner. Sinon, elle sera la risée de sa belle-famille car celle-ci la jugera sur sa maîtrise de l'art culinaire ou pas. Adouma a étudié tous les contours du problème avant de se décider à se marier.

Pour lui, cette étape est décisive, car il doit d'abord avoir l'accord de la personne qui va partager toute sa vie. Il aurait pu s'y prendre autrement, en envoyant directement des émissaires vers les parents de la fille, pour demander sa main sans pour autant requérir son avis. Une telle entreprise peut paraître périlleuse et pourrait même hypothéquer une bonne vie conjugale. En tout cas, en tant qu'intellectuel, il ne pouvait pas risquer une telle aventure, même si dans la capitale on assiste encore à des pratiques matrimoniales dignes des temps immémoriaux, tel que le rapt. On kidnappe littéralement la fille dans le but de la prendre en mariage, mettant ainsi les parents de la fille devant le fait accompli. Quand cela arrive à une famille étrangère à cette pratique, celle-ci est désemparée.

Quelques jours après avoir rencontré la fille et obtenu son aval, Adouma ne voulait plus laisser traîner les choses. Il envoya chercher son confident et une connaissance du quartier, un homme d'un certain âge, considéré comme le sage du quartier. Il s'appelle Moussa Harine. Il est l'homme des missions impossibles, des négociations difficiles. Dans toute société humaine, il y a des hommes de cette poigne qui maîtrisent la parole et savent l'utiliser à bon escient. Un adage dans cette société dit que la belle parole peut faire sortir même un serpent de son trou. Adouma reçut les deux hommes dans son bureau de la maison et leur fit part de son projet de se marier et de son intention de les envoyer consulter le père de Rawda, la fille du bijoutier. Les deux hommes accueillirent cette nouvelle avec enthousiasme. Le sage ajouta que l'homme responsable est celui qui est marié. On n'élit jamais un célibataire comme chef. Avant la demande en mariage proprement dite, il faut d'abord des consultations au niveau des deux familles pour accorder les violons. Le rendez-vous fut donc pris avec le père de Rawda, Mourra Tabak. Moussa l'avertit d'abord de leur visite qui tourne autour d'une affaire sérieuse. De plus, il voudrait que leur entrevue se fasse en compagnie d'un témoin.

Au jour indiqué, les deux émissaires se rendirent chez le père. Ils le trouvèrent en compagnie de son frère qui est aussi connu des émissaires. Le père de Rawda était calme, contrairement à son habitude car Moussa lui avait parlé d'une affaire sérieuse ; c'est ce qui le dérangeait. Ils saluèrent chaleureusement Moussa et son compagnon et les invitèrent à prendre place sur une natte qui leur a été réservée expressément. Ils s'enquirent de l'état de santé de la famille. Joignant l'acte à la parole, ils allèrent saluer la mère de Rawda et les autres femmes qui se trouvaient dans la concession. A l'intérieur de la concession, les femmes commencèrent à spéculer, elles se demandèrent si Moussa Harine effectue une simple visite de courtoisie ou une visite d'affaires. D'habitude, il ne se déplace pas pour rien. Après avoir salué les autres membres de la concession, les émissaires revinrent prendre place à côté du père. On leur apporta de l'eau, sûrement sur instructions de la mère de Rawda comme le voudrait la coutume. Moussa qui est bon causeur fit quelques blagues à l'endroit du propriétaire de la maison pour détendre l'ambiance. En effet le père de Rawda se détendit car il pensa que si Moussa commence avec des blagues, cela montre que l'affaire n'est pas aussi inquiétante. Puis, d'un ton sérieux, Moussa introduisit le sujet en s'adressant au père de la fille, lui disant qu'ils sont envoyés par Adouma, le fils du marabout Ibet Dahalob pour demander la main de sa fille. C'est l'oncle de Rawda qui plutôt lui répondit en saluant cette bonne nouvelle et ajouta que cela est certainement une bonne chose. Ensuite, le père de Rawda lui fit également échos. Les deux frères connaissent le prétendant et sa famille et disent qu'en principe, ils sont d'accord pour l'union de leur fille avec Adouma. Cependant, le père de la fille ajouta qu'il devra informer la famille élargie pour savoir si aucun de ses neveux n'aspire à épouser sa fille et aussi avoir le consentement de cette dernière. La pratique du mariage endogamique est de mise, mais le mariage exogamique n'est pas exclu non plus. C'est pourquoi la coutume veut que les mariages soient arrangés entre les cousins et cousines ou neveux et nièces. C'est en l'absence d'un prétendant interne, qu'un prétendant externe pourra être accepté. De toute façon, aucune demande dans ce sens ne lui est parvenue, confia le père de la fille. Les deux émissaires approuvèrent l'idée de la consultation familiale, car elle est dans la norme des choses. Après avoir siroté du thé, préparé par Rawda, semble-t-il, ils prirent congé de leurs hôtes et se retirèrent. Arrivés chez Adouma, les deux envoyés lui rendirent compte de leur mission. On l'informa que le principe est acquis mais que le père de la fille doit au préalable consulter la famille élargie pour lever toute équivoque et avoir aussi l'assentiment de la fille.

Le soir, le père de Rawda appela sa femme dans son salon et lui dévoila l'objet de la visite de Moussa Harine et de son compagnon. A l'annonce de la nouvelle, la mère ne laissa paraître aucun sentiment, elle resta sereine et impassible. Toutefois elle dit qu'elle aura une entrevue avec sa fille avant de donner son avis personnel, faisant semblant de n'être au courant de rien. Pourtant, la mère a été informée par sa fille de sa rencontre avec Adouma mais aucun mot ne devait filtrer jusqu'à ce que la nouvelle ne devienne officielle. Même si ce n'est qu'"une simple consultation, on a tout de suite compris le sens de la visite de Moussa Harine. Tout le monde dans la concession est content pour Rawda. On a déjà envie de la féliciter. Epouser un ministre, ce n'est pas donné à tout le monde. On la regarde d'un bon œil, du fait qu'elle a de la chance d'avoir un ministre comme mari. Du coup, on la traite avec un certain égard. Tous pensent qu'en réalité, il ne devrait pas y avoir de problème, même si l'avis des autres membres de la famille élargie compte. Ce n'est qu'une simple formalité.

Pour la famille du bijoutier, cette nouvelle arrive comme un soulagement parce que c'est l'aînée qui est demandée en mariage, car la coutume veut que ça soit ainsi. On craint que l'une des cadettes soit dotée en premier lieu, cela porterait à jamais malchance à l'aînée, qui ne pourra plus se marier ou se mariera difficilement. C'est pourquoi, les familles n'acceptent pas que la cadette se marie avant l'aînée, même si un prétendant se présente.

Quelques jours après la mission de Moussa Harine pour consulter le père de la fille, la nouvelle tomba. Rien ne s'oppose plus au mariage de Rawda et d'Adouma. Les parents de Rawda ont consenti à cette union. Il est question maintenant d'envoyer une demande en mariage en bonne et due forme qui tient lieu de fiançailles et qui se dit ici « saisir la tête de la fille ». Cette phase consiste à amener quelques effets à la famille de la future mariée pour officialiser la demande en mariage. Ces effets sont généralement composés des calebasses de noix de cola, des bonbons, des savons de linge et de toilette et des pagnes et autres tissus destinés au père et à la mère. Quant à la qualité et la quantité des effets à offrir, elles sont laissées à la discrétion du futur mari. Les femmes du côté du futur époux qui se chargeront de les porter aux parents de la fille. Ainsi, on confia la mission à trois femmes ayant des liens de parenté avec Adouma, qui seront accompagnées de quelques femmes du quartier pour amener les effets de la demande en mariage aux parents de la fille. C'est à ce moment seulement que l'information sur le mariage sera officialisée et la date du mariage et la dot seront fixés et après avoir eu le consentement de la fille, car il peut arriver que plusieurs prétendants déposent leurs demandes, auquel cas, il revient à la fille de faire son choix. Mais dans le cas d'espèce, Adouma semble être l'heureux prétendant.

Le mariage eut lieu deux semaines après la demande. Ce jour, il y avait monde chez Adouma. Des gens de tous âges confondus. Les badauds et les curieux n'ont pas manqué à l'appel. Les griots sont également de la partie. La célébration du mariage se tient chez le père de la fille. Tous les amis et connaissances d'Adouma accompagneront son oncle paternel.

Les femmes qui porteront les effets, c'est-à-dire la dot en nature, iront avec les hommes qui, eux, porteront la dot en espèces. Les tractations pour fixer la dot ont déjà eu lieu. Comme d'habitude, Moussa Harine est chargé de conduire la délégation du prétendant. Les hommes sont habillés en grands-boubous ou en caftan faits du basin de meilleure qualité et brodés. Une forte et impressionnante délégation déferla sur la maison du bijoutier. Sa maison est aussi bondée de monde, où les parents, les amis, les connaissances, et les voisins du bijoutier se mêlent. Le père de la fille et les membres de sa délégation s'étaient bien préparés ; ils attendaient impatiemment assis sur de grands tapis qu'on a renforcés avec des nattes en plastique. La délégation adverse ne se fit pas attendre. En effet, elle se fit annoncer de loin par des vrombissements ininterrompus des automobiles et des motocyclettes, qui à leur arrivée, s'estompèrent presque en même temps. Alors, les véhicules déversèrent leurs contenus. Tout ce monde se dirigea ensemble vers le lieu où se tient la cérémonie.

Dès que la délégation arriva, elle fut installée en face du père de la fille et son propre frère qui va le représenter à cette occasion. C'est lui qui a la charge de faire le mariage de sa nièce. A côté de lui est assis un marabout qui va donner des consignes sur le déroulement du mariage, ensuite prier pour le conclure. Avant de s'asseoir, les membres de la délégation qui viennent d'arriver, saluèrent tous les hommes assis sur la rangée qui leur faisait face. Après avoir accompli ce rituel, Moussa Harine, fidèle à lui-même, dit quelques blagues croustillantes qui firent éclater de rire toute l'assistance, décontractant ainsi l'atmosphère. Ceci étant, on passa à des choses sérieuses. L'assistance fut mise au courant de ce qui allait se passer. On l'informa que c'est Adouma fils d'Ibet Dahalob qui demande la main de Rawda, fille de Mourra Tabak, puis la cérémonie proprement dite commença. On montra, avant tout, les effets de la dot et l'argent de la dot, afin de prendre l'assistance à témoin. Le ministre a mis les bouchées doubles, pour ainsi dire, en donnant beaucoup d'argent, statut de ministre oblige. Il a donné comme présent toute une valise contenant beaucoup d'effet. Les préalables étant faits, il est question de prononcer le mariage. Moussa Harine doit, à trois reprises, demander la main de Rawda à son oncle qui, chaque fois doit répondre favorablement à cette demande. Après la troisième demande qui consacre la conclusion du mariage, le marabout interviendra pour le supplier de bénir.

Après la célébration du mariage, Moussa Harine est allé aussitôt voir la mère d'Adouma pour lui rendre compte de sa mission. Elle était en compagnie de son fils. Tous les deux attendaient son retour. Il leur annonça la bonne nouvelle, à savoir le mariage de son fils qui vient de se conclure dans de bonnes conditions. A l'annonce de cette nouvelle, les yeux de la mère d'Adouma étaient subitement devenus grand ouverts et brillaient. Elle était radieuse, ravie et sereine. C'est quelque chose qui lui tenait à cœur. Elle voulait de son vivant voir son fils se marier et Dieu vient d'exaucer son vœu le plus ardent. Une autre importante étape de la vie de son fils vient de se réaliser.

Deux mois passèrent et Adouma pensait maintenant à faire venir sa femme chez lui, comme le mariage a été conclu. Adouma avait l'intention de fixer la nuit des noces dans un délai d'une semaine, pour que cela tombe un jeudi soir, à savoir la veille du vendredi. La coutume ici consiste à fixer la nuit des noces la veille du vendredi. Cela n'a aucune connotation religieuse puisque même les non musulmans s'y adonnent. Et le samedi tous les nouveaux mariés, qui le souhaitent, se présentent devant Monsieur le Maire.

Les noces obéissent à certaines règles que doivent respecter les deux familles, c'est-à-dire celle de l'époux et celle de l'épouse. Une délégation sera envoyée pour informer les parents de la fille du souhait du mari de prendre sa femme. La même délégation qui s'était chargée de la demande de la main, effectuera aussi cette mission. Les parents de la mariée pourraient séance tenante donner leur assentiment ou bien solliciter un délai supplémentaire. Cette cérémonie concerne plus particulièrement les femmes, en l'occurrence les parentes, amies et connaissances de la mariée, car il revient justement aux femmes d'apprêter la mariée physiquement et psychologiquement avant de l'accompagner chez elle. La nuit des noces ne dure qu'une nuit, comme son nom l'indique, mais les festivités durent une semaine entière, puisque l'initiation au foyer, dans le vrai sens du terme, se déroule au septième jour. En prélude à la cérémonie nuptiale, toutes les femmes invitées vont faire un tour au « salon de coiffure », de manucure et pédicure pour renouveler leur coiffure ou se faire décorer les mains et les pieds en leur appliquant le henné.

S'agissant de l'habillement qu'elles porteront pendant la semaine des noces, les femmes s'accordent sur le type de pagne ou de voile de même couleur mais de qualité différente, avec lequel elles se draperont pendant les festivités. La qualité du voile doit être fonction de la bourse de chacune. Lors de la cérémonie, les femmes forment des groupes de classe selon la qualité du pagne ou du voile appelé groupe « d'honneur ». C'est une sorte d'uniforme, qui, en réalité, devrait mettre toutes les femmes sur le même pied d'égalité, mais ce n'est pas le cas. Cette pratique est une innovation. De nos jours, lors des cérémonies de tous ordres, les femmes se mettent par classes. La gente féminine est plus discriminatoire à sa prochaine. Avec l'accessibilité de l'argent à certaine personne, une certaine classe est en train de se former. Les femmes sont les premières à le monter.

Le marié invite également ses parents, amis et connaissances à la cérémonie nuptiale. Vu le statut d'Adouma, la fête s'annonce grandiose.

La nuit nuptiale a elle-même un certain nombre de rites à observer ; dans la chambre nuptiale, on étale une natte de rônier toute neuve sur laquelle est étalé un tissu blanc immaculé neuf aussi qui témoignera de la virginité de la fille après avoir passé la nuit avec son mari. Le matin de bonne heure, les amies de la jeune femme prendront ce tissu blanc tacheté, le brandiront fièrement et se pavaneront dans le quartier ou la ville en scandant des slogans et tonnant des chansons à la gloire de la fille qui a pu se conserver et surtout pour faire taire les critiques et les calomnies qui ont été proférées à l'endroit de la fille. Le marié choisit un confident avec qui il traite pendant la semaine nuptiale. De même la jeune mariée se choisit une confidente qui est seule autorisée à entrer dans la chambre nuptiale en cas de besoin. Le confident et la confidente tiennent lieu des conseillers des époux.

Le test de la jeune femme au foyer se fera au septième jour, au terme duquel les femmes et filles qui ont tenu compagnie à la jeune mariée durant la semaine vont rentrer chez elles. Cette initiation est symbolique car la jeune femme se fera représenter par une femme qui n'a pas connu de fougue, qui n'a pas abandonné son foyer, ne serait-ce qu'un jour, suite à un différend conjugal. Le sens de ce rituel est d'éviter au jeune ménage de fâcheux moments au cours de sa vie.

La nuit de noce d'Adouma s'est très bien passée car de très bon matin, on entendait un certain remue-ménage ; les filles avaient l'air affairé et étaient toutes ravies ; elles ont pris soigneusement le tissu blanc, elles se sont mises à parader dans tout le quartier et une partie de la ville, en le brandissant à qui veut le voir, en chantant et scandant des slogans défiants à l'adresse de ceux qui calomnié la fille. Elles entonnèrent le refrain suivant :

Une dure épreuve attend encore Adouma. La société dans laquelle il vit est sévère et intraitable, s'agissant du respect des traditions. La coutume a la dent dure. Il en est conscient. Il ne suffit pas d'être homme, c'est-à-dire viril, encore faut-il être productif, à savoir fertile. Si après un an de vie conjugale on ne voit aucune grossesse pointer, tout le monde se pose des questions sur le couple, à commencer par la femme car généralement on rend la femme responsable de cette situation, même s'il peut arriver que le problème se trouve en l'homme. La preuve est que quand il y a séparation du couple et que la femme se remarie, elle conçoit. Dans ce cas c'est une preuve matérielle de la stérilité de l'homme. Inversement si l'homme divorcé convole et arrive à avoir un enfant avec une autre femme, cela veut dire que sa première épouse n'était pas productive. D'autres couples mettent plusieurs années avant d'avoir un enfant. Dans une telle situation, on consulte des marabouts et des guérisseurs recherchés dans tout le pays pour guérir le mal à tout prix, car c'est un drame pour une femme de ne pouvoir enfanter. L'absence d'enfant a toujours été la cause de séparation des conjoints. Même si le problème est d'ordre pathologique, des problèmes affectifs d'ordre psychologique et sociologique viennent s'y mêler et il devient en fin de compte psychodramatique. Ainsi va le monde.

Des mois passèrent sans que l'on ne remarque rien de particulier chez la femme d'Adouma. Sa mère commençait même à s'inquiéter. Mais, depuis une semaine Adouma constata un comportement bizarre chez sa femme. Elle ne voulait pas le « sentir » dans le vrai sens du terme. Dès qu'il entre dans la chambre, elle sort immédiatement. Elle vomit dès qu'elle touche à un aliment. Elle a pris une habitude alimentaire bizarre aussi. Adouma ne comprenait rien à cela. Pour lui, ce sont des signes inquiétants. Ne pouvait plus tenir, il alla voir sa mère et se confia à elle sur le brusque changement d'attitude de sa femme à son égard. Dès qu'il a fini de parler, sa mère éclata de rire et demanda à son fils de ne pas s'en offusquer. Sa mère trouve ce comportement tout à fait normal. Elle lui dit qu'elle-même avait déjà remarqué ce changement mais ne voulait pas si vite en parler. Elle voulait en être sûre. Elle lui dit que c'est le signe d'une bonne nouvelle. Adouma comprit tout de suite ce que sa mère voulait dire et se promit de comprendre sa femme. De toute manière, ce comportement se dissipa au bout de trois mois, au terme desquels sa femme est revenue à de meilleurs sentiments.

Ayant assisté au mariage de son fils et après avoir vu le premier enfant de son fils, la mère d'Adouma se disait qu'elle avait presque accompli sa mission qui est de s'assurer que son fils fonde une famille et c'est chose faite. Elle pensait à rentrer au village, car la vie en ville n'est faite que de routine. Elle reste toujours cloîtrée à la maison. Quand elle sort c'est juste pour rendre visite. Elle préfère répartir au village où elle pourrait vaquer à ses occupations ; aller en brousse chercher du bois mort, cueillir des légumes ou défricher son champ. Ces activités la mettront en forme. Elle préfère venir de temps à autre rendre visite à son fils à la capitale mais pas pour y rester définitivement. Quant à Adouma, il pensait que comme il a une bonne position, il aurait souhaité que sa mère reste à côté de lui pour en profiter. Cependant, sa mère ne l'entend pas de cette oreille. Sa mère a de très bonnes idées ; elle trouve que son fils ferait mieux de leur forer un puits, de leur construire un centre de santé et de leur installer un moulin qui profiteraient à tout le village au lieu qu'à elle seule, car elle estime que c'est tout le village qui a contribué d'une manière ou d'une autre à l'éducation d'Adouma. Sa mère a peut-être une autre idée derrière la tête : laisser le couple libre, sa présence pourrait être encombrante et même frustrante pour la jeune femme.

****

Cela fait trois ans qu'Adouma mène une vie de famille, une vie conjugale sans problèmes majeurs. Il est devenu maintenant un père de famille. Il a deux enfants : son aînée une fille suivie par un garçon. Il est épanoui. Il vit une vie intense. Il n'est plus membre du gouvernement, mais il est rappelé auprès du Président de la République en tant que Conseiller Technique. Le temps d'attendre qu'on l'appelle à une autre fonction ministérielle. Dans ce pays, le titre vous colle à la peau, que vous exerciez la fonction ou pas. Il prit quelques jours de congé pour rendre visite à sa mère à Ambirren.

Adouma prit son véhicule, une Toyota Land Cruiser dont sont équipés les dignitaires du régime, pour se rendre au village. Il pensa tout de suite à l'état de la route qui va l'y mener. C'était une route qu'il connaissait bien pour l'avoir utilisée à maintes reprises en tant que passager. En ces temps-là, elle n'était pas bitumée. On mettait plusieurs jours pour arriver à bon port. Maintenant, il l'emprunte en tant que conducteur. De nos jours, on peut rouler en toute saison, en saison de pluie comme en saison sèche. Quelques heures suffisent pour arriver à destination. La seule différence maintenant c'est que c'est lui-même qui est au volant, confortablement assis dans son véhicule climatisé et ne se souciant nullement des chocs. Ce genre de véhicule est équipé d'amortisseurs très souples.

Il se mit en route. Il n'avait pour seul passager que sa fille de quatre ans, très intelligente et loquace. Elle porte le nom de la mère d'Adouma. Pour ne pas appeler la petite par le nom de sa grand-mère, on changea ce nom en un sobriquet Am Aboua qui veut dire « la mère de son père » Elle lui tiendra compagnie tout le long du trajet. En quelques minutes, il se retrouva hors de la capitale. En ces temps-là, il n'y avait pas d'embouteillages. en brousse, tout lui était familier : le paysage, les villages installés le long de la route. Les villages, en particulier n'avaient pas changé de taille, mais on remarquait çà et là des maisons en dur peintes en blanc, qui avaient poussé, abritant un établissement scolaire, un centre de santé ou l'administration publique. Quant au paysage, il avait complètement changé, il était devenu plus éclairé, les arbres étaient plus espacés ; cela était-il dû à l'action destructrice de l'homme ou c'est la nature qui n'échappe pas non plus au phénomène de changement, comme elle a besoin également de se renouveler, de se régénérer ; bien entendu la sécheresse mise à part. Adouma roulait à une vitesse raisonnable, de 60km/h, A cette allure, il pourrait revoir certains endroits qu'il connaissait et constater les changements intervenus dans la nature.

Roulant à la même allure, Adouma arriva au village avant la tombée de la nuit. Dès que les enfants aperçurent son véhicule, ils accoururent et vinrent à sa rencontre. Une attitude contraire à la sienne, quand il était tout petit. Lui et ses camarades fuyaient plutôt à l'approche d'un véhicule. Ces enfants n'avaient plus peur des véhicules, car ils en voyaient régulièrement passer près du village. Il y en avait même qui y étaient stationnés ; quelques commerçants avaient pu se procurer des pick-up d'occasion, mais en état de transporter des passagers et des marchandises sur de courtes distances. Adouma s'aperçut que toutes les filles étaient drapées de châles devant protéger leur chevelure, mais qui paradoxalement mettaient en relief leurs physionomies, de sorte que leurs visages se dessinent nettement. Le phénomène qu'il a constaté dans les villes ne semblait pas avoir atteint le village, peut-être qu'il était en train d'arriver à petits pas. En ville, les hommes ont fait porter à leurs femmes des habits noirs, de la tête jusqu'aux pieds ; évidemment, le visage entièrement couvert ne laissant que quelques fentes à travers lesquelles les yeux pouvaient voir. Certes, cela n'a rien à voir avec le voile porté d'une manière différente et qui est devenu une partie intégrante de la culture vestimentaire du pays, mais ce nouvel accoutrement vient d'ailleurs. C'est un phénomène culturel qui vient de très loin et qu'on veut à tout prix rattacher à la religion musulmane, mais qui, en réalité, n'a rien à voir avec elle. Mais ceux qui l'avaient importé le faisaient passer pour tel. Avec la multiplicité de sectes islamiques qui ont envahi le pays, l'on subit également d'autres habitudes vestimentaires. Ces habillements font d'ailleurs l'objet de controverses, car des gens mal intentionnés en font usage à d'autres fins. Les malfrats l'utilisent pour se déguiser afin de passer entre les mailles du filet des forces de l'ordre et commettre d'autres actes nuisibles. À chaque époque ses coutumes.

Lorsqu'il arriva au village, Adouma se dirigea directement vers la concession de sa mère devant laquelle il gara son véhicule. Il en descendit et alla voir sa mère. Le bruit du véhicule avait alerté presque tout le village. Avant qu'Adouma n'ait eu le temps de saluer sa mère, la concession était pleine de monde. Après les salutations d'usage, on vit les voisins affluer de toutes parts pour apporter des cadeaux afin de célébrer le retour de leur fils. Ils arrivèrent, qui avec un cabri, qui avec un poulet et qui avec du sésame ou des arachides. Tout le village accueillit avec joie le retour d'Adouma. En un clin d'œil, la concession s'était remplie des choses diverses. Adouma avait aussi pris soin d'apporter des cadeaux aux villageois, surtout des sacs de sucre et de sel. Il offrit à chaque concession un pain de sucre et un kilogramme de sel. Il apporta au chef du village une balle de tissu de Basin, des voiles et étoffes à ses femmes. Ensuite vinrent les moments de présentation des condoléances des disparus, des proches parents et des connaissances. On pria pour tous les disparus. Toutefois, les villageois s'attendent à ce qu'Adouma organise des sacrifices pour son père et frère défunts. C'est l'une des raisons de son voyage à Ambirren.

Adouma était visiblement marqué par les événements qui s'étaient déroulés dans son pays. Il dormit cette nuit très tôt exténué par les visites, comme il était resté assis longtemps sur la natte. À l'aube, avant l'appel du muezzin pour la prière, il eut un rêve. Il rêva qu'il se trouvait dans un beau pays où coexistent harmonieusement trois climats variés : saharien, sahélien et soudanien. Il y a deux fleuves parmi les plus poissonneux du monde qui coulent calmement dans la même direction. Un paysage magnifique et féerique, fait de montagnes, de forêts et de dunes de sable doré où se côtoient paisiblement humains et animaux, couronne le décor de ce pays. Les citoyens sont disciplinés, ils s'aiment et se respectent. Ils sont tous égaux, il n'y a ni maîtres ni esclaves. Ils vaquent tranquillement à leurs occupations pour faire avancer leur pays. Personne n'est au-dessus des lois qu'ils ont mises en place et que personne n'ose transgresser. Personne ne pense à détourner les deniers publics qui lui sont confiés, car c'est priver les autres citoyens du patrimoine national commun. C'est le crime le plus répréhensible dans ce pays. Ils estiment que si chacun devait en détourner autant, il ne resterait rien pour les générations futures et le pays serait anéanti. Les pères fondateurs leur avaient légué ce patrimoine ; il incombe donc à cette génération, la responsabilité de bien le gérer, le protéger et le léguer à son tour à la génération suivante.

Les élections qu'ils organisent pour élire leur président se déroulent de manière libre et transparente, c'est-à-dire démocratique dans le vrai sens du terme. Le président élu est installé en liesse. Inutile de dire qu'il est choyé et respecté. Il prend son véhicule et part en ville rendre des visites comme tout le monde. Il n'a pas besoin d'être escorté par une armada de blindés sur lesquels sont perchés des hommes puissamment armés. Le pays est calme ; il n'y a ni combattants ni armes qui pullulent dans les villes et villages, créant ainsi une insécurité certaine. On peut circuler dans tout le pays sans problème, du nord au sud comme de l'est à l'ouest.

L'administration fonctionne normalement. Tout dossier administratif de quelque nature que ce soit, déposé par un intéressé dans son service, parcourt normalement le circuit, sans corruption, ni suivi, ni interventionnisme, jusqu'à ce que le document traité, reparte au service demandeur et que finalement l'intéressé entre en possession de son dossier, satisfait. Le pays baigne dans le bien-être et l'allégresse. N'est-ce pas à cela que tout peuple aspire ?

Adouma fut brusquement réveillé par des tirs nourris d'armes lourdes. Il voyait des gens courir de tous les côtés. Il aurait souhaité ne pas être réveillé de son sommeil. Mais dans quel pays se trouvait-il? se demanda-t-il. Se trouvait-il dans le pays de son rêve, était-il revenu à la réalité ? Quelle ne fut pas grande la déception d'Adouma de se retrouver encore pris entre des feux. Tout ce qu'il avait vu pendant son sommeil n'était donc que du rêve. Pourtant il aurait souhaité du fond de son cœur que ce rêve devienne réalité.

Heureusement, c'étaient des tirs de joie, pour célébrer la signature des accords de réconciliation sans exclusive qu'on venait de parapher, mettant définitivement fin à la guerre. C'était également l'heure de la prière de l'aurore. Adouma s'y apprêta. Il se leva pour prier, mais il lui semblait que quelque chose manquait dans le ciel, quelque chose auquel il s'était habitué. Mais il s'acquitta d'abord de sa prière. Après avoir fini de prier, il prit son temps pour observer le ciel devant lui. En effet, il n'y avait plus de comète. Cette étoile mystérieuse avait disparu. Adouma ne savait à quoi s'en tenir. Que veut encore dire cette disparition subite de la comète ? Emporte-t-elle tout le reste du malheur ? Faut-il qu'il aille encore voir un marabout pour lui interpréter cette étoile qui a filé comme du temps de son père ?

Printed in the United States
By Bookmasters